KiW

1914

Das Buch

Jan und Kathrin hatten mal alles, ihr leichtes Leben ließ sie schweben durch eine Welt, die dem schönen Paar vor allem wohlgesonnen war. Doch dieser Zustand ist ihnen abhandengekommen. Zu schnell verändert sich alles um sie herum, und sie selbst fühlen nur Stillstand, sind gefangen in den Konventionen der Ehe und des bürgerlichen Lebens. Kathrin war mal eine gehypte Schriftstellerin, heute fristet sie ihr Dasein als Aushilfslehrerin und versucht, sich bei einer Sexparty wieder zu spüren. Jan, ein berühmter TV-Journalist, wird geplagt von einem anonymen Erpresser, der Nacktfotos von ihm als Internatsschüler verschickt. Während ihr Mann panisch fürchtet, dass sein schreckliches Geheimnis ans Licht kommen könnte, begehrt Kathrin ausgerechnet den wunderschönen, mysteriösen Freund ihrer Tochter Lale, der dazu noch ihr Schüler ist. Thomas Melles neuer Roman zeigt kaleidoskopartig die Auswüchse einer übersexualisierten Gesellschaft, »Das leichte Leben« ist die lange eingekochte Essenz unserer Gegenwart – schmerzhaft, komisch, brutal genau.

Der Autor

Thomas Melle, 1975 geboren, studierte Vergleichende Literaturwissenschaft und Philosophie in Tübingen, Austin (Texas) und Berlin. Er ist Autor viel gespielter Theaterstücke und übersetzte u. a. William T. Vollmann und Quentin Tarantino ins Deutsche. Sein Debütroman »Sickster« (2011) war für den Deutschen Buchpreis nominiert und wurde mit dem Franz-Hessel-Preis ausgezeichnet. 2014 folgte der Roman »3000 Euro«, 2016 »Die Welt im Rücken«, die beide auf der Shortlist für den Deutschen Buchpreis standen. »Die Welt im Rücken« wurde zudem in 22 Sprachen übersetzt. Thomas Melle lebt in Berlin.

Kiepenheuer
& Witsch

Der Verlag Kiepenheuer & Witsch hat sich zu einer nachhaltigen Buchproduktion verpflichtet. Gemeinsam mit unseren Partnern und Lieferanten setzen wir uns für eine klimaneutrale Buchproduktion ein, die den Erwerb von Klimazertifikaten zur Kompensation des CO_2-Ausstoßes einschließt. Weitere Informationen finden Sie unter www.klimaneutralerverlag.de

In diesem Roman finden sich überarbeitete Passagen aus Thomas Melles »Bilder von uns«, mit freundlicher Genehmigung des Rowohlt Theaterverlags, Hamburg.

FSC
www.fsc.org
MIX
Papier | Fördert gute Waldnutzung
FSC® C014496

1. Auflage 2023

Umschlaggestaltung und -motiv: Nurten Zeren/zerendesign.com
Gesetzt aus der Adobe Caslon Pro
Satz: Buch-Werkstatt GmbH, Bad Aibling
Druck und Bindung: GGP Media GmbH, Pößneck
ISBN 978-3-462-00532-5

Sunday Morning
It's just the wasted years so close behind
Watch out, the world's behind you

The Velvet Underground

ERSTER
TEIL

COUNTDOWN

Und der Vogel besprang den Vogel. Die Schnäbel glänzten aufgerissen im Licht, die Köpfe ruckten hektisch durch die Luft. Der hintere der beiden prahlte mit seiner Flügelspannweite, streckte die Schwingen weit auseinander, schrie und spie und rieb sich nüchtern in das Gefieder des anderen Vogels. Waren das jetzt Amseln oder Raben? Zu schnell, um es zu erkennen. Es hätten Begattungsschreie zu hören sein müssen, aber die Fenster hielten den Schall draußen. Kaum wurde Kathrin bewusst, was sie da erblickt hatte, war es auch schon wieder vorbei, und die Vögel sausten auseinander. Sie schluckte.

Denn Kathrin mochte Tiersexszenen. Sie war fasziniert von den *Discovery Channels* dieser Welt, konnte nicht wegschauen, wenn die TV-Viecher in ihren Herden und Horden und Rudeln und Schulen und Schwärmen und Kolonien bunt und wild und wie tödlich aufeinandertrafen, einander bekämpften, um sich dann zurückzuziehen und sich durch Begattung, ja, durch Vögeln zu vermehren. Der Einzelfall war immer so lehrreich.

»Ja, Schweinskram bräuchten wir auch mal wieder«, sagte Catharina. »So richtigen.«

Ihre Blicke trafen sich.

»Was?«

Catharina war Kathrins Blick offensichtlich gefolgt: »Aber richtig geiles Zeug, nicht so eine Trockenübung wie bei den Dohlen da. *Gezwitscher für nichts.*«

Kathrin lachte, dann fand sie die Bemerkung unpassend, zumal so offen vor Lale, die ja immerhin noch Catharinas Patenkind war. Dann dachte Kathrin an den Sex von letzter Nacht mit Jan. Es war, obwohl der erste Sex seit einem Jahr vielleicht, eine müde, zwanghafte Sporteinheit gewesen, ein Ringen, ein Kampf, und doch war Kathrin (als sie sich ergab, *weil* sie sich ergab?) gekommen. Sie hatte dabei an jemand anderen gedacht. Jan hatte länger gebraucht, auch das ein trüber, fast deprimierender Gewaltakt. Und sie hatte seinen Samen nicht mehr recht gemocht, den er ihr auf den Bauch gespritzt hatte. Fast hatte sie sich vor ihm geekelt. Nein, sie *hatte* sich geekelt. Der Schlaf danach war unruhig gewesen.

»Jedenfalls kommen sie ihrer evolutionären Aufgabe nach«, sagte Kathrin spitz.

»Welche evolutionäre Aufgabe eigentlich?«, fragte Catharina rhetorisch und wandte sich wieder dem riesigen Fernseher zu.

Jans erster TV-Auftritt stand an. Aufgrund eines Skiunfalls des eigentlichen Moderators hatte schnell eine Notlösung, ein Ersatz für drei, vier Wochen gefunden werden müssen, und anstatt eine oder einen der in solchen Fällen stets in den Startlöchern stehenden Billigmoderatoren oder eben -moderatorinnen zu schnellcasten, war Jan als stellvertretender Chefredakteur der Boulevardsendung einfach von oben, von der Senderspitze, in die Rolle des Anchormans gedrängt worden.

Jetzt saßen sie alle um den Fernseher wie um ein Lagerfeuer herum: Kathrin und Catharina, dazu deren skandinavischer Lover Lasse, Kathrins Schwester Saskia, schließlich Kathrins Kinder Lale und Severin mit einem weiteren Freund, dessen Namen Kathrin nicht richtig verstanden hatte, *Torsven* oder so. Es war kurz vor achtzehn Uhr.

Werbung lief, der Flatscreen strahlte die Clips in die Welt und in die Köpfe. Die Gesichter waren, im geschmackvoll und mithilfe vieler indirekter Lichtquellen ausgeleuchteten Wohnzimmer, vom Monitor illuminiert wie die Figuren auf einem Gemälde von Bellini. Das andere, das echte Gemälde, das Kathrin und Jan sich zum Hochzeitstag geschenkt hatten, mit einem seltsam ätherischen, dünnen Mädchen vor einem tiefen Sternenhimmel darauf, hing über ihnen und schien die Szene von oben herab gottgleich zu observieren.

Im TV-Studio lief schon der Countdown, und Jan wurde noch ein letztes Mal abgetupft (von einem, der eigentlich Filmemacher sein wollte, wie er Jan gleich am Anfang des Gesprächs hatte stecken müssen). Jan schossen die Bilder des Tages durch den Kopf, Bilder auch seines Tages, dann seines Lebens, wirre, eidetische Schnappschüsse auf der Retina, wild durcheinandergewirbelt, ohne Chronologie. Warten aufs rote Licht, vom Team auch scherzhaft »Rotlicht« genannt. Aufseiten Jans aber: Panik.

Auf Kathrins Seite: Nervosität. Wie würde ihr Mann sich präsentieren? Würde der Auftritt glatt über die Bühne gehen? Könnte Jan diesem Druck, dessen Effekt auf ihn von der Linse der Kamera in alle Öffentlichkeit zerstreut und ausgestrahlt würde, standhalten?

Lale und Severin, die Kinder der beiden, waren trotzdem gelangweilt: Die Pubertät war schon aufgeknallt in ihnen und hatte mit den ersten Problemen die üblichen Pickel mit sich gebracht, bei Lale die kleinen Narben schon fast wieder verheilen lassen, beim rundlichen Severin stand die Akne leider gerade in voller Blüte. Wie bleiche Marionetten saßen die beiden da, in der Sitzecke, eindeutig einander zugehörig.

Catharina und ihr sinistrer Lover Lasse dagegen, der, wie ihr schien, auch noch mit Kathrin flirtete, saßen wie

Verschwörungstheoretiker der Liebe da. Er hatte einen langen, roten Bart, sie hochstehende elektrisierte Lockenwicklerlocken, aber hip, und sie lächelten die ganze Zeit auf eine derart esoterisch-verschwommene Weise in die Runde, dass Kathrin sich selbst schon wieder in anderen, hippiesk vernebelten Sphären wähnte, so ausgelaugt machte sie dieses Gehabe. Sie war noch nie in der polyamourösen Wohngemeinschaft Catharinas gewesen, aber sie betrachtete jedes Exemplar daraus, jeden Bewohner, mit Skepsis. Und gerade bärtige, schweigsam flirtende Männer mit glänzenden Alkoholikerpausbacken.

»Wann kommt er denn endlich?«, fragte Lale.

»Gleich«, sagte Kathrin und winkte ab.

Frischkäsewerbung. Alpengipfel vor einem viagrablauen Himmel, dann eine Familie, dann knackigstes Brot, bestrichen mit diesem Frischkäse, der den Namen einer Stadt und eines Films trug. Dann schwarz. Jingle. Es war so weit.

… *sieben* … *sechs* … Jan räusperte sich … *fünf* … *vier* … vier … *noch mal vier* … *drei* … Achtung, den Blick fokussieren, Jan! … *zwei* … entspanntes, seriöses Gesicht, bitte, nein, nein, bitte nur weg hier … *eins.* Atem holen, Jan. Und los. Die Welt stürzte ein, es gab nur noch die Kamera. Jan zitterte. *Null.*

Kamera lief. Die Familie samt fremdem Anhang hielt die Luft an. Da war er. Seltsam klar und älter als in Wirklichkeit, realer und gleichzeitig künstlicher: mehr Falten und doch glatthäutiger. Eine hochpräzise Maske, mehr Details zu sehen als in Wirklichkeit. Viel zu detailliert, alles, er, der Hintergrund. Und die Dimensionen fehlten.

»Meine Damen und Herren, herzlich willkommen zu *Skyline,* Ihrem Up!-Boulevardmagazin – Menschen, Meinungen, Momente.« Sein Lächeln wollte ihm aus dem Gesicht rutschen.

Als es vorbei war, ging Jan aufs Klo und kühlte sich die

Stirn am Spiegel. Er hatte den falschen Schritt getan, fühlte er. Aber es gab kein Zurück. Er war jetzt öffentlich.

Die Familie beredete währenddessen den Auftritt.

»Also, nee.«

»Doch, das war doch ziemlich souverän.«

»Schon, aber auch – weiß nicht.«

»Hatte er da 'nen Pickel?«

»Also, ich fand seinen Auftritt noch tastend, oder so.«

»Na ja, war halt sein erster.«

»Für mich war das nicht Papa.«

»Klar war das Papa«, sagte Kathrin.

Werbung lief: *Mon Chéri.*

WIE IMMER

Zwei Wochen nach seinem ersten Auftritt als Moderator wollte es der Zufall, dass Jan Drescher, gleich nachdem er die lebenszersetzende Bildnachricht erhalten hatte, von einem Radargerät geblitzt wurde. Gerade hatte ihm noch die Eichel vom Sex der letzten Nacht gejuckt, aber angenehm, denn es war aus seiner Sicht tierisch und zart gewesen. Seitdem er im Fernsehen auftrat, hatten sie endlich wieder Sex – und er hatte nichts dagegen. Seltsam, dass man sich an den Akt selbst nie gut erinnern kann, dachte er noch und wunderte sich, wie Erfolg und Bildschirmpräsenz anscheinend doch sexy machten, und dachte, wer denkt, er sei attraktiv, wird, wenn er es nicht gänzlich grundlos tut, noch attraktiver. Das war wohl die Anziehungskraft des Selbstbewusstseins, eine immer wieder erstaunliche Banalität. Aufgeladen von den Blicken der Frauen auf der Straße, die ihn offensichtlich erkannten, war er besonders bewusst auf dem Bürgersteig herumstolziert: festen Schrittes, aber auch Bescheidenheit ausstrahlend. Und hatte sich weiter mit Blicken aufgeladen.

Dann, im Auto, hatte er wie als Experiment einer Frau besonders lange ins Gesicht gesehen, einer schönen Fußgängerin an der Ampel, doch als sich, nach einer kurzen Irritation, ihre Blicke das zweite Mal trafen, hatte er dem ihren nicht standhalten können und leicht hektisch in die andere Richtung geblickt, um seine Aufdringlichkeit zu kaschieren. Der Verkehr war danach noch zäher gewesen.

Das Foto, mit dem Bußgeldbescheid später zugeschickt, zeigte sein unscharfes, doch erkennbar fassungsloses Gesicht beim Blick hinunter auf das Display seines Smartphones, um ihn herum das verschwommene Grau der Straße, unten, grell erleuchtet, das Nummernschild seines SUVs.

Die Tatsache, dass er ein, zwei Sekunden später fast von der Straße abgekommen wäre und einen womöglich verheerenden Unfall gebaut hätte, wird dagegen von keinem Bild eingefangen. Diese Tatsache, eigentlich nur die Möglichkeit einer Tatsache oder die Tatsache einer Möglichkeit, besteht allein in seiner Erinnerung und vielleicht noch in den verblassenden Gedächtnisbildern der Lehrerin und ihrer Zöglinge, die fröhlich lärmend in Dreierreihen auf dem Bürgersteig unterwegs waren, als Jan auf sie zuschoss.

Sicher hätte es einige von ihnen erwischt, wenn er nicht im letzten Augenblick das Lenkrad herumgerissen hätte und mit einer nicht sehr spektakulären, doch verräterischen Kurskorrektur sein Sport Utility Vehicle wieder auf Spur gebracht hätte.

Er geriet nicht ins Schleudern.

Anstatt jedoch einfach weiterzufahren, beherrscht und kaltschnäuzig, wie es sonst seine Art war, trat Jan abrupt auf die Bremse. Vielleicht waren es selbst für ihn zu viele Adrenalinstöße gewesen, die sein System nun auf Überlebensmodus herunterfuhren und ihn dazu drängten, sich selbst vorübergehend und instinktiv die Zulassung als Verkehrsteilnehmer zu entziehen.

Der ansehnliche Bremsweg rieb sich quietschend in die Straße und endete unmittelbar vor einer Ampel, die gerade auf Rot schaltete. Jan ließ den Motor noch einmal aufheulen und bugsierte den SUV so elegant wie möglich an den Straßenrand. Dann wischte er sich über Stirn und Augen und versuchte, wieder zu sich zu kommen. Was war soeben geschehen? Bild, Blitz, Schlingern. Und jetzt Stillstand. Ja, so war es gewesen. Das Smartphone hielt er noch immer in der Hand, darin das Bild.

Es hämmerte gegen die Fensterscheibe. Bleich, klamm und noch immer nicht ganz bei sich, erblickte Jan eine zornige Frauenvisage und ließ das Fenster runterfahren.

»Können Sie nicht aufpassen, Mann!«, fuhr das Lehrerinnengesicht ihn an. »Immer auf die Telefone gaffen, was! Sie hätten die Kinder fast umgefahren!«

»Ja, ich – Entschuldigung«, stammelte Jan.

»Ja, passen Sie doch auf!« Sie hatte eine Art Bienenkorb als Frisur, eine Reminiszenz an hippere Zeiten, oder doch schon ein Vorzeichen der sich ankündigenden Altjungfernexistenz?

»Mache ich ja.«

»Machen Sie nicht!«

»Jetzt hören Sie mal. Es ist ja nichts passiert.«

»Zum Glück! Die Kinder sind ganz verschreckt! Scheißtelefone überall! Verbieten sollte man die! Sind sie ja schon!«

»Was?«

»Beim Fahren sind die verboten! Das ist ein Delikt!«

»Jetzt halten Sie mal die Luft an. Ich hatte alles unter Kontrolle, habe ja gebremst«, beschwichtigte Jan sie.

»Aber wie! Wie so ein Irrer, mit Ihrem Panzer hier!«

Stille. Ein Panzer also – der Neid der unteren Mittelschicht hatte das Wort. Einfach nicht widersprechen, dachte Jan, einfach ins Leere laufen lassen.

»Haben Sie dazu nichts mehr zu sagen?«

Jan schüttelte benommen den Kopf.

»Gut.« Sie beruhigte sich etwas. »Haben wir noch mal Glück gehabt, was. Aber passen Sie auf, sage ich Ihnen, passen Sie auf.«

»Mache ich. Versprochen.«

Tatsächlich schien die Lehrerin oder Erzieherin oder Kindergärtnerin langsam zum Rückzug bereit. Der skeptische Blick durchwanderte noch einmal den Innenraum des SUVs, die Lederbezüge, das Touchscreenradio, die ganze ausgetrocknete Wohlfühlatmosphäre, und blieb beim Smartphone hängen. Jan hielt es noch immer schlaff in der Hand wie eine lange verlegte Fernbedienung, die nun keinem Gerät mehr zuzuordnen war.

»Was ist das denn?«, fragte die Frau.

»Was?«

»Na, das.«

Jan verstand erst nicht, dann sofort. Er wollte etwas sagen, doch sie kam ihm zuvor.

»Sie Schwein! Sie Perversling!«

»Hören Sie, das ist –«

»Ich weiß schon, was das ist. Ich hole die Polizei.«

»Sie wissen gar nichts.«

»Und ob. Und das ist sicherlich nicht Ihr Sohn!« Sie hielt ihr Handy ebenfalls in der Hand, aber wie ein Küchenmesser.

»Nein, ist es auch nicht.«

»Auch noch so unverblümt. Ekelhaft.«

»Sie wissen nichts darüber, und alle Ihre Annahmen sind falsch. Ich werde jetzt weiterfahren.«

»Sie bleiben schön hier.«

»Nein.«

»Doch.«

Sie zückte ihr völlig veraltetes Nokiahandy und machte umständlich Anstalten, die Polizei zu rufen. Sie wollte Jan offensichtlich noch Gelegenheit geben, sich zu erklären.

»Also gut. Soll ich Ihnen sagen, wer das ist?«

»Ja.« Sie lauerte.

»Das bin ich.«

»Wie, das sind Sie?«

»Ja, ich. Der Junge da bin ich.«

Diese Worte überraschten ihn selbst. So konsequent, dass er sie hätte aussprechen können, hatte er sie noch gar nicht zu Ende gedacht.

Er sah ihr an, dass sie ihm sofort glaubte, obwohl sie es nicht wollte. Sie ließ das Handy sinken.

»Aber –«

»Das ist mir selbst neu, wissen Sie. Und ich weiß nicht, was ich damit machen soll.«

Schweigen. Hinter ihr hatten die Kinder den Vorfall bereits vergessen und sich zu neuen Spielgruppen formiert. Sie wurden unruhig und lauter.

»Ich fahre jetzt los«, sagte Jan bestimmt.

Die Lehrerin oder Erzieherin oder Kindergärtnerin nickte.

»Alles Gute Ihnen, und Ihren Kindern auch«, sagte Jan und ließ die Fensterscheibe wieder hochfahren. »Guten Tag.«

Und fuhr ab, lauter und bestimmter als zuvor.

SCHWELLENZEIT

Der Clown kam nicht. Er pumpte und pumpte, aber umsonst, und auch Kathrin blieb bis auf Weiteres unerlöst. Orgasmen schienen aber auch gar nicht Sinn und Zweck dieser Übung zu sein. Mehr als um das *Kommen* ging es in diesem weitläufigen Schlafzimmer wohl um das *Haben*, um den schnellen Konsum von möglichst vielen Menschen, um die Gelegenheit, alle kurz zu benutzen und von allen kurz benutzt zu werden. Die etwas ungelenke Hektik führte also gerade nicht zum großen Rausch, zur entgrenzenden Ekstase, die Kathrin sich versprochen hatte – aber sie genoss dennoch, was passierte. Manche Pärchen strahlten vorübergehend sogar eine dreckig-verspielte Innigkeit aus, fanden wirklich zueinander, fast romantisch, fast wie in ein sündiges Instant-Paradies eingekehrt, Adam und Eva für ein paar verrauschte Sekunden. Die meisten der Anwesenden aber waren, so schien es Kathrin, Debütanten wie sie – und genau wie sie auch darauf bedacht, ihre Nervosität zu verlieren oder immerhin zu überspielen. Manche masturbierten nur.

Zum Beispiel jetzt, genau vor ihrem Gesicht. Sie starrte auf den neuen Schwanz. Dunkel und auffällig gerade stand er vor ihr und wurde langsam gerieben. Hatte sein Besitzer (dem sie absichtlich nicht in die Augen sah) etwas bemerkt, wollte er den Clown entlasten, *es ihr* statt seiner *geben?* Würde es dabei spritzen oder tropfen? Schon geil, wenn er spritzen würde, aber bitte nicht in die Augen, grinste Kathrin kurz, *das brennt nämlich höllisch.* Und ja, sie wollte es ja wirklich, sein Sperma, und wollte es anonym. Ihr Blick wurde unscharf, auf endlos gestellt, ihre Lippen schlaff und gleichzeitig voll. Sie war der Widerstand, der gebrochen werden wollte. Hinter ihr mühte der Clown sich weiter ab, aggressiv, wütend, die Schminke wahrscheinlich verlaufen, ließ es schneller klatschen, tiefer hallen, fand dabei einen guten Winkel. Kathrin machte das wilde Gestoße (zusammen mit dem aufgekratzten Schwanz vor ihr) durchaus geil – *Hatefuck, Hatefuck,* dachte sie, das *puk-puk-puk,* das *zut-zut-zut* –, aber nur bis zu einer gewissen Grenze, vor der sie in Duldungsstarre verharrte, am Gesichtsrand das mal träge, mal emsige Tummeln der anderen. Es ging noch nicht, fühlte sich einfach anders an als in den Pornovideos zu Hause, viel softer, gesitteter, bürgerlicher. Kathrin dagegen hatte sich Gier und Geilheit verordnet, Sekt gesoffen wie wild, das Ganze mit einer Tavor gekrönt (Tavor und Alkohol ergaben bei ihr einen wunderbaren, angstfreien Kick) und schon auf dem Weg derbe Witze gerissen, Catharina in den Schritt gepackt – sie wollte nun endlich die Einlösung, die Auflösung, und zwar so ordinär wie nur möglich. Trotz und Lust schwappten in ihr hoch, sie wollte sich selbst brechen, den eigenen Widerstand, und ahmte nun die Gesten, Mienen und Verhaltensstanzen der Darstellerinnen in den Pornos nach. Sie schob ihr Becken weiter nach hinten, hielt gegen das Trommelfeuer an, streckte die Zunge steif heraus, blickte hinauf zu dem Fremden und machte mit der linken Faust Wichsbewegungen in der Luft.

Der Fremde kam innerhalb von zehn Sekunden, kam heftig, aber übersichtlich, rein von der Menge her, traf Kathrins Gesicht dabei nicht einmal. Sofort wandte er sich ab und ging. Der Clown hatte nun auch genug von seinem Hatefuck (ein Filmstill blitzte vor ihrem inneren Auge auf, ein Clown, aber mit kunstblutbeschmierten Fangzähnen hinter milchigen Speichelfäden), hastete nach vorne, die rote Nase verrutscht, ein Film aus Schweiß und Schminke im Gesicht, und tat es seinem Vorgänger nach. Mit einem kurzen, manischen Reiben spritzte er ihre Stirn und rechte Wange voll, wollte ihr dann den Schwanz noch zum Ablutschen in den Mund stecken, was sie nicht zuließ.

Drüben sah sie Catharina im Türrahmen stehen, mit an sich verbotener Zigarette und im Gespräch mit irgendeinem Zorro. Ihre Blicke trafen sich, leer und unverständig. Kathrin musste die Scham, die in ihr aufkam, sofort wieder niederdrücken. Für Scham war sie nicht hier. Im Gegenteil.

Sie hatte etwas gegen das Verschwinden tun müssen, gegen das körperliche Nichtmehrvorkommen, hatte sich zusammenschaben, neu entwerfen und dann, und sei es nur für einen Abend, umso heftiger verschwenden wollen. Seit einem Jahr (oder waren es gar schon anderthalb?) hatten Jan und sie kaum mehr miteinander geschlafen, und wenn, war es der Erinnerung nicht mehr zugänglich – im Alkoholrausch vielleicht oder im Halbschlaf, wenn überhaupt; sie wusste es nicht, und wenn sie etwas nicht wusste, war es für sie besser auch nicht passiert. Was sie jedoch wusste und spürte, immer wieder und immer stärker: Sobald sie an Jan dachte, wurde es kalt und abweisend in ihr. Auch seine Fernsehauftritte hatten daran nichts ändern können.

Kathrin wischte sich das Gesicht mit einem Frotteehandtuch sauber und zog den nächsten fremden Mann heran, der sich unförmig auf sie draufschob, übergewichtig und übergesichtig dazu, weil maskiert, so wie die Regeln für Männer es hier eben vorsahen. Er war ein Anonymous mit der altbekannten Guy-Fawkes-Larve über dem Fettgesicht, sie eine Leichtmatrosin. Fast kam es ihr vor wie ein bürokratischer

Akt, wie das Hervorziehen eines weiteren Leitz-Ordners, dessen Inhalt eigentlich bekannt war. Vielleicht lag es an den Masken, dass sie nicht kam.

Für Kathrin hatten Masken nämlich, gerade in ihrer verschlagenen Zweideutigkeit, schon immer etwas Albernes und Abstoßendes gehabt. Sie hatte alles Karnevaleske stets abgelehnt und sich von venezianischen Maskenbällen, die kürzlich in befreundeten Adelskreisen *en vogue* gewesen waren, ferngehalten. Diese süßliche, schwülstige Stimmung, in der angeblich alles passieren könnte aus einer kribbligen Anonymität, aus der Dialektik von Zeigen und Verbergen heraus – ihr war schon der bloße Gedanke an diese spießige Halbwelt der Identitäten ekelhaft, und der Kubrick-Film »Eyes Wide Shut« hatte ihr damals, wo andere so rotwangig begeistert geschwärmt hatten, einfach nur eine abstrakte Übelkeit beschert. Ging es beim Sex denn nicht immer auch ums Gesicht, um die Person, vielleicht in kurzzeitiger Auflösung begriffen, aber dennoch da, im Selbstverlust spürbarer denn je?

Oder ging es eben doch um das totale Gegenteil, das andere Ende der Skala? Das Phantasma einer völligen Verdunkelung, einer restlosen Anonymität erregte sie, wenn sie ehrlich war, doch viel mehr: der Gedanke ans Tiersein, ans Dingsein, an Glory Holes und Dark Rooms und Trennwände, durch deren Öffnungen sie nur den Unterleib schieben müsste, um rücksichtslos genommen zu werden, egal von wem oder was – von einem dreckigen All am Ende, das sie erschöpfend benutzen und vollspritzen würde. Sie wollte nicht verkleidet sein, nein, wenn überhaupt, dann wollte sie gleich unsichtbar und blind sein: ein Gegenstand. Deshalb war sie hier.

Der Mascara lief ihr in die Augen. Es brannte, das Gesichtsfeld verschwamm, das satinverhangene Bettenlager wurde zu einem einzigen Stoff, in dem die Körper zappelten wie Fische auf dem Trockenen. Die auf Rosenblättern gebetteten Teelichter, die die Gastgeber namens Katja und Ferenc überall verteilt hatten, verliefen im Wandspiegel zu einem unscharfen Dämmer. Kathrin mied den Blick in diesen Spiegel jetzt. Während sich zwei weitere Männer (ein Teufel und ein Schwarzer) an ihr zu schaffen machten – oder sie sich an ihnen: *reiben, verschlingen, abmelken* –, wurde sie ungeduldig und trotzig. Es war einigermaßen geschmacklos hier, es war hinreichend dirty, es entsprach *beinahe* ihren Fantasien, und doch konnte sie sich nicht hingeben. Das *Beinahe* schmerzte. Wo waren Gier und Geilheit hin, die sie so lange begleitet und befeuert hatten, im Auto, auf den Gehwegen, im Kino, im Klassenzimmer? Lag dieser Mangel allein an ihr? Zwischen der Vorstellung einer Sexparty und deren Wunscherfüllung lagen Welten. Sex war immer nur eine schlechte Kopie der ihm vorgeschalteten Fantasien; das kannte sie schon von Jan, das kannte sie von den meisten seiner Vorgänger; das kannte sie von sich. Eine Radikalisierung bräuchte sie, auch hier, ein Ausreizen der Grenzen bis ins Absurde, denn die Körper neben ihr, diese Zweier, Dreier und Vierer, die sich gegenseitig benutzten und rieben und stießen, sie waren noch viel zu bürgerlich eingehegt und geschmackvoll, dachte sie, waren sich ihrer selbst viel zu bewusst. Sie sparten verschämt an Obszönität. Tavor für alle!, dachte sie. Kathrin hätte nämlich ganz andere Sprüche und Dialekte gebraucht, alberne, dreckige Entsaftungssprüche aus den Dark Rooms ihres Bewusstseins, »die längste Praline der Welt« vielleicht, oder ein unerhörtes Schimpfwort für ihren Anus, am besten auf Sächsisch, mit sich überschlagender Stimme hervorgepresst. Richtigen, atemlosen Bauernslang hätte sie gebraucht, grobes Hinlangen, banales Hengsttum. Das alles fehlte hier, das fehlte ihr bei Jan, das fehlte eigentlich immer. Sie müsste irgendjemanden von Grund auf ins Obszöne formen, einen

Toyboy, einen Zwischensklaven, einen heimlich gehaltenen SM-Kaspar-Hauser, dachte sie und nahm wieder an Fahrt auf, sie müsste ihm Wörter soufflieren und Taten beibringen, die sie selbst noch nie gesagt oder geschrieben oder getan hatte, allenfalls im Netz gehört und gesehen.

Plötzlich trug auch Kathrin eine kleine, niedliche Hundemaske vor dem Gesicht. Der Teufel hatte sie ihr mit einem Flüstern übergestülpt. Sie betrachtete sich verschwommen im Spiegel: weiße Bäckchen, große Augen, süße Zunge. Sie war nun eine kleine Hündin; sie war ein Kindchenschema. Und so klappte es. Sie hechelte erst ironisch, dann eins zu eins, zog den Schwarzen näher an sich heran, wuchtete seinen Schoß gegen ihren, immer härter, immer schneller, und er antwortete, wurde krasser und grober und größer, stampfte, verzögerte, rammte sich gegen und in sie. Gleichzeitig blies und rieb sie den Teufel, funktional und gierig und geil, nahm ihn dann aus dem Mund, um zu winseln und zu hecheln und ihre Zunge zu zeigen, *hier, meine Zunge, ihr Schweine, macht.* Dann tat sie alles gleichzeitig, reiben, winseln, blasen, hecheln, ficken, beißen, *hier, du Welt, mach und nimm.* Und kam endlich, mit einem Laut zwischen Bellen und Stöhnen, den Teufel tief im Mund, den Schwarzen hart im Schoß: *hier, Welt, hier.*

Am nächsten Morgen musste sie kichern. Ich Hündin! Beim Blick in den Badezimmerspiegel hechelte sie sogar kurz los, ganz leise und heimlich, sich selbst die beste Komplizin – und sah dabei, dass ihre Zunge ungewöhnlich pelzig war, erschrak darüber, kicherte dann erneut, doch schon künstlicher als vorher, schon forciert, als wäre da plötzlich ein Publikum, dem sie etwas vorspielen musste. Ein Schub schlechten Gewissens stichelte im Rücken. Was war das eigentlich gewesen?

Sie hatte ja gewusst, dass der angebliche Maskenball eine

Sexparty sein würde, eine Sexparty in einer schnöden, schönen Eigentumswohnung, ein langweiliger Exzess der dekadenten Gentrifizierung, und sie hatte gewusst, dass sie hingehen und rummachen würde. Bei der ersten, zaghaften Erwähnung vonseiten Catharinas hatte sie es vor Wochen schon gewusst, gepackt vom Reiz des Verbotenen, und während Catharina noch am Telefon gegluckst hatte: *Wir müssen ja nichts machen,* hatte Kathrin schon gedacht: *O doch, und ob.*

SCHLUMMERFUNKTION

Jan betrachtete das Bild auf dem Handy. Was *ist* das, dachte er. Kathrin kam sofort hinzu, um ihn von hinten zu umarmen. Er versteckte das Smartphone, nicht zu aufgeregt, aber angespannt.

»Hast du was?«, sagte Kathrin.

»Nein. Wo ist Severin?«

»Bei Reimo.«

»Und Lale?«

»Auch.«

»Die Nacht durch, bis morgen?«

»Sogenannte Slumberparty. Schlechte Nachrichten?«

»Nein. Doch. Also, was heißt schon schlecht.«

»Nicht so ganz positiv, vielleicht?«

»Die Netzzahlen brechen noch schlimmer ein, als die Einschaltquote es eh schon tut, und die machen nichts dagegen, nur die komischen ›Kennste?‹-Beiträge. Nur, wer *das* nicht kennt, was dadrin ist, der hat auch kein Internet und ist nicht jung. Ich hab's von Anfang an gesagt, macht das Netz auf, sperrangelweit, aber die Programmchefin ist an die Weisung der Senderchefin gebunden, und die ist halt frühsenil. Keine Zähne im Maul, aber am Alten festbeißen.«

Kathrin lachte kurz und überzeugend, also war der Witz gut gewesen.

»Und uns«, fuhr Jan fort, »sterben die Zuschauer weg. Das hätte gleich eingeführt werden müssen, alles, als das Internet aufkam. Jetzt muss man um Sachen kämpfen, die eigentlich selbstverständlich sind.«

»Ah so. Aber passiert ist passiert. Und jetzt bist du ja da, die jungen Dinger anzulocken.«

»Jaja, blabla«, sagte Jan gespielt verärgert. »Dennoch, lange geht das nicht mehr. Und das wissen auch alle. Aber wir sind halt die Ersten, die es ganz und tausendprozentig durchziehen müssen. Wird schon.«

»Aber sonst alles gut?«, fragte Kathrin, wie immer.

»Alles gut, ja.«

»Und gut ist gut.«

»Gut ist gut, ja.«

Sie gaben sich einen Kuss, der Jan zu nass vorkam.

»Und wir jetzt? Auch Slumberparty?«, säuselte Jan im Versuch, auf billige Weise erotisch zu klingen.

»Erst Theater.«

»Was! Schon wieder Familienkatastrophen?«

»Warum nicht«, kicherte Kathrin, kurz und überzeugend. »Solange wir keine sind, können wir uns ja das Elend der anderen reinziehen«, setzte sie hinzu.

Jan war nicht zufrieden. »Mir kommt das so gekünstelt vor«, sagte er. »Immer sitzen sie da und sind steif und glücklich, dann saufen sie, dann passiert irgendeine Katastrophe und es tanzen irgendwelche Gespenster der Vergangenheit, und schließlich zerfleischen sie sich wie Zombies. Und die Zuschauer gaffen, finden ihr eigenes Leben widergespiegelt, aber halt, stopp – ihr Leben haben sie ja an der Garderobe abgegeben und kurzfristig outgesourct, weshalb sie sich jetzt schön – wie hieß das? Wie hieß das noch? Das von Platon, wovon du sprachst?«

»Katharsis«, sagte Kathrin. »Von Aristoteles.«

»Genau, *Katharsis*. Dann können sie sich alle also schön kathartisch durchnudeln lassen, aber bringen tut es nix. Und dann stehen alle auf, sind schockiert und satt und ziehen sich ihr Leben wieder an und haben was zum Reden, um sich gleich, noch im Foyer, wieder dreckig zu machen, mit ihrem eigenen dreckigen Leben und Reden und all dem *Bla.*«

»Jan.«

»Ach, ja, entschuldige. Aber das ist alles einfach sehr weit weg, wenn du mich fragst.«

»Es unterhält und belebt das Gespräch«, sagte Kathrin. »Und wir brauchen auch mal anderen Input. Und früher hast du's gemocht. Oder?«

»Ja, früher. Weiß nicht. Vielleicht hab' ich nur so getan. Weil das hat nichts mit dem Leben zu tun, das alles. Das Leben ist viel flacher und dabei komplizierter als das ganze Getue. Das Leben ist vor allem Gerede und, und – *Genichtse.*« Jan schien selbst überrascht von seiner Wortneuschöpfung zu sein.

»Jetzt komm, abregen«, beschwichtigte Kathrin ihn (und kam sich dabei kurz vor, als würde sie die Hundemaske von gestern tragen, das Kindchenschema aus Plastik, diese Niedlichkeit und Süße und Falschheit und – *äh,* sie wurde rot, schämte sich am ganzen Körper) und sagte schnell: »Ziehst du dich um oder bleibst du im Anzug?«

Jan roch seine Achselhöhle ab, unterm Helmut-Lang-Hemd. »Vielleicht zieh ich mich lieber um, was?«

»Liegt auf dem Bett. Bis gleich.«

»Danke.«

Vor dem Schlafzimmerspiegel machte Jan erst ein paar Verrenkungen zwischen sportlich und albern, dann ein paar Grimassen zwischen albern und hässlich, dann griff er sich in den Schritt, *noch da,* dann zog er sich um. Als er sein Handy aus der getragenen Hose nahm, betrachtete er das Bild.

Er begann, ein Geheimnis zu haben.

NACH DEM VORHANG

Nach dem Raunen gingen die Lichter aus: Theater also. Okay, dachte Jan, okay, okay.

»Tod in Venedig« wurde gegeben. Die Darsteller hatten, so kam es Jan jedenfalls vor, echten Sex auf der Bühne. Das befremdete ihn zutiefst, und er schweifte ab im Kopf; er dachte an Stein, Stein und das Internat, auf dem er gewesen war.

Die Darsteller steckten sich derweil anscheinend gegenseitig den Finger in den Po und formten einen Ringelreigen. Etwas Alberneres hatte Jan noch nie gesehen. Er regte sich still auf und guckte weg. Da war ein Notausgang, grün glomm das Lichtkästchen. Sonst war es dunkel.

Nach dem Stück kam Jan sich leicht beobachtet vor, einerseits wegen seiner neuen Rolle im TV, andererseits wegen der Bilder in seinem Kopf, von damals. Leicht paranoid stand er herum, alleine.

Da erblickte er Malte. Was machte gerade *der* denn nun wieder hier? Da stand er, klein, glatzköpfig, ein Schlawiner. Jan wusste Dinge über ihn, die keiner wusste. Er winkte, Malte grinste, nickte und kam herüber.

»Nein! Wer ist denn da?«

»Nein! Wer ist denn *da* da?«

»Der helle Wahnsinn! Der Drescher.«

»Der helle Wahnsinn! Der Carlowitz.«

»Der helle Wahnsinn. Hey, Kathrin.«

Kathrin betrachtete einen kleinen, trapezförmigen Lichtreflex auf seiner Glatze. »Hey, Malte.«

Zwischen Malte und Kathrin gab es ein Küsschen-links-Küsschen-rechts. Die Männer umarmten sich kumpelhaft und schlugen einander auf die Schultern.

»Der helle Wahnsinn. Seit wann lässt man dich denn ins Theater?«, fragte Malte.

»Seit es seine Würde verloren hat«, grinste Jan.

»Stimmt, da passt du hin. Wo Würde nichts mehr zählt.«

»Wir nehmen uns da nichts, Malte.«

»Seid ihr noch im Stück drin?«, ging Kathrin dazwischen.

»Waren wir je draußen?«, sagte Malte.

»Was sind wir wieder philosophisch, was?« Kathrin verdrehte die Augen.

»Färbt wohl ab, die Bühne«, sagte Jan.

»Ich habe euch schon drinnen gesehen, ich war drei Reihen hinter euch. Ihr seht reizender aus denn je. Vor allem von hinten«, grinste Malte.

»Drei Reihen hinter uns, da sitzt du richtig.«

»Kathrin, du bist reizend, wirst aber immer mehr wie dein Mann.«

»Andersrum, er wird wie ich.«

»Was aufs selbe rauskommt.«

»Aber etwas Grundverschiedenes ist.«

»Wie fandst *du's* denn?«, beendete Jan das alberne Duell.

»Ja, wie fand ich's, wie fand ich's. Durchwachsen fand ich's.«

»*Durchwachsen* ist auch so ein Nullwort.«

»Wieso *auch?*«

»Wie fandest *du's* denn?«

»Durchwachsen.«

»Sag ich doch. Kathrins Urteil wird da fundierter sein.«

»Sicher. Aber es reift noch.« Auch in Maltes Brillengläsern

diese Lichtreflexe, der Typ schien wieder nur aus Oberfläche zu bestehen, dachte Kathrin.

»Wollen wir noch was trinken, um es weiter reifen zu lassen?«

»Nein, geht nicht, leider«, wiegelte Kathrin sofort ab.

»Wir müssen nach Hause«, stimmte Jan ein.

»Die Kinder.«

»Schade.«

»Wirklich schade. Ich hole schon mal die Mäntel.« Kathrin ging Richtung Garderobe und atmete auf.

»Sie konnte mich noch nie leiden.« Malte hatte sein besonders schlaumeier-schlawinerhaftes Gesicht aufgesetzt.

»Was ein Quatsch, übertreib mal nicht. Wir müssen wirklich, du hast ja keine Kinder.«

»Sind die nicht schon erwachsen?«

»Nein.«

»Okay, okay. Aber wir beide gehen mal einen trinken? Ist lange her.«

»Auf jeden Fall.«

»Ist ja auch viel passiert in letzter Zeit.«

»Ja, sicher.« *Es passiert immer so viel, jaja,* dachte Jan. Aber die Pause nach dem Satz wurde größer, fast bedeutungsschwer, genau wie Maltes Blick. Also fragte Jan nach: »Was denn?«

»Was?« Malte schien aus einem düsteren Gedanken aufzuwachen.

»Was ist denn passiert?«

»Ja, Matuschke?!«

»Ja, was, Matuschke?«

»Das weißt du noch gar nicht?«

Jan hielt inne. »Was?«

»Na, da sieh mal einer den Boulevardheini hier an! Wo nehmt ihr denn eure Infos her? Vogelflug? Kaffeesatz? 4chan?«

Jan schwamm. »Ja, Matuschke, Matuschke, warte. Heiratet, soviel ich weiß, bald sein schwedisches Supermodel, vertickt Real Estate an die Promis in Amerika und hat gewiss noch immer eine der hübschesten Klosterschwestern im deutschen Businessadel. Alles beim Alten, also.«

»Haha. Alles beim Alten. Alter. Der Drescher. Der helle Wahnsinn.«

»Was denn?«

»Matuschke ist im Gefängnis.«

»Was?«

»Ja.«

»Weshalb?«

»Die Sache mit den Kindern. Und den Bildern.«

»Was?«

»Ja, bitter. Skurril. Bodenlos.«

»Wovon redest du?«

»Die behandeln ihn jetzt wie einen Mörder da.«

»Wie, Kinder, Bilder?«

»Wo lebst du? Kriegst du nichts mehr mit, oder was? Zu viele Redaktionssitzungen?«

Jan blickte im Foyer umher, die Gesichter waren ihm teils zugewandt und nickten und verschwammen anderenorts zu bloßen Flecken, Fingerkuppen, Klecksen.

»So.« Kathrin war zurück, schneller als gedacht.

»Das müssen wir wirklich bald besprechen«, sagte Jan.

»Aber klar«, nickte Malte.

»Was denn?«, fragte Kathrin.

»Ein Schulkamerad von uns steckt in Schwierigkeiten«, sagte Malte.

»Aber kein Ding. Geht um Hypotheken, Cum-Ex, so was«, relativierte Jan.

»Schon ein Ding also«, sagte Kathrin und zog die Augenbrauen zusammen, dazwischen die alte Falte des Zweifels, ein kleiner Keil.

»Aber nichts, das man nicht lösen könnte«, sagte Jan.

»Nein. Das gibt es eh nicht. Für alles gibt es eine Lösung, zumal eine kommunikative«, sagte Malte verschmitzt. »Vor allem für Leute wie uns.«

»Du sprichst ein heikles Wort gelassen aus«, lächelte Jan. »Wir müssen.«

»Die Kathrin, der Drescher. Der helle Wahnsinn.«

»Der helle Wahnsinn.«

»Haltet die Ohren steif. Und immer am Ball bleiben. Und flach halten, den Ball. Dranbleiben und flach halten. Wahnsinn. Der Drescher.«

»Tschüss, mach's gut, Malte.«

»Und den Ball auch mal reinmachen, Drescher. Am Ende den Ball auch mal echt reinmachen, irgendwann. Ciao, Drescher. Ciao, Kathrin, ciao. Der helle …« –

Aber sie hörten ihn schon nicht mehr.

PLATEAUPHASE

Ein Geheimnis ist ein innerer Ort der Einsamkeit, der sich ausbreiten kann wie ein Brandherd, wenn man ihn lässt. Schnell würde er sich entzünden und schwären.

Waren die Kinder weg, hatte es früher Sexgebot gegeben. Das hatte dann ausgenutzt werden müssen, und zwar so laut es eben ging – so hatte es in den ungeschriebenen Statuten dieser vorbildlichen Ehe gestanden. Die Regel schien jetzt wieder zu gelten, jedenfalls halb. Unter dem Martin-Eder-Gemälde, das Jans ganzer Stolz war und seinen distinguierten Geschmack belegte, gerade weil es kaum jemand mochte, wollte Jan sie nehmen, doch Kathrin entwand sich und fing an, seinen Schwanz zu reiben. Dabei stöhnte sie laut, extra laut, gespielt laut. Und seine Schreie hallten durch die bodenbeheizten Flure, und fast wie im Film, wie in einem Jack-Nicholson-Drama, ließ er sich enthemmt darauf ein und kam, so obszön und kamerawirksam er nur konnte. Nur lief keine Kamera.

Danach fand Jan keinen Schlaf. Der Sex mit seiner noch immer begehrten Frau hatte etwas von einer Performance gehabt, während deren er zugleich Darsteller und Zuschauer gewesen war. Das war nicht schlimm, aber ungewohnt. Er kam sich wie ein Lügner vor, der sich selbst beim Lügen betrachtete, schwitzend, unsicher, jede fahrige Geste ein Puzzleteil des Geständnisses, das als Gesamtes noch nicht begriffen war. Was hatte er zu gestehen?

Er versuchte, sich möglichst wenig zu bewegen.

»Kannst du nicht schlafen?«

»Doch, doch.«

Die Decken lagen auf ihm wie etwas Tranchiertes, wie Carpaccio, dünn und feucht und kürzlich noch lebendig. Er schwitzte. Er war selbst Carpaccio. Er wollte sich nicht bewegen. Er wollte sich und ihr nicht eingestehen, schlaflos zu sein. Wie in eine Deckenhöhle seiner Kindheit wühlte er sich ein, schraubte sich durch das erst steife, dann feuchte Bettzeug, schraubte sich durch das Geflüster in seinem Kopf, langsam, in Zeitlupe, über Minuten. Unter seinen Augenlidern, die ebenfalls feine, hauchdünne Fleischscheiben waren, lagen die Pupillen gelähmt im Trüben.

Kathrin umarmte ihn: »Schsch. Hast du schlecht geträumt?«

»Nein. Ich schlafe doch.«

Totes Fleisch war er, faserquer geschnitten aus der Seite des Herrn, filetiert und bereit zum Verzehr.

Wie alt war er gewesen? Elf, zwölf? Dreizehn?

Sofort hatte er den Park erkannt, die flachen Hänge, die Wiesen hoch zur Villa Dolorosa, wo die Sextaner wohnten, er einer von ihnen, und eines der Pferde war auf dem Bild zu sehen gewesen, in der Ferne, einer der Hengste, die Carvalho dann … und wie lange hatte er nicht mehr an Carvalho gedacht, was der jetzt wohl machte? Carvalho, der Pyromane, Carvalho, der stille Kim-Basinger-Spast, Carvalho, der blonde Portugiese mit eingesackter Haltung, undurchschaubar dümmlich – einer der Hengste also, die Carvalho eines Tages, genauer, eines normalen Nachmittags in der Mittelstufe, einfach so und aus dem Nichts mit einer gewöhnlichen Plastiktüte masturbiert und also abgemolken hatte, ihre Riemen regelrecht abgewichst, um dann mit dem Samen in der Tüte … er schreckte auf.

»Was ist denn?«, fragte Kathrin, jetzt fast ungeduldig.

»Nichts. Schlecht geträumt.«

»Hmhm.« Sie legte ihre Hand auf seinen Kopf.

Und was war mit Matuschke? Hatte auch er eines dieser Bilder erhalten? War Matuschke deshalb – ausgerastet? Oder was war ihm passiert, was hatte er gemacht? Waren diese Bilder vielleicht etwas zum Ausrasten? Und wenn ja, warum waren sie etwas zum Ausrasten, und war »Ausrasten« überhaupt das richtige Wort?

Warum, warum, warum. *Wasauchimmer warum,* dachte Jan, *wasauchimmer wie,* und verscheuchte die Gedanken wieder, oder spielte es sich vor, tat so, als wenn er sie verscheuchen könnte wie lästige Fliegen. Aber die Scheiße, die die Fliegen anzog, war in ihm. Unter den Decken wurde es eng und nass.

Es ist nichts, es ist ein Bild, es ist ein Bild von mir, von früher, ich bin das, wieso bin ich das, ich bin da nackt, wieso. Welcher Psychopath schickt mir überhaupt anonym ein derartiges Bild aufs Handy, das muss ein Psychopath sein, woher hat der Psychopath meine Nummer? Und wieso erinnere ich mich nicht? Woran?

»Klar erinnerst du dich«, sagte Kathrin. Er träumte schon.

»Du doch auch«, sagte sie zu Malte, der den beiden zu nahe kam, im Traum.

»Wir alle erinnern uns.« Eine grauschwarze Menge von Leuten, verschwommen, wie bei einer Totenprozession. Der Fokus pulsierte dunkel.

»Ich weiß nicht, wovon ihr redet.« Jan schwitzte, im Traum und in echt.

Dann tauchte Konstantin auf, hinter einem Baum, ein Dealer, der Blick verstellt, fast verrückt, die Kleidung zerfetzt, und zeigte Jan drei Pillen in seiner rissigen Hand, eine blaue, eine rote, eine braune, die sofort zu Brei zerfiel und zerlief, und flüsterte:

»Die Scheiße ist in dir.«

REDUCTIO A.D.

Am nächsten Tag in der Redaktion saß Jan am Schreibtisch und dachte kurz an nichts. Da kam die Praktikantin (oder Volontärin?) herein und lächelte mit den Augen, die blau waren (oder grau?). Jan lächelte zurück, mit dem Mund, falsch, dachte er, ich lächle falsch und unschuldig und tue geziert unsexy, womit ich wohl das Gegenteil erreichen will, nämlich auf unschuldige Weise sexy zu wirken, *oh Mann.* Kurz fragte er sich, ob er die Praktikantin (oder Volontärin?) atemberaubend, langweilig, schön oder egal fand. Sie legte ihm einen Stoß Papiere hin. Er roch ihr Parfüm, es war eines dieser herben Männerparfüms, die sich die Studentinnen in diesen Tagen gerne auftrugen, wegen struktureller Dinge wahrscheinlich, dachte Jan (ja, wegen struktureller Ungerechtigkeiten und längst nötiger Aufweichungen der überkommenen Patriarchate und Machostrukturen, und er nicht anders, er auch ein strukturelles Problem, dachte Jan), während die Praktikantin (oder Volontärin) sich vor ihn (oder eher über ihn) beugte, um einen anderen Ausdruck aus dem Fach zu nehmen, sie war ihm ganz nah.

Denn wer kannte sich schon aus in der Geheimsprache der Lockdüfte (die oft auch Abstoßungsdüfte waren), wenn nicht Jan, der Frauenkenner und -fürchter; er war bei Kathrin in die Schule gegangen (und bei einem Up!-Feature über die »Hammerdüfte der Saison« letztes Jahr, da hatte er (oder doch die Praktikantin (oder Volontärin)) extensiv recherchiert), aber das hier, das Parfüm der Praktikantin (oder Volontärin), das war ein Geheimtipp. Er hatte sie gefragt, und seitdem herrschte ein seltsames Verhältnis der Allianz zwischen ihnen, zwischen Johanna (oder Jasmin?) und ihm, Jan, der dieses Parfüm nicht in seinem Feature erwähnt hatte, denn es sollte ein Geheimtipp (und also auch ein Geheimnis zwischen ihnen) bleiben.

Es war *Penhaligon's Blenheim Bouquet,* es war Winston Churchills Parfüm, ein echtes »Insiderding« (nur worin Insider, dachte Jan, innerhalb welchen Fachbereichs, welcher Altersgruppe, welcher peer group?), so hatte Johanna (oder Jasmin) ihm verraten, es sei auch, so sie, nichts so wie dieses zitrusfrische Männerparfüm mit Akkorden aus Limone und Lavendel und Zedernholz, das sie trage (er hatte nach einer Alternative gefragt, vielleicht für ein Geburtstagsgeschenk, vielleicht für sie, die ihm damals schon längst mehr war als »Praktikantin« oder »Volontärin«, als »Johanna« oder »Jasmin«, aber er war ja treu, so treu); »nein, Jan«, so sie dann (oder doch: »nein, Herr Drescher«, ja, sie waren noch beim Sie gewesen, damals), nichts sei diesem Duft auch nur annähernd ähnlich, vielleicht noch diese Aesop-Düfte, aber eigentlich nichts, »nein, Herr Drescher«. Und es gebe, so Johanna (jetzt wusste er ihren Namen wieder, denn gerade gestern war doch die Mail rumgegangen, dass sie keine Praktikantin mehr war, sondern fest angestellt im Sender), dieses eine Parfüm Penhaligon's Blenheim Bouquet gebe es also auch nur bei *manufactum* oder in der *Havarie de Luxe* und in besonders gut sortierten Parfümerien, und »nichts zu danken, Herr Drescher«, und »ciao«.

Johanna war weg, nur der Duft Churchills lag noch in der Luft.

Jan dachte wieder an nichts.

An fast nichts. Er dachte an Kathrin, an Churchill, an den Krieg und an seine britischen Freunde aus Eton, die er plötzlich vermisste; dachte unwillkürlich an Johannas Haut überm Jochbein, die er soeben kurz gesehen hatte im Ausschnitt des Hemdes (sie hatte ihm ja keine andere Wahl gelassen!) und die wie ein Echo auf seiner Retina klebte, falsch herum, wie er wusste (und Johanna wahrscheinlich nicht): als vom Glaskörper seines Auges umgekehrtes Abbild der Lichtquelle.

Aber Jans Hirn rechnete es alles wieder richtig und andersrum und ins Lot. Dann zerstob das Bild.

Dann dachte er an den nächsten Auftritt in zwei Tagen und wurde nervös; dann an Annabelle und an die Zeiten damals, weit weg: zu Hause.

DAS LEICHTE LEBEN

Wer nach Annabelle in sein Leben getreten war damals, war Kathrin, aber auf eine Art und Weise, die jegliche seiner Jungenträume und Liebesfantasien noch übertraf (so hatte er jedenfalls gedacht). Denn es war wahr geworden: Die Sehnsucht konnte erfüllt werden, die Träume fanden ihre Umsetzung, und Liebe war schlicht und einfach – und schlicht und einfach möglich. Die Realität hatte ein neues Terrain aufgespannt, einen neuen Raum eröffnet, der einen Gang zur Zukunft wies.

Sie waren erst ein Szenepaar gewesen, Anfang der Nullerjahre. In Strobolicht und Donnerbässen und Brutalobeats, im Strom der immer gleichen und doch immer neuen Nacht hatten sie sich langsam angenähert, bisweilen umtanzt, einander über Freunde von Freunden ausgecheckt, Informationen eingeholt und wieder vergessen, auf Drogen oder Alkohol oder durch die kleinen Beziehungsverirrungen am Rande der Tanzfläche. Dann hatten sie sich für länger aus den Augen verloren, um sich in einer langen Nacht wiederzusehen und ohne Zögern zuzugreifen in einem Club. Sie hatten einander gesehen, beobachtet und erkannt, da auf dem Tanzboden der Träume und Traumata, und waren dann miteinander abgestürzt in höchste Höhen. Nach zwei durchtanzten Nächten frühstückten sie im Hotel und landeten bei Kathrin zu Hause. Seitdem waren sie zusammen.

Kathrin war szeneberühmt und fast süchtig, und Jan war

ein Versprechen, solide genug, den Moment vor ihrem Niedergang abzupassen, spontan genug, die Möglichkeit, die die beiden sein könnten, zu erkennen und beim Schopfe zu packen, und dabei auch spießig genug, sich kurz auch als ihr wohltätiger Retter zu inszenieren.

Und so trafen sie sich zu genau dem richtigen Zeitpunkt zwischen Fallenlassen und Fallen. Und wollten jetzt ernst machen. Ein Dennoch musste her, gegen die endlose Party, gegen die angebliche Beziehungsunfähigkeit und die ewige Unentschiedenheit, und dann ein Dann, und dann ein Darauf und ein Dazu – die große, bürgerliche Erzählung wollten sie leben, in aller Konsequenz und nach den Regeln der Kunst der Gattung. So wurde die Hochzeit auch an einem See ausgerichtet, in der prallgrünen Natur mit den Luxushotels in Wanderweite, und alle Gäste, wirklich alle kamen in Weiß und stiegen am Ende vergnügt und wie nackte Kinder ins Wasser, um zu schwimmen und sich des Lebens und der neuen Liebe zu erfreuen.

Es war ein unwahrscheinlicher Aufbruch gewesen, und doch hatten ihn dann viele unternommen, von dem Tanzboden in den Traum, in die Liebe und in die Stabilität hinein, und eine weitere Ehe wurde geschlossen, ein weiterer Traum eröffnet, und immer so weiter, und immer so fort; doch dann begannen die Ehen und die Träume zu platzen, viele, sehr viele scheiterten über die Jahre, wie allmählich immer deutlicher zu sehen war, und es gab Schuldzuweisungen und Hässlichkeiten und Betrug und Falschheit, und die Märchen kamen langsam an ihr Ende.

Kathrin und Jan dagegen waren für lange Zeit das Musterbeispiel des Gelingens gewesen, gerade nach Kathrins kurzem und giftigem Ruhm. Er begleitete sie auf ihrer letzten Lesereise, ließ sie gewähren, lesen, flirten, sah die interessierten, missgünstigen oder lüsternen Blicke des Auditoriums und wartete einfach ab. Die Lesereise wurde zu einem unspektakulären Erfolg ohne Absturz. So konnte sie also zuletzt auch mit ihrer unruhigen Karriere Frieden schließen. Das war nicht wenig.

Sie sogen sich mit Welt voll auf einer großen Europareise, begannen Sparpläne und Verträge abzuschließen, und sie schulte um, wurde, als Quereinsteigerin, Deutsch- und Geschichtslehrerin an einer inklusiven Schule. Langsam nahm seine Karriere beim Fernsehen Fahrt auf, erst Kulturfernsehen, dann Boulevard. Es würde schließlich ein großes Haus sein, das sie bald bewohnen wollten.

Dann kamen die Kinder, festigten die Beziehung weiter und mehrten das Glück. Jan sah in Kathrin, wie sie so schwanger mit Lale dastand, einfach die schönste Frau der Welt. Sie würden jetzt eine Familie sein und alle Pflichten erfüllen und jeden Stress meistern. Das hatte er gewollt, und sie fand, dass das auch ihrem Willen entsprach, am Ende des Tages.

Sie würden ein leichtes Leben führen. Das hatten sie sich geschworen. Und es schien, als könne es wirklich und restlos gelingen.

DANACH

Sie hatten noch bei WhatsApp geschrieben gegen neun Uhr, Jan hatte dabei schon sehr betrunken gewirkt, Tippfehler und Witze gemacht, sich dann nicht mehr gemeldet, und sie war froh drum gewesen. Dann hatte sie Sex mit anderen, fremden Männern gehabt, mit Clowns, Löwen und Teufeln. So war das gewesen. Sie kicherte und rief Catharina an.

»Und du hast wirklich gar nichts gemacht?«

»Nichts. Reichte mir, bei dir zuzugucken.«

»Aber der Typ mit der Zorromaske wollte doch?«

»Aber ich wollte vielleicht nicht?! Der konnte sich ja kaum artikulieren, voll der Stammler, und weißt du, was er gesagt hat?«

»Was?«

»Er wolle … stammel, stammel … jetzt ›auch mal zum Zug kommen‹.«

»Was? Und du?«

»Mit mir wird das nichts mehr heute, Junge.«

»Haha! Zug abgefahren, Zorro!«

»Genau.«

»Nimm die Nächste.«

»Denken die Idioten eigentlich, sie müssten sich gar nicht mehr anstrengen?«

»Na ja, das ist doch der Sinn der Sache bei so was. Eher *nicht* zu reden.«

Und Kathrin hatte wirklich mit niemandem geredet, stattdessen schnell noch mehr Sekt gekippt und war dann nach einem Nicken an der überraschten Catharina vorbei in das Zimmer voller Matratzen, Rosenblätter und Teelichter geschritten, fast gesunken. Sie hatte es wirklich wissen wollen.

Und? Was wusste sie nun? Dass sie zur Hündin werden und es genießen konnte? Dass Fantasien immer besser waren als deren Erfüllung? Dass sie gewissenlos war? Dass sie – und nun, beim Frühstück, kam zwischen aufgebackenen Brötchen, Kakao, Kaffee und Orangensaft der zweite, heftigere Gewissensschub – ungeschützten Sex gehabt hatte, mehrfach, anonym, ohne auch nur einen Gedanken an irgendeine Ansteckung zu verlieren?

Welche Ansteckung denn bitte?

»Grippewelle«, sagte Severin, »sauviele Lehrer krank. Und Schüler fast auch alle.«

»Und wieso wir nicht?«, fragte Kathrin.

»Gute Gene«, sagte Severin und butterte sein Brötchen ein.

»Nee«, sagte Lale, »krasse Mutationen.«

Die Kinder lachten und kauten. Kathrin bedachte sie heimlich mit einem *liebenden Blick,* den sie gleichzeitig von außen sah, sich sah sie selbst als *liebende Mutter,* ihre Kinder anblickend, sanft und fürsorglich, mit einem milden Schleier vor den Augen. Innen aber wühlte ein kleines Unbehagen, sie sah auch die kleinen triebhaften Wesen vor sich, die Hormonvulkane kurz nach dem ersten Höhepunkt der Pubertät, die Ausbrüche, Aknewunden und Liebeswirrungen, die gerade zuschlugen. Dieses Unbehagen war in der Außenperspektive nicht zu finden; dort gab es nur den milden Blick der Mutter, der ihr jetzt plötzlich falsch und gespielt vorkam und also erlosch.

Chlamydien? Tripper? Was war denn alles möglich? Vor ihrem inneren Auge schlugen die Viren zu und fraßen sich ins System, in den Körper, von unten her. Sie sah es wie einen Lehrfilm aus einem besonders perfiden Biologieunterricht, nur war sie Leinwand, Lehrexemplar und Schülerin in einem. Und Aids? Was war mit Aids? Der Gedanke kam wieder und wieder, er hatte schon seinen eigenen Synapsenpfad in ihrem Kopf und musste nur denselben Weg gehen, immer denselben Weg. Ihr wurde kurz schwarz vor Augen. Sie stützte sich auf dem Esstisch ab und atmete durch.

»Mama?«

Das Licht kam wieder.

»Schon gut, kleiner Schwächeanfall.«

Ein Geräusch, kaum wahrnehmbar, das Rascheln von Kleidung, das Quietschen von Schuhsohlen aus Gummi. Da war jemand –

»Ach so, Keanu hat bei mir geschlafen«, sagte Severin.

»Keanu? Ich kenne keinen Keanu!«, sagte Kathrin.

Eine kurze Flut von Wahrnehmungen: Lales minimale Reaktion auf Severins Aussage, irgendwie überrascht, vielleicht auch irgendwie dankbar; Severins Ruhe, die Art von Ruhe, die eine kleine Lüge überspielen will; Lales Reaktionsvermeidung nach dem ersten Impuls. Kurze Starre.

»Guten Tag, Frau Drescher. Ja, Keanu mein Name. Kann ich auch nix für.«

Ein Junge stand da in der Tür. Kathrin erschrak vor seiner Schönheit. Fast sah er aus wie eine Skulptur, fein gemeißelt, der Staub noch auf den Gesichtszügen, dunkler Teint. Die hauchdünnen Schatten verschoben sich mit jeder kleinen Bewegung; eine hochaufgelöste Animation schien abzulaufen, wie Zeichentrick, nur detaillierter, schillernder. Kathrins Herz stockte. Das hatte sie so, in dieser Körperlichkeit, tatsächlich noch nie empfunden. Sie würde sich erholen müssen von diesem Anblick, das wusste sie. Das Herz stockte noch einmal, wie zur Bestätigung, dass es solche Dinge wirklich gab und nicht nur in der Sprache, in den Filmen, in der Literatur. Sie schluckte und dachte dann paradoxerweise und wie zur Abwehr an Kleist, an seinen Dornauszieher, rief diese alten und eben doch literarischen Bilder und Gedanken auf, Gedanken über eine Schönheit, die nichts von sich weiß – wohl um diesem Zuviel an Gegenwart und milder Überwältigung irgendwie beizukommen. Das Licht blieb an seinen Wangen haften, er schien es fast zu absorbieren, um es in etwas anderes zu verwandeln, ein anderes Licht vielleicht, oder einen Glanz ganz eigenen Spektrums. Man sah ihm an, dass er nicht im Geringsten wusste, wie er sich verhalten, ob er dastehen oder sich bewegen sollte.

Lale rührte sich zuerst, sprang für ihre perplexe Mutter ein: »Dann setz dich doch, Keanu. Einen Orangensaft? Wasser? Kakao?« Dabei beobachtete sie ihre Mutter genau. Was war da los?

Kathrin wusste, dass sie ihre Erstarrung genau jetzt auflösen musste.

»Ja, gerne, genau, herzlich willkommen – Keanu.« Sie rückte ihm den Stuhl zurecht, und er setzte sich zögernd hin. Kathrin erinnerte sich an die Durchsicht der Neuzugänge an der Schule und fragte: »Der Name kommt mir so bekannt vor – kommst du nicht auf unsere Schule bald?«

»Der Name ist von einem amerikanischen Schauspieler«, sagte Severin und wurde freundlich ignoriert.

»Ich bin schon drauf, Frau Drescher«, sagt Keanu schüchtern nickend und lächelnd, »auf Ihrer Schule. In der Orientierungsklasse.«

»Und bald ist er bei uns«, sagte Lale und leckte beiläufig einen Löffel ab.

Kathrin nickte und erinnerte sich nun auch daran, dass der

Grund für seinen Schulwechsel seltsam opak geblieben war – Mobbing im Internet, hatte es geheißen, aber es war nicht ganz ersichtlich, wer dabei Opfer, wer Täter gewesen war oder ob es diese genaue Unterscheidung überhaupt geben konnte. Ein Fehltritt Keanus hatte wohl zu einer virtuellen und auch realen Treibjagd durch seine Mitschülerinnen und Mitschüler geführt – wie das so war, wenn die asozialen Hetzwerke heiß liefen und auf die Straßen und Schulhöfe herüberschwappten. Kathrin nickte. Jeder hatte einen Neuanfang verdient.

Zumal ein solcher Hübschling wie der hier. Sie versuchte ihre Verzauberung in einem nüchternen Lächeln aufzuheben und vergaß sich dabei kurz. Was er wohl für einen Hintergrund hatte? Asiatisch, türkisch, hawaiianisch, persisch? Es war einfach nicht auszumachen, und das musste ja auch gar nicht sein. Wofür?

Lale haute mit dem Löffel extra laut gegen ihr Glas, und als Kathrin aufschreckte und sie ansah, warf ihre Tochter ihr einen bösen Blick der Irritation über den Tisch hinweg zu und schüttelte ansatzweise mit dem Kopf.

»Gut, Keanu«, sagte Lale dann, ohne den Blick von ihrer Mutter abzuwenden, »magst du lieber Brötchen oder Vielkornbrot – oder Toast? Wir haben alles da.«

»Ja«, beeilte sich Kathrin dann, irgendetwas zu sagen, »ja, genau«, aber sie konnte zunächst nur den Satz ihrer Tochter wiederholen: »Wir haben alles da.«

SECHS WOCHEN

Die nächsten Wochen waren die Hölle. Gleich nach dem Frühstück mit den Kindern und Keanu (schweigsam, aber *hübsch, so hübsch)* wurde Kathrin von einer unterschwelligen Hysterie befallen, die sie als solche auch erkannte, aber nicht abwehren konnte. Es war plötzlich klar: Sie hatte sich, wenn schon nicht HIV, dann doch mindestens Syphilis oder den Tripper eingefangen. Mit einem Schlag war es da gewesen, das schlimme Wissen, und würde nun bleiben. Ab jetzt würde sie mehrmals täglich heimlich auf dem Klo ihre Vulva begutachten, die Schamlippen aufblättern wie eine welke Blume und hineinspähen, Hautirritationen sofort als eindeutige Symptome einer Infektion wahrnehmen. War das da ein ungewöhnlicher Ausfluss? Juckte es schon wieder? Woher diese Rötung, und da eine Erhebung? Sie betrachtete sich entfremdet im Spiegel und atmete schwerer. Sie wusste, dass es unvernünftig und hysterisch war, konnte es aber nicht abschütteln. Schweiß trat ihr auf die Stirn, der ihr sofort verdächtig wurde: erste Hitzewallungen der ausbrechenden Krankheit? Der Verdacht ließ sie noch stärker schwitzen.

Die große, lächerliche Heimlichtuerei vor Jan und den Kindern würde nun ganze sechs Wochen dauern. Dann erst nämlich könnte ihr der Arzt, den sie in einer Freistunde gehetzt aufgesucht hatte, Gewissheit verschaffen, dass absolut nichts vorlag; dann erst könnten die Tests alle Infektionen ausschließen. Es mussten sich ja, falls infiziert, erst genügend Antikörper bilden. Antikörper!

»Kathrin? Du rauchst?«

»Ja.«

»Wieso?« Jan trat zu ihr auf die Terrasse.

»Ich hab' mir nur eine angesteckt.«

»Ist denn irgendwas?«

»Nein, ich bin nur gestresst.«

»Und wovon?«

»Einfach so. In der Schule sind sie alle nur noch verrückt.«

»Das war so ein langer Prozess mit dem Aufhören.«

»Ich hab' mir lediglich eine angesteckt. Ich fange nicht wieder an.«

»Seltsam.« Jan küsste sie auf die Wange und zündete sich ebenfalls eine an. Er zog an der Zigarette, zog Kathrin fest und innig an sich, küsste sie noch mal und sagte: »Aber nicht schlimm.«

»Ich weiß«, sagte Kathrin. Ein kleiner dumpfer Nikotinrausch kam im Kopf an, und ihr Herzschlag schien sich zu beruhigen, indem er beschleunigte.

Zwei Stunden später war Kathrin zwei Stunden lang im Internet. Die Recherche machte sie noch panischer. Je tiefer sie in die Foren drang, desto übler wurde ihr, und die Foren hielten auch noch die Unterstellung parat, dass es nicht die Angst um sich selbst war, die sie umtrieb, sondern einfach ein mieses, schlechtes Gewissen. Alles drehte sich.

Sie musste sich mit Catharina treffen, sofort. Eine Stunde später saßen sie sich gegenüber, in einem Café um die Ecke, mit Eisbechern vor sich. Kathrin stocherte in dem ihren lediglich herum, nahm kaum einen Löffel zu sich.

»Was? Wieso denn diese Fragen?«, wollte Catharina wissen.

»Weil ich irgendwie unruhig werde«, sagte Kathrin. »Es ist einfach eine Nachfrage. Ich frage nur.«

»Aber du weißt doch, wer die Gastgeber waren: Katja und Ferenc, normale Filmleute, wenn man da von normal reden kann, Freunde von Freunden einfach, und ich kann dir jetzt auch nicht sagen, mit wem du da alles gevögelt hast.«

Die Leute um sie herum wurden kurz aufmerksam, man merkte es an einem winzigen Ruck, der durch sie ging, dann an einem Augenblick der Erstarrung.

»Jetzt werd' nicht noch moralisch!«, versuchte Kathrin zu lachen, um das Ganze ins Komödiantische zu ziehen, und fügte leiser hinzu, so, dass nur Catharina es hören konnte: »Nur mit vieren.«

»Nur ...«, lächelte Catharina.

»Ja, nur! Jetzt stell mich nicht so aus.« Kathrin blickte sich unsicher um. Catharina neigte sich ihr zu und setzte ihr fürsorgliches Gesicht auf.

»Jetzt lass das Drama mal sein, meine Liebe.«

»Ich bin einfach völlig fertig.«

»Und wenn du dann herausgefunden hast, wer das war – was willst du die dann fragen? Ob sie Aids haben?«

»Vielleicht. Warum nicht?«

»Kathrin. Komm mal runter.«

»Du hast mich doch beobachtet. Kanntest du da einen?«

»Ich hab' dich nicht beobachtet!«

»So meinte ich das auch nicht.«

»Ich kannte die auch nicht, oder hab' die nicht erkannt. Die waren ja auch alle so albern maskiert, wenn du dich erinnerst, wie du übrigens irgendwann auch.«

»Ich weiß.«

»Mein Gott, bleib cool, es wird schon nichts sein.«

»Ich mach mich hier fertig.«

»Beruhig dich einfach.«

»Kannst du mir die Nummer von Katja geben?«

»Und die willst du dann nach deinen Sexpartnern fragen?«

»Ja.«

»Also wirklich. Lass es lieber. Das ist ja peinlich.« Catharina hatte einen Gegenstand aus ihrer Handtasche genommen, in buntes Papier verpackt, ein Geschenk wohl, und spielte mit ihm herum.

»Welche war denn Katja?«

»Hab sie dir doch vorgestellt?«

»Ich war betrunken.«

»Ich hab' die Nummer nicht.«

»Hast du wohl.«

»Das hättest du dir alles früher überlegen können.«

»Einen weiß ich auf jeden Fall noch. Den Mischling.«

»Den Mischling? Das gibt es nicht, *Mischling*. Und wieso fragst du genau nach dem?«

»Ich frage nicht nach genau ihm, aber bei ihm weiß ich es – wegen der Hautfarbe eben. Darüber kann man doch reden. Und außerdem – ach!«

»Was ach?«

»Es ist mir auch peinlich, aber ich kann jetzt nicht sechs Wochen warten!«

»Kannst du wohl.«

»Du hast gut reden! Bist ja auch nur ganz brav dagestanden.«

»Weil ich auch nicht ausreißen muss aus einem scheißeintönigen Familienleben!« Wieder merkten die Leute auf. Kathrin bekam einen Schweißausbruch und verfluchte Catharina innerlich.

»Hier ist nichts eintönig«, flüsterte sie.

»Wenn du keine Familie und keine Ehe hättest, würdest du jetzt keinen solchen Aufstand machen. Krieg dein schlechtes

Gewissen einfach in den Griff, Kathrin.« Sie auch, also. Sie kam auch mit dem schlechten Gewissen.

»Wenigstens den Schwarzen will ich fragen.«

»Wieso denn genau den? Hast du sie noch alle?«

»Catha! Ich hab' die Statistiken gelesen, wenn du es genau wissen willst.«

»Was! Welche Statistiken?«

»Ich möchte einfach wissen, wer er ist. Wenn der frisch aus Afrika kommt – das sind einfach Bedenken, die ich habe.«

»Du bist ja wirklich eine Rassistin!« Die Leute drehten sich nun um.

»Bin ich nicht, Catha. Ich bin nur echt fertig.«

»Es ist nichts. Geht das in deinen Kopf hinein?«

Nein, wollte es nicht. Und Catharina, die sie schon so lange begleitet und unterstützt hatte in ihrem Leben, mal mehr, mal weniger zwar, aber immer da war, auch für die Kinder, auch für Lale, war Kathrin keine echte Hilfe mehr. Sie sagte nur: »Entspann dich mal.«

»Ja, du hast gut reden, mit deiner hochentspannten Polyamorie da, wo angeblich alles möglich ist und am Ende nichts mehr etwas bedeutet.«

»Davon hast du keine Ahnung, glaub mir. Und ich meine es ernst, mit der Entspannung. Happy Birthday, nachträglich.« Catharina überreichte Kathrin das kleine Paket.

»Ich hatte doch gar keinen Geburtstag …?«, wandte Kathrin ein.

»Nein, aber dieses Ding da wird dir den schönsten Geburtstag bescheren. Glaub mir. Du wirst dich sogar wie neugeboren fühlen. Und musst zu keinen Orgien mehr, die du später bereust.«

Kathrin formte ein stummes »Was ist das?« mit den Lippen.

»Mach es auf«, nickte Catharina weise.

Das tat Kathrin, und in der Hand hielt sie dann einen seltsam geformten Gegenstand, eine Art weich geschwungenen Rasierapparat aus Plastik, mit einem Loch vornedran. Sie wusste sofort, dass es ein Sexspielzeug war.

»Das ist ein Satisfyer«, sagte Catharina jetzt besonders laut, »und er wird dir helfen, diese ganze Malaise hinter dir zu lassen.«

»Was?«, rief Kathrin und wollte das Ding am liebsten wegwerfen, dem Kellner hinterher oder dem nächsten Tisch in den Eisbecher. Die Leute drehten sich wieder um, und einzelne Frauenstimmen lachten auf.

»Ja«, sagte Catharina, »du magst es jetzt nicht glauben. Aber wart's nur ab.«

Kathrin starrte auf das abstrakte Plastikding in ihrer Hand und fühlte sich kurz wie der missverstandenste Mensch auf Erden.

PRÉLUDE À LA SCÈNE

Auch Kathrin hatte den Theaterabend gehasst. Die hippen Hässlichkeiten hatten herumgestanden, große Fensterglasbrillen, klobige Turnschuhe, weiße Tennissocken, Pullover oder T-Shirts in die Hosen gesteckt, angeblich nerdig, dabei doch eher *à la mode*. Dazu ein oder zwei altmodische Accessoires, vielleicht die Goldkette der Großmutter, mit goldenem, schlankem Christenkreuz, vielleicht die Ohrringe der Mutter, Familienerbe, aus den Achtzigern, teures, altes, preisloses Zeug. Gerne Jogginghosen aus Nylon, aufgeblähter Ballonstoff, gerne Zahnspangen, gerne Piercings durch die Nasenscheidewand, gerne Jutesäcke mit Message und vegane Doc Martens. Oder gleich Schönheitsboykott als Pseudoemanzipation, extra billige Jeans, extra trashige Tattoos.

Jan war durch die kleine Traube aus Menschen ins Theater geschritten, Kathrin an der Hand, die er, obwohl es erst einmal geklingelt hatte, in Eile hinter sich hergezogen, schon fast gezerrt hatte.

Sie hatte sich das »Sag mal?« verkniffen.

Obwohl sie doch der (wenn auch ehemalige) Star war, riss er jeglichen gesellschaftlichen Auftritt immer an sich, und in letzter Zeit war dieses Gebaren fast schon unerträglich geworden, wie ein Klischee, das sie nicht wahrhaben wollte, so klischiert war es schon, so unbeschreiblich dumm.

Aber so war es nun einmal: er war jetzt der Fernsehfritze mit ansehnlicher Fanbase, und sie war wirklich eine »Lehrerin«. Vom Zugpferd (wenn auch nur Zugpferd im Medienzirkus: *Zirkuszugpferd!)* war sie zur bloßen Begleitung geschrumpft. Dabei war sie doch die von oben, er der von unten! Wie jetzt wieder zu sehen: Jans Panik, wenn sie ins Theater gingen, die ungelenke Souveränität, die er ausstrahlen zu müssen meinte – und deren Ungelenkes, so war sie sich sicher, nur sie sah.

Den Theaterabend hasste sie dann ebenso wie Jan, konnte es aber nicht zugeben, denn die feinen Unterschiede waren fast das Letzte, was sie noch hatte in diesem Grabenkrieg ohne Schüsse, ohne Schlacht. Es war wirklich albern gewesen, diese Übersexualisierung als Kindergarten, dieses anale Einrennen offener Türen; aber dass die Kulturlandschaft wirklich so banal und trist war, wie Jan in seiner Ignoranz plump erkannte, wieder und wieder, das konnte sie sich und ihm nicht eingestehen. Das war eine ihrer letzten Bastionen.

Dann auch noch Malte, den sie nun wirklich nicht leiden konnte, einer dieser fakeschlauen Internatsheinis, nicht einmal Manager oder Jurist, sondern bloßer *Werbewichser*, vollgepumpt mit brüchigem Selbstbewusstsein, das, war es einmal kurz angepikst, allzu schnell in sich zusammensackte, und Kathrin war eine Pikserin, sehr feine Nadel, sehr schnell gesetzt, und so pfiff er, wie viele, wenn er sie sah, sofort aus dem letzten Loch. Seine Glatze glänzte, die Augen auch, die Brille auch, der Typ ein einziger *Lichtreflex*.

O Gott, dachte Kathrin, ist es wieder so weit, hasse ich wirklich *alle?* Sie sah die moschusgetränkte, männlichkeitsritualisierte Begrüßungszeremonie der beiden, hob die Augenbraue, nickte, sagte zwei, drei Sätze und holte die Jacken.

Die Leute, kannten sie sie noch? Nein, ja? Egal. Sie kannte kaum mehr welche, manche vom Sehen vielleicht, oder sie verwechselte eine mit einer oder einen mit einem oder einen mit einer oder eine mit einem; das Leben, so wusste sie, war nichts als eine Verwechslungskomödie. Sie wartete an der Garderobe mit der Marke in der Hand, dezent die Leute neben ihr, mit Schals, Krawatten, mit Broschen, angenehm, eigentlich, dieses Warten, diese Geduld von allen.

Später lag wieder irgendein Sex in der Luft, aber wie, wie sollten sie es machen? Penetration war einfach nicht möglich, oder sollte sie Jan plötzlich sagen, er möge sich ein Kondom überstreifen, ansonsten könnte er sich vielleicht mit dem HI-Virus infizieren? Schon während des Vorspiels (das wenig von einem Spiel hatte) schien Jan sich und ihr etwas beweisen zu wollen, und sie versuchte, ihn irgendwie auf Abstand zu halten und es ihm dennoch ebenfalls zu beweisen, die Liebe oder die Anziehungskraft, wasauchimmer, obwohl das schlechte Gewissen ihr brennend über den Rücken lief – da fiel ihr Catharinas Geschenk, der Satisfyer, ein.

»Warte«, sagte sie, »ich hab' hier was.«

Sie trippelte in den Flur und holte das Ding aus ihrer Manteltasche. Sie trippelte zurück und drückte es ihm in die Hand. »Hier, das ist mal etwas anderes. Wollten wir nicht mal was ausprobieren?«

»Ja, klar, aber –«

»Schau es dir einfach mal an.«

Obwohl sie selbst kaum Lust auf dieses Abstraktum hatte (aber es musste jetzt sein), schossen ihr die Informationen, die sie über dieses Ding ergoogelt hatte, wie Werbesprüche aus dem Mund: dass es nur für die Klitoris sei, eine Revolution nach Jahrzehnten der Dildohegemonie, dass es wirklich funktioniere, mit Druckwellen und zwölf Stufen, und unglaublich schnell, jedenfalls schwärmten im Netz alle davon, und dass sie sich fragten, wie sie ohne diesen Satisfyer hätten leben können, so ein Ding sei das, genau, und dass es doch nun wirklich, wo sie sich derzeit doch neu entdeckten, auch Zeit für etwas anderes auf ihrer Seite sei, nicht wahr?

Jan nickte und sagte ratlos: »Und wofür brauchst du mich dann noch?«, aber er versuchte es als Witz zu verkleiden und lächelte, wenn auch eine Spur zu traurig.

»Wir teilen die Erfahrung einfach, komm!«

»Nein, das ist mir gerade zu albern.« Er drehte sich ab. »Ein andermal, okay?«

»Okay.«

Sie presste die Augen zu und dachte, genau in der Art ihrer Kinder, nur nicht ironisch wie sie, sondern mit dem größten bittersten Ernst, dachte: *Hallo, hallo, jemand zu Hause? Hallo, hallo, hallo? Jemand da?*

Sie stand ruckhaft auf und ging ins Klo und benetzte ihr Gesicht mit kaltem Wasser und nestelte im Hygienebeutel herum (von Lacoste) und nahm drei Tabletten. Dann schleppte sie sich zurück ins Bett, ins nasse Zeug. Sie war so schwer jetzt, und alles schien in ein tiefes Rot getaucht. Dann wurde sie noch schwerer, dann leichter. Sie zwang sich, die Augen zu schließen, und die Gedanken auch.

Zehn Minuten vergingen, vielleicht auch eine Stunde.

Endlich schnarchte Jan. Und auch sie versuchte, die Träume anzulocken, bitte zahm, bitte weich, bitte schnell, bitte tot.

LOO TIME (TO THE JOHN)

Malte und Jan saßen an der Theke. Malte stichelte wieder.

Das war einer seiner Charakterzüge, zumal, wenn es gerade nicht so gut lief bei ihm: sticheln, »nicht großzügig sein«, wie Johannes es nannte, kritisieren, verbittern, zum Kurzzeitzyniker werden, dabei selbst möglichst unverwundbar bleiben.

Jan wusste, wie neidisch Malte auf ihn war, aber er wollte es eigentlich nicht wahrhaben. Bisweilen hatte er Malte erst sanft, dann bestimmt, dann auch mal laut darauf hingewiesen, aber Malte schien es nicht einsehen zu wollen, schien seinen Kleinmut nicht erkennen zu können oder zu wollen. Der fehlende Sinn für eine Art von wohlwollender Empathie, auch dem Erfolgreichen gegenüber, machte ihn zu einer erstarrten Ikone der Coolness. Dabei war er doch so klein und glatzköpfig! Und tatsächlich: Sind Ikonen nicht alt und bleich und blättern – und zeugen von alten, mythischen, längst vergilbten Zeiten? Genau wie Malte, dachte Jan, und er sah einen Lichtreflex auf Maltes Glatze, einen kreisförmigen, und er kam ihm vor wie eine aufgeklebte Aureole. Ja, dachte Jan, *als das Glauben noch half –*

»Ich muss mal.«

»Bis gleich.«

Auf dem Klo ekelte es ihn wegen eines üblen Geruchs, und er war dennoch froh, der Überforderung, die die ganze Kneipensituation seltsamerweise für ihn darstellte, kurz zu entkommen. Er seufzte und pinkelte los. Dann merkte er, dass da einer hinter ihm aus der Kabine torkelte, dann stehen blieb, tief und rasselnd atmete und besonders laut den Wasserhahn aufdrehte, mit dem Papier raschelte, um dann, als Jan abschüttelte und ein Moment der Stille herrschte, schließlich zu sagen:

»Na, na, na! Was machen wir denn da? Hier soll man nur urinieren!«

Konsterniert drehte Jan sich um. Der Typ, Marke gescheiterter Künstler in seinen kneipenversifften Mittfünfzigern, drehte sich wieder um und lehnte sich ans Pissoir. Jan sah nicht einmal genau, wie er von vorne aussah. Er sah nur einen kichernden Rücken und fragte: »*Was?* Das hier ist zum Urinieren, ja! Und?«

Als er, zurück an der Theke, Malte von dem albernen Vorfall berichtete, lachte der nur und reagierte nicht oder irgendwie wissend auf die Geschichte. Es gab ja auch keine Pointe, es war einfach eine kleine Unverfrorenheit.

Malte lenkte ab: »Furzt du eigentlich am Pissoir? Also, so laut?« Er machte ein Furzgeräusch mit dem Mund nach.

»Was?«

»Na, manche lassen so richtig los da, will sagen, so richtig *einen* los. Ich finde das irgendwie unanständig und falsch.«

»Ach so, ja, ich weiß genau, was du meinst, aber –«

»Petra, noch mal zwei, bitte.«

Dann wurde weitergeredet. Jan und Malte gaben ein wenig an, was Frauen anging. Diese und jene, wen sie kannten, wem sie zehn von zehn Punkten gaben – es hatte etwas Ausweichendes. Wie die Brüste waren, welches Gesicht schärfer geschnitten, welcher man die Schwanzgeilheit schon an den Lippen ablesen konnte, angeblich, und welcher das Mütterliche – worauf der ewige Junggeselle Malte natürlich besonders stand. Jan war gelangweilt.

»So«, fuhr er dazwischen, »und was ist jetzt genau mit Matuschke?«

»Jetzt sag nicht, du hättest das noch nicht gegoogelt.«

»Doch, doch.«

»Hast du die Bilder im Netz gesehen?«

»Das mit Brangelina in Malibu?«

»Sag mal – bekommst du vor lauter Fanpost gar nichts mehr mit?«

»Hält sich in Grenzen.«

»Nix Brangelina. Alter, nix mehr schwedisches schwangeres Model in Malibu. Die Bilder sprechen jetzt eine andere Sprache, nämlich die: Knast, Cops, Ende Gelände. Matuschke nämlich, abgeführt wie der letzte Verbrecher, von echten Cops, Kopf nach unten, Scheitel in Aufruhr. Hier, schau.«

Malte, leicht verschwitzt vom Bier, zeigte das Google-Ergebnis auf seinem Handy.

»Krass«, staunte Jan, »wie man sich verlieren kann.« Die Bilder zeigten genau das, was Malte gesagt hatte: Es war eindeutig Matuschke, ihr Schulkamerad von damals, und die Perspektiven der Kameras, Nahaufnahmen von unten aufs Kinn, das in einer Abwärtsbewegung zu Boden begriffen war, fingen die markanten, altbekannten Gesichtszüge Martin Matuschkes besonders gnadenlos ein – zeigten aber vor allem auch die Bitternis einer solchen Zuschaustellung eines – ja, was – Verbrechers?

»Aber krass auch: wie man dann verurteilt wird«, sagte Malte, »wie so ein Mörder. Vertrackte Sache, alles – aber *das* ist unverhältnismäßig.«

»Ich weiß nicht«, sagte Jan. »Ich kenne die Details nicht.«

»Die erspare ich dir lieber. Hat auch heftig gechattet, der gute Matuschke. Mehr sage ich nicht. Schon durch, schon echt pervers. Aber virtuell, rein virtuell, alles.«

»Und du hast da einen Brief drüber bekommen? Oder eine E-Mail?«

»Tonke hat's mir erzählt. Aber eigentlich weiß das jeder. Nur du wirst wohl abgeschirmt.«

»Abgeschirmt? Ich werde doch nicht abgeschirmt. Was ist denn das für ein ... –«

»Sechs Jahre«, unterbrach Malte Jan, »sechs Jahre Gefängnis. Auch noch in den USA. Das stellt man sich doch gleich ein paar Nummern brutaler vor, wie im Film halt. Der kriegt jetzt seinen Einlauf.«

»Zu Recht.«

»Entschuldige, Drescher, aber das ist unverhältnismäßig.«

»Ja, du kannst reden, du hast keine Kinder.«

»Und? Vielleicht kann ich es deshalb besser beurteilen, unemotionaler.«

Jan nahm einen Schluck, setzte ab – und setzte an: »Weil man die Produzenten nicht dingfest machen kann, die sitzen irgendwo in Russland, in Tschechien, was weiß ich, jedenfalls nicht hier, nicht da, wo man sie kriegen kann – deshalb muss man die Konsumenten, die Glotzer, die Wichser bestrafen. Und zwar hart, sehr hart. Ganz einfach.«

»Aber nicht wie Mörder.«

»Seelenmord ist das. Schlimmer. Das ist das Letzte, das ist ohne Worte.« Jan dachte an Lale und Severin und musste den Gedanken an sie sofort verscheuchen.

»Wenn ich mir ein Video im Netz anschaue«, versuchte Malte zu differenzieren, »ist das etwas anderes, als wenn ich ein Kind tatsächlich anfasse.«

Jan blieb hart. »Es ist vermittelt dasselbe. Diese Bilder sind Vergewaltigungen, und wer sie ansieht, wird schuldig. Außerdem: ›anfassen‹ – schon blühen die Euphemismen.«

Malte sah Jan ernst an, mit seinen großen, blauen Augen,

die fast schon provozierend lange einfach starrten und leer waren und warteten – auf einen echten Vorwurf vielleicht warteten, oder auf einen echten Angriff. Jan wurde unsicher, er erinnerte sich (dabei waren sie die ganze Zeit im Hinterkopf gewesen) an die Bilder, die Bilder von ihm als Kind. Maltes Einsatz, als Jan nichts mehr sagte, kam wie ein Resümee:

»Die Strafe ist jedenfalls zu krass.«

»Finde ich nicht. Stell dir vor, wenn das mit uns gemacht worden wäre, als Kinder.«

Jan war extra in die Gefahrenzone gegangen mit diesem Satz. Er wartete ab. Nichts kam zurück. Unbehagen.

»Ja. Was dann?«, sagte Malte.

»Weiß nicht«, sagte Jan.

»Ich würde die Hurensöhne zerfleischen«, sagte Malte.

»Ich auch«, sagte Jan, irritiert, dass er dieser Wortwahl einfach zustimmte, und fügte hinzu: »*Hurensöhne*. Und schon reden wir selbst wie Asoziale. Geht schnell.«

Malte nickte und schwenkte nachdenklich den Whiskey, zu dem er inzwischen übergegangen war, Bourbon auf Eis, wie immer. Jan wurde es zu eng, sein Kragen, Malte, gerne hätte er jetzt die Runde erweitert. »Was machen die eigentlich alle?«

»Wer? Die Asozialen? Die Hurensöhne?« Malte gluckste in sein Glas.

»Die von früher halt. Was macht Rohde, zum Beispiel?«

»Bertelsmann.«

»Von Bredow?«

»Beim Vater eingestiegen.«

»Nettelbeck?«

»Eigene Ratingagentur.«

»Stimmt. Jeder wie gedacht, jeder geht seinen Weg. Und ich bin nun der Grüßgustav vom Boulevardfernsehen, und du hast halt deine Werbeklitsche.«

»Ey, ey. Die Bahn ist mein Kunde«, beschwerte sich Malte mit ironischer Empörung, doch Jan stieg gar nicht erst auf diese Witzebene ein, obwohl beide wussten, dass er es zu großen Teilen gewesen war, der Malte diesen Job verschafft hatte, und dass man nun also ein halblustiges Scheingefecht hätte aufführen können. Doch Jan war nicht nach Witzen zumute.

»Und die *ganz* anderen? Wie hießen die noch?« Erinnerungsbilder begannen vor seinem inneren Auge zu tanzen, aber langsam und zäh, wie auf alten, verfallenen Drogen.

»Manche sind verschollen«, sagte Malte.

»Die interessieren mich. Die Verschollenen.«

»Warum?«

»Weiß nicht. Ich hab' so Gedanken in letzter Zeit. Erinnerst du dich an nichts?«

»An was erinnern?«

»Vielleicht war Matuschke ja selbst Opfer.«

»Opfer wovon?«

Jan machte eine unbestimmte Geste des Nichtwissens, Nichtkönnens ins Dunkle.

»Das ist zu einfach gedacht«, sagte Malte, »so nach dem Motto: Wer produziert schon Opfer – das kann ja nur ein Opfer sein. Oder was willst du sagen?«

»Erinnerst du dich an nichts?«, fragte Jan unvermittelt erneut.

Malte hielt inne. »An was denn?«

»Kann Matuschke denn aus dem Gefängnis – Briefe schreiben, oder E-Mails?«, wich Jan wieder aus.

»Ich denke doch. Nur wird das alles gefiltert und zensiert, wahrscheinlich. Willst du ihm schreiben?«

»Nein.«

»Vielleicht sollten wir ihm schreiben.«

»Blödsinn.«

»Doch, wir schreiben ihm jetzt.« Malte nahm eine Serviette zur Hand. »Hier, ich schreib das dann ins Reine und schicke es ab. Tonke weiß sicher die Adresse. Nein, ich tippe es ein. Hier ins Handy, nein, ich nehme es auf. Ganz einfach.«

»Nicht aufnehmen«, bat Jan.

»Lieber Martin«, sprach Malte in sein Handy.

»Hör auf.«

»Wieso? Da verreckt einer im Knast! Mann, das ist Matuschke! *Unser* Matuschke!«

Jan schwieg. »Lieber Martin«, sprach Malte in sein Handy, »lieber – Martin. *Lieber* klingt schon falsch, oder?«

»Ja.«

»Jetzt fällt mir nichts ein, wie soll man das ansprechen? Nachdem uns zu Ohren gekommen ist, dass – als die unliebsame Botschaft uns – dass du in Querelen bist ...«

»In Schwulitäten«, witzelte Jan.

»Jaja, schon klar«, sagte Malte, »homophob warst du immer schon, aber geschenkt, kein Wunder. Hilf mir lieber mal. Lieber Martin, wir schreiben dir, weil wir fassungslos Kenntnis genommen haben von den –«

»Du willst ihm gar nicht helfen«, unterbrach Jan. »Du willst dich nur erhöhen. Trostspende als Egobooster.«

Malte wurde rot. »Du denkst böse gerade. Wusste gar nicht, dass du so böse denkst, und so einfach.«

»Ich habe allen Grund dazu.«

»Welchen Grund? Zu dir ist das Leben gut. Vielleicht ist es so gut zu dir, *weil* du so böse denkst?«

»Manchmal denke ich tatsächlich, es geht uns zu gut. Da müssen doch irgendwelche dings – Verdrängungsmechanismen am Werk sein, vielleicht, denke ich dann. So gut kann es keinem gehen, da ist Verdrängung im Spiel.«

»Verdrängung. Die Kraft, die uns über Wasser hält«, sagte Malte.

»Superslogan, ganz toll, Malte.«

»Ja, was!«

»Erinnerst du dich echt an nichts?«

»Perverse Geistliche halt, ganz normal. Klar haben die uns hart rangenommen.«

»Ach?«

»Nicht *so.* Aber fürs Leben. Fürs Leben haben die uns gewappnet.« Zur Untermalung fuhr Malte die Ellenbogen dreimal aus. »Eine gute Schule, am Ende.«

Jan hielt es nicht mehr aus: »Erinnerst du dich nicht daran, wie wir fotografiert wurden?«

»Klar. Stein halt«, zuckte Malte mit den Achseln.

»Ja, Stein halt.«

»Das war halt sein Knall. Aber das war doch nun wirklich nicht –«

»Nein. Aber manchmal«, sagte Jan mit einer Pause im Satz, »manchmal denke ich dran.«

»Bilder fürs Jahrbuch.«

»Und für die Privatsammlung.«

»Bilder, die nichts bedeuten.«

»Im Grunde dein heutiges Geschäft.«

»Ey.«

»Warst du nackt?«

»Ganz nackt? Nein. Du?«

»Nein«, log Jan.

»Und wenn. Also. *Lieber Martin.*«

Malte suchte nach Worten, stand dafür sogar auf, wischte dann fast schon dichterisch mit den Fingern durch die Luft, versuchte die Worte aus dem Rauch, der im Raum stand, zu locken, zu zerren.

»Lieber Martin, lange ist es her, dass wir – als wir – wir haben gehört – es ist uns zu Ohren gekommen, dass dir – du – dass du dich … verloren – dass du im Netz kontaminiertes Material – lieber Martin. Wir wollen dich nur wissen lassen, dass –«

Jan grinste. Malte sah das und ließ die Arme sinken.

»Dann halt nicht«, sagte er und setzte sich wieder.

PUBERTÄT

Wie es sich anfühlen würde, in einem anderen Menschen zu sein, hatte Keanu sich das erste Mal an seinem siebten Geburtstag gefragt. Er hatte damals in seiner Cousine sein wollen, in ihrem großen, weichen Körper, schon vor der Pubertät ausladend, in ihrem pausbäckigen Gesicht mit den wulstigen, leicht offenen Lippen. Er hatte schon einiges gehört, wie dieses In-jemandem-Sein zu bewerkstelligen sei, hatte von »Reinstecken« und solchen Sachen erfahren und mitunter selbst geredet. Aber ganz konnte er es sich noch immer nicht vorstellen, die Tat selbst war ein mysteriöses, sagenumwobenes, verbotenes Gelände, wie Hogwarts bei Harry Potter vielleicht. Es hatte auch nichts mit »Liebe« zu tun, die er schon kennengelernt hatte in der ersten Klasse (sie hatte Walda geheißen). Es war nur ein plötzlicher, brennender Wunsch: dort drin sein. Diesen Wunsch, diese Frage hatte er oft noch gehabt im Laufe der Jahre, je älter, desto öfter natürlich, desto informierter. Die, in denen er da sein wollte, hatte er selten auch nur gesprochen: Nachbarinnen, Verkäuferinnen, Lehrerinnen, Mädchen auf dem Schulweg später, eine Bestimmte dort jeden, fast jeden Morgen. Statt diese »Targets« (wie sie inzwischen hießen) wirklich zu kriegen, hatte er dann eine Klassenkameradin geküsst, die er mehr verachtete als begehrte. Wenigstens das, hatte er gedacht.

Dieser Wunsch, in einer weiblichen Person sein zu wollen,

war nicht bloß sexuell oder körperlich. Es war durchaus feindlich und parasitär gemeint, oder im Sinne einer Eroberung. Es hatte auch nichts von der in Biologiebüchern viel beschriebenen »Verschmelzung«. Keanu wollte sich einnisten und ausbreiten. Er wollte nicht, dass zwei Menschen sich vereinten, sondern dass einer in den anderen eindrang und diesen zu einem Teil seiner selbst machte. Feindliche Übernahme. Inkubus.

Und Erlösung. Der Gedanke, auf eine komplizierte, sehr dunkle und undurchsichtige Weise *auserwählt* zu sein, hatte Keanu seit frühen Jahren begleitet. Die Blicke der Leute waren einfach so, blieben an ihm kleben, musterten ihn manchmal feindselig, manchmal liebevoll, suchten wohl etwas in seinen Augen – nur was?

Dass im sexuellen Akt auch ein Moment der Aufklärung, der Erleuchtung schlummerte, das hoffte er unscharf (niemals hätte er es freilich so ausdrücken können, aber es war ein stets mitlaufendes und in seinen Empfindungen sehr genaues Gefühl). Mit dem Sex, so die Hoffnung, würde er seine fernbestimmte Aufgabe endlich sehen können, und der Sinn dieses Spiels mitsamt allen seinen Levels würde sich eröffnen, zeigen, lüften. Es würde grell, klar und licht werden, und ein Regen des Triumphes würde auf ihn niedergehen.

»Das ist – Keanu.«

Sie hatten gelacht, natürlich. Sie lachten immer, und immer lachte Keanu mit, wenn auch auf einer Ebene drüber, verletzter, arroganter, routiniert. Stolz auch auf diesen schillernden Namen. Und würde er anders aussehen, normaler, hässlicher, gewöhnlicher, dann wäre der Name wirklich lächerlich. Aber er sah Keanu Reeves sogar ähnlich, in der Tat, das war ja der bizarre Zauber. Seine Schönheit nobilitierte den an sich bescheuerten Namen. Und dann kam sein Witz, den er seit ein, zwei Jahren immer wieder anbrachte: »Ich bin nämlich wirklich der Sohn.« So strich er das Lachen meist als seinen Gewinn ein.

Während Direktor Rupp Keanu also vorstellte, erzählte, dass er von der Waldorfschule kam und nun doch mit seinen Eltern (erste Lüge) übereingekommen sei, dass ein stringenteres Benotungssystem ihm vielleicht guttun würde (zweite Lüge), betrachtete Keanu Frau Drescher, die, ihm zugewandt, an der Heizung lehnte. Sie kannten sich ja flüchtig, und der erste Blickkontakt hier in der Schule war nun sehr offiziell und funktional und freundlich zugewandt, sie hatte ihn offen und mit der Sanftheit der Pädagogin angelächelt. Dann hatte er Rupp, dann die etwa dreißig Köpfe angesehen, einzelne Gesichter ausgemacht und beurteilt. Der zweite Blickkontakt mit Kathrin Drescher war nicht mehr ganz so unschuldig gewesen. Er starrte sie zwei, drei Sekunden zu lang an, gewollt und abgezählt *(einundzwanzig, zweiundzwanzig …)*, und eine Irritation setzte sich in ihrem Gesicht fest. Sie wurde rot und blickte weg.

Mundwinkel, die über triefenden Augen zuckten, beschienen von Leuchtdioden, gemischtes Licht. Zeichen und Gesten schossen durch den Raum. Gesichtssplitter blieben im Gedächtnis hängen. Keanu spürte Trotz und Angst. Wie sollte er sich noch einmal fügen, einfügen, integrieren? Er kam sich mit seinen fünfzehn Jahren schon fertig vor, eine fixe, vollkommene Person. Die Welt müsste sich um ihn herum gruppieren, und so auch die neuen Mitschüler. Aber so würde es nicht klappen. Er hatte einen entscheidenden Unterschied zwischen sich und den meisten seiner neuen Mitschüler gespürt: die Herkunft. Er war der Fremde, und alles war ihm fremd, und das müsste sich erst legen und auflösen.

Doch ganz, das wusste er undeutlich, ganz würde es das nie tun. Immer würde dieser Rest Fremdheit, dieser Sonderstatus bleiben, den er schon sein ganzes Leben lang innezuhaben meinte.

Dort stand sie, neben Herrn Rupp, dessen Namen er sich erst merken müssen würde. In ihr wollte er sein, das spürte er schon jetzt. Rupp redete, das machte ihm Angst. Die anderen Jugendlichen machten ihm Angst. Der neue Raum, die neue Schule. Der Geruch nach Gummi. Die neue Existenz.

In ihr sein, aber wie ein Wirkstoff: *Ich werde dich vernichten und erlösen.* Natürlich dachte er das nicht wörtlich so, sondern so, wie das Internet und seine Herkunft ihm es vorgegeben hatten, als bloßes virtuelles Game, als dirty Extralevel, als Schmodderecke, als Schmuddelseite, als Pornodreck, und dennoch so fucking abstrakt, so abstrakt und weg, wie er sich fühlte.

Am nächsten Schultag fühlt er sich noch unwohler, noch fremder. Kathrin Drescher war nicht seine Klassen-, aber immerhin seine Deutschlehrerin, so viel stand jetzt fest, und ihre Tochter, Lale, war in seiner Klasse. Die war eh geiler als alle, aber natürlich, wie alle geilen Mädchen, so was von unnahbar. Und verdammt schlau natürlich auch.

Auf dem Heimweg kamen die Gamegedanken, nächstes Level. Pixel und Pics und Flächen, alles in Quadern und Punkten, geometrisch das Wetter, der Himmel, die Leute auf der Straße, die Mädchen, die Männer, das All. Er schoss durch Zeit und Raum und versuchte, nicht zu zerschellen. Unten gab es irgendwo eine Schatzkammer mit einem Kübel voll Gold und Scheidensekret, das musste so sein, es musste ihn geben, denn wofür sonst sollte Keanu sich all das antun?

An der Ecke vor dem Spielplatz saß wieder der Zigeunerjunge in seinem Rollstuhl und nickte lächelnd. Sie kannten sich nicht, nur vom Sehen, aber irgendwie schien der abgefuckte Zigeunerjunge Keanu als Verbündeten anzusehen. Oder er nickte jedem und jeder so zu, aus seinem stinkenden, mit Stofffetzen gespickten Rollstuhl heraus. Dreckskerl, geliebter, dachte Keanu und wurde missgelaunt. Selbst wenn er es nicht wollte, sah auch er ihn als Verbündeten an, obwohl er nicht wusste, weshalb. Oder doch: Aussätzige erkennen einander immer.

Zu Hause sah Keanu bei ein paar Youtubern vorbei, aber es langweilte ihn. Seine Großmutter war noch unterwegs, und er fühlte sich wirr und frei. Er ging auf eine Pornoseite.

Wie ein Gift … wie ein Gift, rein, rein, Gift, Ladung, Gift, Gift, Gift. Die Schnitte folgten rascher aufeinander, aufgerissene Münder, flehende Augen, wackelnde Brüste, *give it to me.*

Immer mehr Frauen und Mädchen, immer schneller geschnitten, forderten von Keanu, dass er *es ihnen geben* solle. Und endlich überschritt er die Schwelle und kam und gab es ihnen. Er wischte sich Eichel und Schaft mit einem Frotteewaschlappen ab, den er dann wieder hinter die Heizung klemmte. Die Leere tat gut, in den Hoden, im Körper, im Kopf. Er schloss die Seite mit der Cumpilation und leerte den Verlauf.

Dann googelte Keanu Frau Drescher. Es gab einzelne Einträge zu vergangenen Unikursen, deren Themen Keanu nichts sagten, irgendwelche alten Romane, einfach uninteressant. Dann ein Bild aus irgendeiner Partyfotoserie, »am Ende des Tages« hieß das, sehr alt, da war Keanu vier oder fünf gewesen. Frau Drescher stand da im schulterfreien weißen Kleid, mit einer anderen Schönheit auf einer frei stehenden Wendeltreppe aus Eisen, sehr schön, sehr dünn. Beide blickten gefasst und cool und irgendwie verdorben in die Kamera. *Geil,* dachte Keanu, und: *lächerlich.*

Mehr noch, huch, fast hätte er es übersehen: ein Buch mit dem Titel »Nesthäkchenkreuze«, zigfach verfügbar, was war das, »antiquarisch«, ja, Ramschware wohl, Secondhand-Zeugs. Die hatte was veröffentlicht? Wieauchimmer, das Foto war interessanter. Sonst aber nichts, kein Facebook, kein Instagram. Keanu griff sich wieder in den Schritt.

Zehn Minuten später (leerer Orgasmus, geiler so, je weniger Samen, desto krasser das Gefühl) schaute er sich dann doch die neuesten Streams der bekanntesten Youtuber an (er war süchtig nach ihren Stimmen und Sprüchen, sie waren wie Freunde für ihn), Marfillo wurde immer prolliger und härter, jetzt noch mit Porsche-Logo auf der Wange, gleich auf den rechten Wangenknochen richtig reintätowiert hatte er es, jetzt schon verwaschen fast, und prollte lustig herum, reagierte auf einen Stream von Herbz, dem menschenfreundlichen Veganer und Longboarder, der mit seinem Kurztraktat »Milch ist schwarz« für einiges Aufsehen in den sozialen Medien gesorgt hatte. Früher waren sie alle Letsplayer gewesen, jetzt waren die Mitschnitte des Gamings nur noch sekundär, und es ging vor allem um das Gelaber und Gedisse und Gerülpse jenseits von Fortnite und Fifa. Das Zwischenmenschliche hatte Einzug gehalten, und alle »reagierten« nur noch aufeinander und reagierten auf die Reaktionen und die Reaktionen der Reaktionen. Keanu postete ein paar grimmige Witze im derzeit gängigen Stil (»noch niemals so schnell auf 1 tittenvideo gedrückt« oder »niemand, wirklich niemand: Marfi: go alter kacke gib perzent %D«), hatete kurz ab (»yo ich hass hart ab aber kein hate kein böses blut«) und »musste« dann »los« oder »groß«. Denn er war im Schwimmbad verabredet.

GESTRANDETE MOMENTE

Beachvolleyballer warfen ihre geölten Körper durch die Sonnenkeile. Dunkle Oakley-Ellipsen schützten ihre Augen, ganz bei sich. Der Ball war der tanzende Mittelpunkt. Zu oft blieb er am Netz hängen, bei einem bestimmten Team – das störte Keanus Wahrnehmung erheblich, seinen Wunsch nach Gelingen und Harmonie, den Genuss, wenn etwas zu einem guten Ende fand. Zwei Gesichter leuchteten auf, eine Hand winkte Keanu zu. Andere Gesichter blickten herüber, wurden größer, wippten auf und ab. Da standen sie zu siebt. Immer standen sie herum und checkten die Lage. Eine Welle aus Grasgeruch schlug ihm ins Gesicht.

»Was los, Neo.«

»Was soll schon los sein.«

»Wie ist bei den Ariern?«

»Weiß. Sehr weiß.«

Babygetapse, Kinderschreie, Mädchenhaut, Jungswaden, Unfrisuren. Das versengte Gras getupft von Abfall. Das Schwimmbecken strahlte hellblau im Gewimmel. Eine Aura lag über dem Bad, feucht und licht, in Bewegung, eine Glocke aus kleinen Tröpfchen. Die Farben Magenta, Pink, Ultramarin und Knallrot standen in der Luft. Das Gras war grün und grau, darauf flitzten kleine Füße, drückten es platt und ins Braune. Eine Bananenschale, eine Leichtmetalldose, flach gedrückt. Kippen, Decken, Polyester.

»Und, auf der Ökoschule? Wie is' da? Gute Heidis?«

Allgemeines Grinsen. Olga fegte einen Käfer von ihrer Schulter.

»Weiß nicht. Super alles.«

»Jetzt wirst du selbst zum Spacken. *Safe.*« Valli und Fatima sahen einander an, Valli knipste Keanu schnell mit ihrem neuen pinken Smartphone. Rico lachte bekifft und hielt Keanu den Spliff hin. Keanu zog dran, obwohl er nicht wollte. Der Rauch griff ihm in die Lungen, und in einem Sekundenblick sah er sich selbst als medizinisches Projekt, sein Aderngeflecht aus blauen Venen und roten Arterien, in denen die Wirkstoffe des Cannabis sich sofort verteilten.

Valli und Fatima standen auf und gingen. Im Schwimmbecken war ein Geschrei und Gewimmel, es spritzte und schäumte im Hellblau. Serge stand auch auf und ging.

»Wird schon«, sagte Rico, zog am toten Joint und drückte ihn im Gras aus.

»*Den* lässt du noch ziehen?«, fragte Kübra mit müder Empörung.

»Ziehen lass ich fast jeden. Mann, das ist Keanu, der hat schon genug eingesteckt.«

»Hurensohn.« Kübra blickte ihm kalt ins Auge, stand auf, klopfte sich die Knie ab und ging.

»Wird schon«, sagte Rico wieder. »Hast du die auch gestalkt, oder wie?«

»Ich hab' nicht gestalkt«, sagte Keanu.

»Spaß«, sagte Rico, »weiß ich doch.«

PHASE

Die nächsten Wochen durchlebte Keanu wie in Watte gepackt. Aus einem Dämmerzustand fiel er in den nächsten, die noch immer fremden Mitschüler um und neben sich. Ein neues Level mit neuer Grafik, nie betretenen Landschaften, Spielern, von denen sich noch herausstellen würde, ob sie Gegner, Verbündete oder Neutrale wären. Graumilchige Schemen im Gegenlicht, aus denen sich mehr und mehr Gesichter herausschälten, zu denen bald Namen und bestimmte Eigenschaften gehörten, Mädchen und Jungen, Düfte und Drüsen. Jannick mit dem breiten Kreuz und dem hingenuschelten »Was los«. Maria, die in (noch immer) Skinny Jeans besonders heuschreckenhaft herumstakste, als ob sie Stöckelschuhe und nicht Sneakers trüge. Feli mit den großen schweren Brüsten, die sie, da sie sich nicht verstecken wollte, offensiv zur Schau stellte unter hochgeschlossenem Feinstrick. Die beiden Gretas (aber nur eine hieß wirklich so). Lale, die Unnahbare. Elias, schnell und smart und listig, mit dem zwei-Euro-großen Muttermal auf der rechten Wange, das von fiesen Leuten in fiesen Augenblicken auch mal als »Scheiße im Gesicht« bezeichnet wurde.

Lale. Mal »Lela«, mal »Lale«, nüchtern, leicht mondgesichtig, aber trotzdem wahnsinnig schlank, melancholisch. Sie sah gut aus. Sie sah weise aus und bewegte sich auch so. Sie saß auch so, auf zwei Uhr, immer in seinem Blick. Der kritische, müde Blick, die arroganten, vollen Lippen. Er würde sie küssen. Er würde sie küssen. Und wenn nicht, würde er ihre Mutter –

»Keanu?« Frau Drescher riss ihn aus seinen kleinen Träumen.

»Ja?«

»Deine Antwort, Keanu?« Sie betonte seinen Namen auf besondere Weise, gab ihn der Lächerlichkeit preis.

»Ja, die Antwort, die Antwort …«, sagte Keanu, »die weiß, glaube ich, nur der Wind.«

»Immer schön aufpassen, Keanu«, sagte Frau Drescher und verengte die Augen zu gefährlichen Schlitzen. Eine Katze.

Keanu nickte. Es klingelte.

Nein, bitte keine Pause, noch nicht, pochte es in ihm. Keine Pausengespräche, und auch kein einsames In-der-Ecke-Stehen, das Lockere war ihm doch ein Horror, jedes Mal, er konnte reden, wollte es aber nicht, er wollte einfach nur, ja, was, keine Ahnung, *sterben* oder *ficken*, egal, siegen, überleben, nächstes Level, Pixel und Pics, Raucherecke, Raucherbusch.

Aus der Entfernung machte er ein Foto von Lale, dann noch eins. Keiner merkte es.

Und wieso auch nicht, wummerte es in ihm, im Bauch, im Herz, in die Schläfen, alle machten ständig Fotos und posteten sie, warum musste genau er denn aufpassen, durfte nicht auch mitknipsen, mitposten, mitschwipsen, mitfeiern, mitprosten, mitreiern, musste dies, durfte das nicht, stand in der Ecke, wieder und wieder, gelähmt, zugetackert, geknebelt und getapet, warum?

Schon klar, warum, dachte er, schon klar, was Phase ist.

NULLZEIT

Die Kinder schliefen noch.

Die Kinder schliefen noch? Um elf? Kathrin schob die Kladde, in die sie geschrieben hatte, zurück ins Bücherregal, zwischen die Nabokovs, wo Jan sich nie hinverirrte.

Dann ging sie hoch, erst zu Lale (schon wach und proaktiv am Smartphone), dann zu Severin (kaum zu wecken und neuerdings scheu, vielleicht mit versteckter Morgenerektion): »Leute, aufsteh'n! Ihr seid dran mit Frühstück heute! Lale! Guten Morgen!«

Lale verzog gespielt das Gesicht und scrollte weiter. Kathrin rumpelte ins Nebenzimmer.

»Sevvi! Matratzenhorchdienst beendet, bitte sehr! Brötchendienst gefälligst!«

Severin murmelte nur ein halbes, unverständliches Schimpfwort und schob ein mokantes »Gefälligst« hinterher. Kathrin schmunzelte und ignorierte es. Sie kannte ihre Kinder. In zehn Minuten würden sie den Tisch decken, und es würde eine spröde, freundliche Stimmung bei Tisch herrschen. Und Blumen stünden auch am Platz. Und Jan wäre wieder weit weg.

Kathrin und Jan hatten begonnen, sich gegenseitig zu neutralisieren. Gelähmt saßen sie manchmal da, wenn sie denn beide zu Hause waren – selten genug –, und waren jeweils nicht mehr sie selbst, und auch als Paar waren sie schon lange nicht mehr das, was sie früher einmal waren oder sein wollten oder hätten sein können oder wollen. Diese Erkenntnis war, hatte Kathrin sie einmal gehabt, kaum auszuhalten, und sie musste sie sofort wieder vergessen. Ein Zernagungsprozess über Jahre, das langsame Unschärferwerden, das Verblassen des Bilds, und ohne die Kinder wäre es längst, wäre es längst – aber solche Gedanken waren nicht erlaubt.

Stattdessen schrieb Kathrin wieder, erst heimlich, dann offener. Sie schrieb und schrieb an ihrem Buch und schmiss nebenher den verdammten Haushalt. Das ganze Leben, jeden Tag, dieses Eheleben aushalten, dazu noch als Inklusionslehrerin eines guten, sozialen Gymnasiums natürlich, das klassistische Gewissen beruhigen, eigentlich aber nur diesem *Käfig* namens *Familie* entkommen, der nicht einmal ansatzweise mehr als *goldener* angesehen oder auch nur bezeichnet werden konnte – und wofür?, dachte Kathrin, wofür? Dass frau »verantwortungsbewusst« genannt werde in einem winzigen Nachruf?

Dann summte ihr iPhone.

»Was?«, sagte Kathrin. »Ach, was?«, sagte sie. »Was? Nein. Okay, okay. Nein, aber – okay. Und jetzt – und jetzt – … ja. Okay.«

Sie legte auf und blickte ihre Kinder fassungslos an.

»Was ist denn, Mama?«

Kurze Pause.

»Opa ist tot.«

Kurz fror das Bild ein, wie sie dasaßen, geräuschlos, atemlos, und selbst kurz starben.

ZWEITER
TEIL

BROTZEIT OHNE BROT

Ein erstes Bier im Schatten, das geheime Billighandy in der Hand. Nachrichten, Status, Bilder checken, checken und speichern. Er war anonym unterwegs. Wenn es ihm schon verboten war, als Keanu dabei zu sein, dann wollte er wenigstens das Wichtigste mitkriegen, die kleinen Disstiraden, die neuesten Aufreißfotos. Aber es war nicht sehr viel los auf TikTok. Facebook war eh tot, Twitter am Kippen. Die meisten waren zu Instagram abgewandert und inszenierten sich dort als Models und Influencerinnen.

Er schaute, wer online war von denen, die ihn nicht gelöscht oder geblockt hatten – nicht viele –, und suchte dann Lale, Lale Drescher, die Tochter, die Tolle, und fand nur einen Account, der aber völlig leer war bis auf ein Porträtfoto im Halbprofil, zudem fast ganz von einer Kapuze bedeckt. Nur ein Augapfel und zwei Strähnen lugten geheimnisvoll hervor, in Schwarz-Weiß. Der Augapfel leuchtete hell. Keanu schickte eine Freundschaftsanfrage. In einem seiner drei Nachrichtenmessenger ploppte eine Message auf: »sind kronenbad kommst du?« Es war Rico. »komme«, antwortete Keanu und exte die Bierdose.

Er ging Richtung U-Bahn. Die Menschen auf den Straßen kamen ihm wieder irreal vor, das heißt, nicht irreal, eher wie Simulationen. Simulationen sind ja auch echt, dachte Keanu. Die ganze Welt kam ihm oft wie eine Simulation vor, wie ein gigantisches Game und ein immenser Gangbang. Bang bäm bäng, und stirbt einer, stirbt einer, und wird einer gekillt, wird einer gekillt, und ziehen Tausende in den Tod, ziehen Tausende in den Tod. Und kommt einer, spritzt er halt tierisch ab, hat nichts zu bedeuten, nichts, und wird eine schwanger, wird eine schwanger. Das Leben gibt und nimmt, ein Flackern im endlosen Schatten, im Pixelsturm falscher Landschaften und Burgen und Helikopter, reines Minecraft und Fortnite und Cyberpunk112.neodot.com. Wir sitzen, dachte er und starrte eine Werbung an, wir sitzen im Dunkeln und sind schon verurteilt, also nehmen wir's besser leicht und gelassen und chillig oder willig oder will-ich-nicht. *Fuck it.*

Keanu stieg in die U-Bahn ein. Um ihn herum Personen. Wer erkennt, dachte er, dass er sich vergeblich gegen das Schicksal stemmt, der macht es sich lieber zum Freund. Der nimmt es einfach an. Halten wir die *damages* im Geist also klein und wickeln uns ein in den, was, ja, in das Schwarze, den Samt der Nacht, die es, guck doch hoch, nicht gibt. Guck hoch. Es gibt keine Nacht, es ist nur Kino, Lichtspiel im Haus, Schatten und Standpunkt, woanders, in Neuseeland etwa, ist es Nacht oder Tag, oder was. Ist euch nicht auch oft so, dachte er fragend und blickte die Gesichter der Mitfahrer und Mitfahrerinnen an, dass ihr im Zentrum steht, City-center, Mitte der Stadt, und die Damen seht, die Herren, die Männer, Frauen, Transen, und sie alle sind euch plötzlich nur noch Geister und Gespenster, und das Gefühl schleicht sich ein, Leute, *fuck,* das Gefühl schleicht sich ein, es ist alles nur ein fernbestimmtes Spiel, ein Game, denn sonst wäre es ja auch gar nicht auszuhalten?

Keanu sah die Menschen jenseits der Menschen, von weit außen waren sie ihm nur Dinge, weder tot noch lebendig. Denn es gab keinen Tod (so er unscharf im Kopf), und das Leben war nur sein Spiegel, der Spiegel des Todes, den es nicht gab. Die Level kommen und gehen, die Winde und Feuerbälle kommen und gehen, tanzen wir also mit ihnen in Hitze und Spiel, und wenn sie uns versengen, dann liebt uns das Feuer und singt uns in Flammen ein Schlaflied zum Ursprung.

POST

Saskia war zu Fuß durch die Stadt gehetzt. Das Notariat lag irgendwo unten im Südosten der Stadt, sie aber wohnte im Norden, und ein Taxi wollte sie sich gerade nicht leisten, nein: konnte. Sie konnte es sich gerade nicht leisten. Sie hatte das Erbe ja noch nicht, sie war noch auf Hartz IV.

Sie war gelaufen, für die U-Bahn reichten ihre Nerven nicht, und die abgewetzten Stöckelschuhe hatte sie gegen ihre neuen Schlussverkaufs-Nikes ausgetauscht. Sie war zu spät, wie immer, wenn es um etwas ging; sie hetzte und lief und dachte, was soll das, wer zu spät kommt, kommt zu spät, den bestraft das Leben nicht, noch belohnt es ihn, oder doch, oder wie, egal, es ist egal, er ist eh tot, und er hat das Testament doch längst aufgesetzt, vor Jahren, und natürlich würde sie jetzt bekommen, was ihr zustand, nur eine Formalie, die da auf dem Testamentspapier, das jetzt zur Verkündung stand, stand; und wie sie sich so ereiferte und in Eifer und Hetze um die Ecke bog, schwitzend, um die Ecke vor dem Notariat, in dem jetzt über den nächsten Abschnitt ihres Lebens entschieden würde, da stand schon die, die nie zu spät war, die immer zur rechten Zeit am rechten Ort gewesen war und auch immer zur rechten Zeit am rechten Ort sein würde und alle stets abnervte, wie es ihr gefiel, und Saskias schweißgebadeten Gesichtszüge verhärteten sich, während sie, sogar auf diese Distanz, sah, wie auch die Züge ihrer Schwester sich verhärteten, dort hinten im herbstgetränkten Licht, in ockerfarbenem Gewand, wie sie da stand, rauchend in Herbst-in-Herbst-Couture, und schon schmeckte Saskia Laub im Mund und versuchte, trotzdem bei Atem zu bleiben, sich keine Blöße zu geben, nicht schon von vorneherein wieder abzuschlaffen und wegzukippen oder gar wegzufaulen wie das Fallobst, das sie war – weit, weit weg vom Stamm, so schien es, als sie sich ihrer Schwester näherte, die dem nun toten Vater wie aus dem Gesicht geschnitten war,.

Dabei hatte sie ihren Vater gepflegt. Kathrin war nicht da gewesen, Saskia aber schon. Kathrin war immer weg gewesen – sie nie.

Der Notar war dann einer dieser Lebensmakler gewesen, die jeden Betrug und jede Wahrheit und jede Lüge und jeden Winkelzug mit einem wissenden und mitfühlenden Lächeln quittierten, während sie einen hinterrücks abfuckten. Hatte Kathrin den nun ausgesucht, Jahre vorher, heimlich? Ein glatter Mittfünfziger, Weinkenner, der hübschen Rotnase nach zu urteilen, Gigolo in Spätlese, vordergründig lieblich und weich im Angang – und hinterrücks so herb und derbe verfault, da kannst du dich gar nicht umdrehen, so schnell wirst du vergiftet, überrascht vom Kippmoment, denn vorhin waren sie doch noch so aufmerksam gewesen, so fein und lieblich, dann edel und trocken, und stets ein guter Jahrgang, guter Jahrgang?

Saskia kannte solche Typen, sie war von einem dieser falschfreundlichen Lebensmakler einmal zigfach abgeschossen und hundertmal betrogen worden, nicht nur um die Liebe und den Körper, sondern auch ums Geld.

So auch jetzt.

Sie konnte es nicht glauben. Es war: nichts. Er hatte ihr nichts hinterlassen bis auf den mickrigen Pflichtteil, nichts Richtiges. Kathrin hatte alles bekommen. Alles.

Und jetzt musste Kathrin, so stand es da, auch noch für sie sorgen. Eine Art monatlichen Unterhalt sollte sie, von ihrer *Schwester*, bekommen, je nach Zinslage, je nach Gutdünken der Fonds, dazu die Miete.

Die Miete? Wie bitte?!

Gut, dachte sie auf dem Weg die schwere Holztreppe hinab, natürlich hat er mich unterstützt, immer wieder, gut, da war was zusammengekommen, ja, jaja – aber dass er das nun so genau aufschreiben und abrechnen musste und dass dann also, also, *also* – was war denn das für eine Bevormundung noch bis ins Grab hinein? Sie sah Josef förmlich grinsen, Däumchen drehen, die Scheine zählen, ihr aus dem Dunkeln zuzwinkern (die Windel vollgeschissen, die sie, *sie* und nicht Kathrin gewechselt hatte) und dann eine Geste des Verneinens machen, *äh-ähhh,* du nicht, Sassi. Wir haben schon immer anders gerechnet, erinnerst du dich nicht?

»Sag mal, Kathrin?!« Vor dem Notariat, einem schwelgerischen Gründerbau, der das Geld und die Jahre förmlich atmete in seinem angekohlten Gelb, stemmte Saskia die Arme in die Hüften, so krass es nur ging.

»Kathr*iiihhnn?*«

Schweigen.

»Was soll das? Kathrin! Sag was!«

»Ja, was! Was weiß ich denn!«

»Wie, was weißt du denn? Das ist doch ein abgekartetes Spiel!«

»Jetzt komm mir nicht so, Saskia. Ich habe das nicht gewusst. Mir ist das auch nicht ganz verständlich.«

»Komm mir nicht so, komm mir nicht so. Also – ich habe keine Worte.« Saskia steckte sich eine Zigarette an und wiederholte es: »Keine Worte. Ich habe keine Worte. Ich versteh' das nicht.«

Kathrin, kleinlaut: »Ich auch nicht.«

»Sag mal, bist du da gekommen und hast dem noch die Totenhand geführt, oder was? Auf dem Sterbebett? So, mit letzter Tinte?«

»Saski-ahh. Wirklich nicht.«

»Nee, Kathrin, so nicht und mit mir nicht, echt. So nicht. Da stimmt doch was nicht.«

»Finde ich auch. Ich weiß es nicht.«

Saskia rauchte, sog den Rauch so tief ein wie nie: »Sag mal, hast du dich eigentlich wenigstens von ihm verabschiedet?«

»Nein. Konnte ich nicht mehr.«

»Nicht einmal das! Nicht einmal das. Wer hat ihm denn den Arsch abgewischt, hä?«

»Hat dich wirklich keiner zu verpflichtet, Saskia.«

»Was? *Was?*«

»Nichts.«

»Ich hab's gehört, Kathrin.«

»Ich weiß.«

»Wieso werde ich jetzt eigentlich behandelt, als wenn – *ach!*«

Saskia versuchte sich zu beruhigen, aber ihrer Schwester fuhr schon wieder die alte Härte ins Gesicht; Saskia sah das sofort; sie hatte das schon so oft in ihrem Leben gesehen, dass sie es mittlerweile bereits ahnen konnte, bevor es geschah. Sie musste dagegenhalten, sonst wäre Kathrin wieder weg, unberührbar wie je, der Star, das Starlet, die Eisprinzessin mit dem ewigen Eiszapfen in der Hand, darum eine Urkunde, und noch eine Urkunde, eine weitere Urkunde, umwickelt mit vier Ruhmesblättern, nur damit keiner das Blut sah, das am Eiskeil klebte.

(Saskia neigte zu Übertreibungen, aber nur ganz leicht; im Grunde hatte sie stets recht, was kein leichtes Schicksal darstellte, blieb sie doch meistens ungehört.)

Sie legte nach. »Kathrin! Kathriiin! Die Pseudoautorin, die uns alle gut abgefuckt hat mit ihrer Egoshow damals, die bekommt jetzt – bekommt was? Alles? Und soll mir noch was – *ü-ber-wei-sähn?«*

»Jetzt bleib normal, Saskia. Bleib höflich. Ich bitte dich.«

»Ich bitte mich aber auch, und wie! Und wie ich mich bitte. Hörst du! Ich bitte mich! Ich biiii-*tteeeeh miiiiich!«*

»Lass es. Ich werde auch nicht ausfällig.« Atem, Blick, Kälte. »Noch nicht.«

Ein Augenblick der Starre, der Stille, wie zwischen den Zeiten und Orten eingefroren. Dann schnippte Saskia ihrer Schwester Kathrin die gerade aufgerauchte Kippe mitten ins Gesicht.

RECESS

Noch immer gehörte Keanu zu niemandem und trieb mal zu dieser Clique, mal zu jener. In widersprüchlicher Clusterbildung klumpten sie für ein paar Momente zusammen und stoben dann wieder auseinander, abstoßungsgebundene Komplexe, und Keanu darin als, so dachte er, »freier Radikaler«.

Er hatte darüber etwas in einem Youtube-Video gelernt; er mochte, wie wahrscheinlich die halbe Welt, den Ausdruck »freie Radikale«, machte ihn sich zu eigen; im Unterschied zur halben Menschheit aber wusste er von Wikipedia (und hatte es sich einmal gemerkt), dass diese Molekülfragmente die DNS und die Proteine zerstörten und also immer nur zur Alterung und Auslöschung eines Systems beitrugen. Das gefiel ihm.

Die Tage waren erst scharf gewesen, mit Kanten wie Scherben, und dann unterschiedslos geworden, eine einzige Masse, zäh zu durchleben, durchzustehen. Die Hitze war unsäglich. Der Spätsommer hatte sich noch einmal ins Zeug gelegt, wie um alle autistischen Prophetinnen zu bestärken, es war wie eine einzige Masse, die man durchschneiden musste mit dem Körper, und alle schwitzten, Keanu besonders. Immer wieder musste er die klitschnassen T-Shirts wechseln.

Die Mädchen schwitzten auch, aber anders. Für Keanu glänzten sie einfach noch etwas stärker als sonst. Andererseits fand Keanu, dass dieser ständige Film auf der Haut durchaus auch bei ihm etwas hatte: sein schmaler, sehniger Körper sah aus wie geölt, ein Sieger auf der Treppe, wie aus der Antike. Dieser Effekt kam aber nur im Schwimmbad zur Geltung. Man durfte halt nichts am Oberkörper tragen. Draußen im Alltag gab es nur dunkle Flecken und Salzränder.

Der Tag pumpte sich zum Mittag auf, Sonnenhöchststand, wurde bedrohlich und schickte die erste träge Hitzewelle über den Schulhof. Keanu war wieder dumpf im Kopf, aber genau richtig, dumpf genug zum völligen inneren Verstummen, ausreichend, um sich an die Kanarienvögel (die Mädchen) heranzutrauen. Ihm war es alles auf angenehme Weise egal.

Er stellte sich einfach zu den Vierergruppen und wurde dementsprechend kurios angestarrt.

Vor allem Lale sah ihn großäugig an, mit einem ungläubigen Lächeln ihm zugewandt. Er redete irgendwas, vom Wetter auch, zum Beispiel, dass es bald endlich wieder ein Gewitter geben sollte.

»Das Wetter? Echt das *Wetter?* Bruder.«

»Lass ihn doch. Und da zieht sich ja auch was zusammen.«

»Das stimmt.«

»Was ist eigentlich die Drescher für 'ne Muddi?« Keanu wusste um die Grenzüberschreitung seiner Frage.

»Schon 'ne Milf«, sagte Rico.

Lale zog an ihrer Zigarette. »Ich bin vielleicht anwesend?«

»Wissen wir.«

»Jetzt hört doch mal auf mit solchen Scheißbegriffen. Echt. Das ist immerhin meine Mutter.«

»Und was ist mit der los?«, fragte Rico

»Sie ist einfach nervös«, sagte Lale.

»Aber du hast recht«, sagte Tarun. »Die ist doch gar keine richtige Lehrerin. Ist nur reingerutscht.«

»Also echt«, sagte Lale. »Du bist auch echt was Besseres, Penner.«

»Wieso? Ich find' die ganz nett«, mischte Keanu sich ein.

»Nett?!«

Jetzt lachten sie Keanu aus, aber wirklich. Deshalb setzte er noch ein »Nett und notgeil« hinterher, und das war dann der beste Witz, und er konnte wieder miteinstimmen ins lautere Gelächter, denn er hatte es kassiert. Nur Lale sah ihn etwas distanziert an, noch immer großäugig. Die Gruppe zerstreute sich.

»Du siehst ihr sogar ein wenig ähnlich«, sagte Keanu zu Lale.

»Ach ja? Is' ja 'n Ding«, schnappte sie zurück.

»Ich meine – na ja.« Er wurde rot, aber er hatte einen südländischen Teint, also sah man es nicht. Das wusste er, und doch war es ihm höchst unangenehm.

»Sollen wir uns mal treffen?«

Keanu hatte ein »Träum weiter« oder irgendwas anderes Despektierliches von Lale erwartet.

Sie aber sagte einfach: »Mal seh'n.«

CUT

Kathrin sprang Saskia an die Gurgel, ins Gesicht, hier vor dem Notariat in seiner Gründerzeitvilla. Und es hörte sich an wie:

»*Naahaaah,* du denkst, du kannst mir hier was?«, Kathrin fletschte die Zähne, »die Kippe ins Gesicht schnipsen, oder was? *Was?«* Kathrin troff die Nase, sie reckte die Zunge in die Höhe, während sie Saskia würgte, »da sag ich dir aber eins, du hast dich geschnitten, du Sozialfall. Und weißt du *noch was? Hähh?!«*

»Nein«, ächzte Saskia, schon am Boden. Sie blutete bereits, das schmeckte sie am Gaumen.

»Ich habe dich *immer* gelassen, Saskia, und ich weiß, was du über mich erzählst, und über meinen Mann und meine Kinder, ich weiß es, du fucking *Nullnummer.* Wir machen jetzt einen Deal. Machen wir jetzt einen Deal? Saskia? Ja?«

»Ja.«

»Hier, nimm. Greif zu, fest! Nimm die Hand!«

Mit einem Seufzer griff Saskia zu, so sie noch konnte, und Kathrin zog sie hoch, perfekt, hatte den Fuß auf ihrer Schwester Fuß, wuchtete sie in den Stand.

»Bist du noch da, Saskia, bist du noch da?«

»Ja, ja, ja.« Saskia sah erstmals, dass ihre Schwester irgendwie aussah wie Scarlett Johansson, nur eine andere Version, eine magersüchtige, fiese, zynischere Scarlett, eine –

»Hör mir zu«, zischte Kathrin, »hör mir zu. Du kannst alles haben. Ich will das Drecksgeld nicht. Hörst du mich?«

»Ja. Ja.«

»Du wirst alles bekommen. Ich überschreibe es dir. Ja? Willst du das?«

»Ja«, lallte die gelähmte Zunge.

»So. Wir machen es gleich fest, gleich, ich mache hier noch, bei diesem Drecksnotar, einen Vertrag mit dir, wir setzen ihn auf. Okay?«

»Okay.«

»Und es wird eine Klausel geben, eine doppelte, und die geht so: *Erstens* haben wir nichts mehr miteinander zu tun, wie schon immer, das ist die Unterklausel a), hörst du, ja?, und, ungleich wichtiger, Saskia, hörst du mir zu? Ungleich wichtiger, ist die Klausel b), die da heißt: Zweitens schreibst du nie wieder über mich, egal ob im Internet oder sonst wo. Nie wieder. Ja? Ja?!«

»Ja.«

»Und auch nicht über meine Familie, nicht über meine Vergangenheit, nicht über uns beide hier oder unsere Familie. Ich krieg es eh raus, du weißt, wer ich bin und was ich kann. Hast du das verstanden?«

»Ja.«

»Ja?«

»Ja.«

»Gut.«

Kathrin gab Saskia einen Kuss auf die verschmierte Wange.

»Dann komm, hopp. Wir gehen jetzt noch einmal zu diesem Idioten dadrin. Einverstanden?«

»Einverstanden.«

Saskia wollte nur noch weinen, aber nicht mehr vor Schmerz oder wegen all dieser Demütigungen, die ihre Schwester ihr zufügte, *erneut, erneut,* nein, fast schon vor Glück. Sie würde jetzt reich sein.

»Komm, Saskia, komm. Hier, ich mach das kurz weg.« Kathrin wischte ihr das Blut weg, es war nicht viel.

Sie gingen die Stufen wieder hoch, hinauf zur Gründerzeitvilla, der straßenschmutzverschmierten.

»Versprochen?«, fragte Kathrin.

»Versprochen. Vertraglich!«, versuchte Saskia zu scherzen.

Kathrin lächelte, kniff Saskia keck in die Wange und klingelte beim Notar.

»Ich liebe dich«, sagte sie.

»Ich dich auch«, sagte Saskia.

»Hallo?«, schepperte es hell durch die Gegensprechanlage.

RAUMZEIT

Seit zwei Tagen suchte Lale ein neues Rad. Kein neues, ein gebrauchtes. Ein gebrauchtes, das tendenziell neuwertig wäre. Ein altes also, das für sie neu wäre und sich auch so anfühlen müsste. Ein Produkt, bei dem Preis und Leistung in einem adäquaten Verhältnis zueinander stünden, wie sie es sich in ihrer leicht überspannten Wortwahl immer wieder vorsoufflierte.

Von neuen Rädern hatte Lale sich nämlich längst verabschiedet. Neue Räder waren unbezahlbar (und wurden sofort geklaut). Kein Mensch konnte einsehen, wieso neue Räder so teuer waren, so »psychotisch teuer«, wie ihr Ausdruck bei Insta dafür lautete. (Und es hatte Likes gehagelt.)

Diese Räder waren schon Fetische. Irgendwelche abgedrehten Frickler hatten sich in den letzten Jahren in ihr Fricklertum verstiegen und stellten Dinge her, die nur geldschwere Kleinfamilien sich leisten konnten oder wollten, oder eben irgendwelche Freaks in Bianchi-Ausstattung.

Die Worte ihres Vaters echoten in ihrem Kopf. Wo man vor drei Jahren etwa noch ein solides Trekkingrad für dreihundert Euro bekommen hatte, so er, gab es jetzt nur noch kaum wertvollere Sporträder ab achthundert. Eine Arroganz griff um sich, eine Zwei-Räder-Gesellschaft zeichnete sich ab, und Lale konnte zusammen mit Jan nur den Kopf schütteln. Es machte sie wahnsinnig.

Lale wollte, wenn sie etwas in Angriff genommen hatte, sofort auch ein Ergebnis. Sie ließ dann nicht locker, bis sie hatte, was sie wollte – oder jedenfalls etwas, das dem Gewollten immerhin nahekam. Die Differenz von Gewolltem und Gewonnenem musste dann verdrängt und weggeredet werden (»Tragödie allen Lebens«, twitterte sie unterwegs).

Lale war ungeduldig. Alles war zu langsam, zu sehr *morgen*, Warten eine Qual. Die roten Ampeln, die vielen Stationen! Hatte sie sich etwas in den Kopf gesetzt, verfolgte sie es wie in einer Art Rausch. Sie aß dann nichts mehr, dachte an nichts anderes und verfluchte sich gleichzeitig für solch zwanghaftes Verhalten. Aber schon jetzt, mit sechzehn, wusste sie, dass ihr das wohl genetisch mitgegeben war. Oder frühkindlich eingeprägt. Oder pränatal eingeimpft. Wasauchimmer, dachte sie, die Theorien derzeit so hergeben.

Gab es eigentlich nur noch Kleinkriminelle? Wie auf Droge hetzte sie durch die Stadt, von einem sogenannten Verkäufer zum nächsten. Hinterhof nach Hinterhof klapperte sie ab und wurde immer wieder enttäuscht. Die Leute boten Schrott an, es leierte hinten, es schleifte vorne, die Kette krachte durch, weil die Zahnräder abgenutzt waren. Und dennoch wollten sie noch hundertzwanzig Euro und wurden patzig, wenn sie verneinte. Dabei war Lale den weiten Weg hergekommen, nicht die unverschämten Pseudoverkäufer. Verkehrte Welt, in der ihr sogar einmal noch ein »Hau ab, Schlampe« hinterhergeflüstert wurde, als sie freundlich die Gründe für ihren Nichtkauf erläuterte. Von einem, pardon, dachte sie: Salafisten. Jedenfalls hatte er einen entsprechenden Muslimenbart, eine Takke auf dem Kopf und ein weißes Wüstengewand an. Nein, dachte sie, er ist sicher kein Salafist. Und wenn, dann geht es mich nichts an. Wenn, dann bin ich die Rassistin, nicht er der Salafist. Und vielleicht hatte sie sich das auch nur eingebildet, das mit der »Schlampe«. Sicherlich hatte sie es sich nur eingebildet.

Aber die Empörung war nicht zu leugnen.

Lale hatte an ihrem alten Rad gehangen, ihrem dunkelgrünen, eleganten No-Name-Gefährt. Nicht nur wegen seiner schlichten Schönheit, sondern auch, weil sie es mit Lars gefunden und erstanden hatte. Die Beziehung mit Lars, ihre erste richtige, war seit drei Monaten vorbei, aber das Rad strahlte noch immer etwas von seiner Aura ab. Solange sie es fuhr, fuhr sie unbewusst mit ihm, und der Schmerz wurde süß und erträglich.

Solchen Schmerz fuhr sie gerne spazieren.

Der Diebstahl hatte sie dann aber selbst irre geschmerzt, seltsamerweise nicht sofort, sondern mit einer Verzögerung von zwei, drei Tagen. Ein banaler Diebstahl, von jetzt auf gleich war es einfach mitgenommen worden, sie hatte es ab-, aber nicht angeschlossen und war also selbst schuld. Dennoch grollte und schimpfte es in ihr.

Wirres Tippen auf dem Smartphone, Sonne sticht, Schweiß rinnt. Es musste doch zu machen sein, ein Rad zu finden, jetzt, wo sie schon wieder unterwegs war durch die graue Stadt, mit Bus, Bahn und zu Fuß. Sie wollte einfach nur nicht übers Ohr gehauen werden. Was das zu viel verlangt?

Hektisch stakste sie über die Postallee, »eBay Kleinanzeigen« im Display, ein Portal, das mit eBay an sich nichts zu tun, sich nur dort eingekauft hatte, weshalb jegliche Qualitätskontrolle durch den Käuferschwarm offenbar wegfiel. Ella schickte ihr im Stundentakt Kurznachrichten, die die magere Ausbeute ihrer Recherchen zusammenfassten. Ella wollte Lale helfen, sie hatte den Kauf eines Rades angestoßen, auch weil sie genervt davon war, dass Lale seit Wochen nicht mehr mobil war, was spontane Treffen und schnelle Ortswechsel unnötig verkomplizierte. Außerdem kannte sie sich bei Rädern einigermaßen aus.

Hier musste es sein. Gegenüber vom Netto, hatte er geschrieben, bitte dann noch mal anrufen. Im Gegensatz zu den anderen machte dieser Verkäufer nicht den Eindruck eines imbezilen Legasthenikers, was schon mal ein gutes Zeichen war. Lale betrachtete die hässliche Siebzigerfassade der Mietskaserne und dachte, *in so was werde ich nie wohnen.* Schon wieder schämte sie sich für sich. Gestern hatte sie sich ebenfalls geschämt, aber nicht wegen der kleinen sozialen Überheblichkeiten, die ihr im Geiste unterliefen, sondern wegen ihrer schieren Unfähigkeit, ihrer Tölpelhaftigkeit, ihrer Naivität. Sie hatte sich nämlich übers Ohr hauen lassen. Sie war, dramatisch gesprochen, sehenden Auges ins offene Messer gelaufen. Und Lale, die Theatermacherin, neigte ohne Zweifel zum Dramatischen.

Sie war von einem winzigen Männlein arabischer Herkunft durch den Hausflur geführt worden, in dem schon einige achtbare Räder an der Wand standen. Inzwischen hatte Lale einen Blick dafür; sie scannte auch auf der Straße die Räder der Vorbeifahrenden ab und schätzte sie kurz ein, oft voller Neid, der ihr angesichts von Rädern bisher unbekannt gewesen war. Die Sammelstelle für metallenes Diebesgut, die gewiss vom Familienvater betreut wurde, befand sich jedoch nicht im Flur, sondern auf dem Hinterhof, und das Männchen brauchte eine halbe Minute, bis das Rad gefunden war.

Es sah gut aus, ein schwarzes Mountainbike für Frauen, und sie wollte es fast nehmen, ohne eine Proberunde zu drehen. Sie hatte einfach die Nase voll von der ganzen Sucherei.

Auf dem Rasenflecken trat sie vorsichtig in die Pedale.

Die Sehnsucht, dass es einfach passte, dass alles stimmte, war größer als die gebotene Skepsis. Tatsächlich sprang die Kette vom Blatt, was Lale mit einem Augenrollen quittierte, aber das Männchen friemelte die Kette schnell wieder drauf, bequatschte sie dabei mit hektischer Milde und meinte, die Gangschaltung dürfe nur so und so, aber keinesfalls *so* betätigt werden.

Ah, *mein* Fehler, soufflierte sie sich unsicher zu.

Sie fuhr noch eine Runde, und das Rad gehorchte ihr tatsächlich, ohne weitere Zicken zu machen. Sie wollte ihnen einfach glauben, dem Rad, dem Verkäufer; und sie wollte, dass die ganze, schon zwei Tage lang andauernde Aktion endlich ein Ende hätte.

Siebzig Euro, in die Hand. Er verkaufte ihr noch ein Schloss für zwanzig. Um wenigstens verhandelt zu haben, bot sie ihm zehn dafür an. Mit Verweis auf seine Familie und die Tatsache, dass auch er etwas verdienen müsse, lehnte er höflich ab. Umtausch ausgeschlossen, übrigens. Sie wollte fast beten, als sie auf die Straße fuhr.

Zunächst ging es auch, und die erste Freude über den Kauf wollte sich einstellen. Nachdem sie aber hinter der ersten Ampel mit vollem Körpergewicht in die Pedale gestiegen war, krachte die Kette durch, fing sich wieder, krachte dann nach fünf Metern erneut. So würde das also sein. *Ich bin eine solche Idiotin.*

Über diese Niederlage hatte sie nicht einmal Ella in Kenntnis gesetzt. Sie erzählte niemandem davon, schwieg den Nepp einfach tot, versuchte auch gar nicht, das Rad umzutauschen, dieses malade Schrottgestell, das nicht einmal imstande war, sie zur nächsten Verkäuferadresse zu bringen. Die Kette machte, was sie wollte, sprang schließlich sogar wieder ab. Entnervt schloss sie es irgendwo an, merkte sich die Kreuzung und stapfte davon.

Während sie auf den Verkäufer gegenüber vom Netto wartete, der sich unverschämt viel Zeit ließ, vielleicht sich noch anziehen, vielleicht auch ein Kind füttern oder fesseln musste, checkte sie erneut die Kleinanzeigen-Seite.

Es gab drei neue Räder in ihrer Kategorie, und von den Bildern her waren sie, wie immer, brauchbar; als sie sich aber das zweite Rad genauer ansah, durchfuhr sie ein Schock. Es hieß, die Sippen und Banden würden die Räder nach Tschechien oder sonst wohin verfrachten, um sie dort umbauen, ihrer Identität berauben, aufhübschen zu lassen und dann wieder in einen anderen Teil Deutschlands zu transportieren, wo sie unter größtem Gewinn für alle Beteiligten neu verkauft wurden. Aber das war nur eine Theorie, die Ella in die Welt gesetzt hatte. Und Ellas Theorien bestachen durch präzise Details und Plausibilität, erwiesen sich oft aber als schlichtweg falsch und ausgedacht.

Wie hier, wie heute. Denn es war Lales Rad, das dort angeboten wurde, ganz eindeutig: Lales dunkelgrünes, geliebtes Lars-Rad, das sie längst in Tschechien wähnte. Sie konnte es kaum glauben und wollte losrennen, um den Verkäufer sofort zu stellen, er wohnte im selben Bezirk. Aber sie traute sich nicht. Lale war pflichtbewusst und ließ keine ihrer Verabredungen platzen. Hin- und hergerissen verharrte sie. Immer wieder durchfuhr sie der Impuls, einfach abzuhauen, jetzt, jetzt, *jetzt.* Sie gab sich einen Ruck und rannte tatsächlich los, stolz, beschämt, *lächerlich.*

Was das für eine Scheiße sei, erkundigte sich der düpierte Verkäufer per SMS, als sie längst wieder im Bus saß. Er hatte dreimal angerufen, sie dreimal nicht abgehoben; sie wusste schon, warum. Er rief nochmals an, dann war Stille, fürs Erste.

Lale konzentrierte sich.

Ihr Rad war in der Gumplinger Straße, ein paar Minuten mit dem Bus, und der Verkäufer – nein, sie nannte ihn nicht Verkäufer, sie nannte ihn *Dieb* – hatte mürrisch bestätigt, dass das Rad noch da war; sie hatte ihm den Preis nennen müssen, damit er wusste, um welches Rad es überhaupt ging.

Sie versuchte ruhig zu wirken, denn sie kochte innerlich. Gleichzeitig war sie aufgeregt und ängstlich, ratlos, was sie überhaupt sagen sollte. »Gib mir mein Rad zurück?« Schon legte sie sich mögliche Widerworte zurecht, »kann ja jeder kommen«, »musst du beweisen«, »ist von meinem Cousin«. Womöglich war das gerade eine Situation, dachte Lale, auf die der Ausdruck »sich vor der eigenen Courage fürchten« zutraf, aber sie war sich nicht ganz sicher. Hatte dieser Ausdruck nicht immer auch eine politische Dimension? Und hatte ihre Aktion denn keine? Lale war allein schon von solchen Fragen überfordert, wie erst von der Mutprobe, die jetzt anstand. Ella dagegen, die Pragmatikerin, hatte einmal ein Rad, das ihr geklaut worden war, auf dem als Radumschlagplatz stadtbekannten Flohmarkt wiedergefunden. Sie war einfach gezielt dorthin gegangen und hatte das Rad den Jungs ohne viele Worte wieder abgenommen. Das war beeindruckend; das war Ella. Lale erwog, sie anzurufen, um Unterstützung zu bitten, ließ es dann aber bleiben. Diese Mission müsste sie alleine erledigen. Dann wäre auch der peinliche Fehltritt mit dem kaputten Rad abgegolten. Dann hätte sie, alles in allem, ihr Gesicht gewahrt.

Wieder ein Hinterhof, und wieder ein Araber oder Türke, eher Türke. Bürgerlicher diesmal, der gewöhnliche Hemdträger, Busfahrerstyle, Bartschatten, nicht unsympathisch. Den Reflex, ihn als Türken oder Araber oder eben als »Südländer« anzusehen (allein das Wort!), konnte Lale nicht abstellen, obwohl sie sich dessen bewusst war. Lale war links und weltoffen, offiziell.

»Also, hier ist es.« Da war es. Da stand es, ihr Rad, malachitfarben, wie Lars es genannt hatte, und frisch geputzt.

Lale nahm allen Mut zusammen.

»Okay, also, ich sag es gleich. Das ist mein Rad, es wurde mir vor drei Wochen gestohlen, und ich möchte es zurückhaben.«

Eine Irritation in seinem Gesicht, das ungläubig zusammenzuckte, dann ein hämisches, machohaftes Grinsen, das sie ganz offensichtlich als Frau, als Mädchen verspottete, für den Bruchteil einer Sekunde. Dann fing er sich wieder, und sein Gesicht wurde zur neutralen, ausdruckslosen Maske.

»Kann nicht sein. Das ist von meiner Cousine.« Wie erwartet.

»Nein, es ist meins.«

»Ich hole auch Räder vom Schrotthändler und richte sie her. Aber das hier ist von meiner Cousine. Die hat jetzt neues.«

Seine Entschiedenheit verunsicherte Lale, und sie checkte noch einmal, ob es wirklich ihr Rad war. Dabei wusste sie es ja. Diesen Blick der Rücküberprüfung hätte sie lieber gelassen, denn er gab dem Dieb jetzt weiteren Aufwind.

»Ja, was denn, immer kommen Leute und sagen, das ist mein Rad, mein Rad. Neuer Sport, oder was? Hast du Papiere? Nummer?«

»Nein.«

»Also was?«

Ja, was? Was was? Lale wollte ausflippen und tat es halb.

»Ja, was denn, was? Es ist mein Rad, ich habe es gesehen im Netz, jetzt ist es hier, es ist meins, hundertprozentig, ich lüge ja nicht, und ich werde es jetzt mitnehmen.«

Sie packte sich den Lenker. Er griff ebenfalls zu, hatte den Lenker in der Hand, darunter ihre Finger.

»Lassen Sie mich los!«

»Ohne Nummer kein Rad. Oder hundert Euro. Ganz einfach.« Er ließ nicht los, sie auch nicht. Pranke auf Porzellan, oder was, dachte Lale, sah aber, dass seine Hand wenig behaart und eher feingliedrig war. Nichts mit Pranke, und dennoch war sein Griff viel zu fest, fast schon verkrampft.

»So kommen wir nicht weiter«, sagte sie. Ihr Herz raste.

»Hast du Nummer, kriegst du Rad, sonst zahlst du. Normal. Wie jeder.«

»Aber ich sage dir, es ist meins. Und du weißt es auch.«

»Nichts weiß ich. Jetzt geh!«

Aber Lale wollte nicht gehen. Noch eine Niederlage würde sie sich selbst nicht verzeihen. Und es war eine Frage der Gerechtigkeit. Es war ihr Rad. Aber es ging auch um die Sache. Nachzugeben war gar keine Option.

Mit einem Ruck wollte sie ihm das Rad aus den Händen reißen, aber sein Griff krallte sich nur noch stärker fest. Sie versuchte, ihn wegzustoßen, obwohl ihr jede Berührung ein Gräuel war. Ihre Hand klebte kurz an seiner Brust fest, klammerte den Hemdstoff zusammen, darunter weiches, rasiertes Fleisch, und sie musste allen Willen zusammennehmen, um wirklich Druck auszuüben. Es war mehr Alibi als Angriff. Er hielt sich dementsprechend zurück und wartete ab.

So verharrten sie kurz. Lale war ohne Idee und ärgerte sich, nicht eine Probefahrt angetäuscht zu haben, aus der sie dann ausgebrochen wäre, um einfach loszufahren, abzuhauen, mit allem Recht der Welt. Aber das wäre eben nicht gerecht gewesen; Gerechtigkeit musste ausgesprochen, erörtert und verhandelt werden, damit ein Konsens entstünde zwischen den verschiedenen Parteien; denn es gibt kein göttliches Auge, das Bescheid weiß, alles überblickt und richtet. Es gibt solche Instanzen einfach nicht. Und der Typ hier hätte sie bei ihrem Fluchtversuch sicherlich erwischt, und dann hätte ihr niemand mehr geglaubt, am wenigsten sie sich selbst. Am Ende wäre nur sie die Diebin gewesen. Vielleicht sollte sie einfach zahlen. Und wieder keinem davon erzählen.

Irgendwoher, Lale erkannte nicht, aus welcher Richtung, war plötzlich eine männliche Stimme zu hören, jung und aggressiv, oder eher genervt.

Der Unbehaarte wandte sich der Stimme zu, rechts hinten von ihr, sie hörte seinen Atem, sein Atemholen unangenehm nah, ein Rasseln darin, dann rief er etwas zurück, auf Türkisch wohl. Seine Stimme war viel zu laut. So nah kamen Menschen ihr sonst selten, zumal fremde.

Na wunderbar, dachte Lale, jetzt bin ich von ihnen umzingelt.

Sie drehte sich halb um, den Dieb noch immer im Augenwinkel. Da stand er im Fenster, Keanu, fünfzehn Meter entfernt, und hatte die Arme vor der Brust verschränkt. Gut aussehend, dachte sie, aber das spielte ja jetzt wohl kaum eine Rolle.

»Alter, jetzt gib es ihr«, sagte er und streckte den Arm aus, die Handkante wie ein Argument. »Es ist ihres.«

Der Türke blaffte was zurück. Sein Griff lockerte sich bereits.

Keanu sagte nichts, lehnte sich nur langsam hervor, aufs Fensterbrett, und betrachtete ruhigen Auges die Szenerie. Dass er nichts sagte, schien den Mann zu provozieren, und er setzte immer wieder an, sich zu erklären, geriet aber jedes Mal ins Stocken, ein nölender, zerhackter Sprechgesang. Keanu im Fenster blieb cool, und Lale überlegte kurz, was für eine Coolness das wohl war, angeboren oder eingeübt, oder gar beides, immer weiter perfektioniert?

Es war offensichtlich: Keanu hatte ein Machtwort gesprochen, und jetzt würden sich die Dinge von alleine regeln. Davon ging er aus. So lief das hier wohl. Und das taten sie dann auch: Die Dinge regelten sich von allein.

Der Dieb regte sich noch einmal auf, und Lale meinte so etwas wie »Bist du Ritter, oder was?« herauszuhören, dann ein »Big Brother, oder was?«. Sie musste fast lachen. Keanu grinste ebenfalls, aber nicht arrogant, eher belustigt.

»Ach, scheiß drauf, hast du, hier, nimm!« Der Dieb drückte ihr den Lenker in die Hand. »Is' Tag der offenen Tür.« Dann nickte er Keanu verächtlich zu, klatschte in die Hände, als wären sie ölverschmiert, und ging ab: »Schüss.«

Lale war noch leicht benommen vom Adrenalinstoß. Sie wusste nicht mehr, wo der Ausgang war, schob das Rad versuchsweise nach links, am Fenster vorbei, aber mit gehörigem Abstand. Völlig verlangsamt alles, wie im Film, fand sie, oder auf Drogen, oder wie auf Drogen im Film. Keanu sah sie an und lächelte, breiter als eben. Sie sagte »danke, Keanu« und konnte den Blick nicht von ihm lösen, ein Faden, der sie mit diesem Fenster verband. Er sagte nichts, zwinkerte nur, und sie blieb zum Fenster auf Abstand, trotz des Fadens, des Sogs.

Als sie die Tür zum Flur erreichte, blickte sie sich nicht um, hörte aber, wie er das Fenster schloss, behutsam, entschieden, souverän. Noch ein paar Schritte, und sie wäre auf der Straße, endlich frei von der ganzen Sache, nicht mehr auf der Suche, endlich euphorisch. Sie würde Ella anrufen und ihr alles erzählen, mit kleinen Lügen und Auslassungen, die eh keine Rolle spielten. Ella würde begeistert sein und sie weiter anfeuern, obwohl es gar nichts mehr zu tun gab.

Lale stieß die Tür auf, das Kugellager tickte, draußen huschten Menschen vorbei, die nichts von alldem mitbekommen hatten. Sie setzte sich auf den Sattel und fuhr los.

Zwinkert der, dachte sie.

POSTPONED

Seine Fingerspitzen gruben sich in die Sehnen und Muskeln, hinein in die Knoten, Verspannungen, ein Hautberg wurde herumgeschoben. Wenn er Kathrin massierte, ihre Verspannungen langsam und einfühlsam auflöste, durch Drücken und Kreisen, empfand er selbst eine wohlige Zufriedenheit im Hinterkopf, als würden sich auch dort Verhärtungen lösen. Es war, als würde er sich indirekt selbst massieren.

Jan war ein guter Masseur, doch wenn er über diese seine Qualität nachdachte, schlich sich ein biografisches Unbehagen ein, fast eine Monstrosität. Er hatte, als kleiner Junge, seine Mutter immer wieder massieren müssen, ob wirklich täglich, war ihm nicht mehr erinnerlich. Es war nichts Sexuelles daran gewesen, und doch, wenn er daran dachte, haftete dem Ganzen etwas allzu Körperliches und damit Unrechtes an. Jans Mutter hatte ihn seit je schon instrumentalisiert, und es war ihm, als das unbedarfte Kind, das er gewesen war, nicht einmal bewusst gewesen. Bei den sonntäglichen Belagerungen der Großmutter hatte er immer wieder Zigaretten für die Mutter holen müssen. »Jan, hol mir kurz Zigaretten«, und Jan, wahrscheinlich froh, der nikotinschwangeren Küche entfliehen zu können, war immer und immer wieder zum Zigarettenautomaten am Ende der Parkplatzgasse gewandert, hatte nach Einwurf des Geldes die *Reyno Lights* gezogen, mit einem starken Ruck, der ein lautstarkes Ratschen zur Folge hatte, dessen Negativ nach der Entnahme der Packung, wenn man die Metall-Schublade wieder in den Schacht des Automaten wuchtete, den akustischen Vorgang komplettierte, welcher ebenfalls eine Art Befriedigung auslöste, so wie das Massieren, so wie später jeder Treffer beim Basketball, der ohne Brett- oder Ringberührung vonstattenging. Etwas war hörbar komplett, und die Unruhe im Kopf legte sich kurz.

Er fragte sich, warum Kathrin eigentlich nicht dasselbe bei ihm tat. Er hatte es durchaus verlangt.

Eine kleine Traurigkeit schob sich in Jans Gemüt. Die Massageexzesse als Kind gaben den heutigen Liebenswürdigkeiten ebenfalls etwas Asexuelles und Serviles. Noch nie war es nach einer solchen Sitzung (die sowieso sehr viel kürzer dauerten als die Muttermassagen damals) zum Geschlechtsverkehr gekommen. Jan liebte das Saubere, Cleane, Freundliche des Vorgangs, aber etwas fehlte, ein Möglichkeitsraum, der anderen sicher offenstand, ohne dass sie es überhaupt wussten. Kathrin stöhnte. Jan hatte eine besonders harte Verspannung entdeckt, die er nun, mit Fingerspitzengefühl sozusagen, bearbeitete. Kathrins Rücken war sehnig und hart und wirklich verspannt, während der Rücken seiner Mutter eher schlaff und weich und wenig muskulös zwischen den staubigen Polstern gelegen hatte. Seine Mutter war gar nicht verspannt gewesen, sie kam nur von der Halbtagsstelle nach Hause und hatte sofort aggressiv gejammert und Jan, kaum hatte sie den Schlüssel in die Apfelhälfte aus mit Silberglanz besprühtem Hartplastik geworfen, befohlen, sie zu massieren. Die tiefen Poren, echte Löcher, und dieses Fleisch in all seiner Weichheit und Schwäche, die Haut ohne Widerstand, bis in die ersten Schübe der Pubertät hinein hatte er sie so massieren müssen. Die eigentliche Schwelle zum Erwachsenendasein, zu erwachendem Bewusstsein seines Selbst war die Weigerung gewesen: die Weigerung, seine Mutter zu massieren.

Kathrin seufzte wohlig, schlief fast, nein, dämmerte, aber war körperlich ganz präsent und angespannt. Einmal würde er es tun. Einmal würde er die Barriere zwischen servilem Massieren und aktivem Sex überwinden, und zwar jetzt. Seine Hand wanderte schnell vom Rücken hinunter zwischen ihre Beine und griff sacht hinein. Der Wille war zu präsent, die Entschiedenheit merkbar, und doch tat der Griff zunächst seine Wirkung. Kathrin streckte ihm Hintern und Scheide leicht entgegen, schien feucht und offen, oder war das nur sein Wunschdenken? Seine Hand verharrte an ihrem Venushügel, hatte ihn fast im Griff. Er legte die andere Hand in ihr Hohlkreuz, ruhig und bestimmt, und massierte dort, wie um ein Alibi zu haben. Kathrin drehte ihren Kopf mehr in seine Richtung, die Augen noch immer geschlossen. Dann schob er ihren Schlüpfer beiseite, und sein Mittelfinger drängte zwischen ihre Schamlippen. Sie drehte sich sofort ab, entzog sich ihm mit einem genervten Stöhnen.

»Verzeih«, sagte Jan.

»Nein, nein«, sagte Kathrin mit leiser Stimme, »nein, ich bin gerade nur nicht ganz da. An sich ist es schön.«

»Ja«, sagte Jan, »kein Problem. Du hast ja auch viel derzeit, und ich auch, und – und, ja. Und – nichts und. Es ist einfach etwas viel.«

»Vielleicht, ja. Komm.«

Sie umarmten sich fest, so fest, das ihm fast schwindelig wurde; es war ein Hauch von Gewalt darin, von großer Liebe und Gewalt. Er spürte fast den unendlichen Raum um diese kleine Zweierzelle, die sie darstellten; spürte und sah fast das All und seine Drift; aber das war nur ein Traum, schon wieder. Denn er war endlich eingeschlafen.

FRÜHER ODER SPÄTER

Stunden (oder nur Minuten?) später summte das Telefon Jan aus dem Schlaf, und wie automatisch ging er ran, obwohl die Nummer anonymisiert war. Eine flüsternde Stimme sagte ihm, es gebe noch mehr Bilder, und er müsse etwas tun, sonst würden diese Bilder öffentlich, und zwar bald. Und Jan fragte, wer da mit ihm spreche, und dass er die Person bestimmt noch kenne, und was die Person damit erreichen wolle, und nein, das wisse er eben nicht, und was das alles zu bedeuten habe, doch da war nur noch Stille am anderen Ende der Leitung, denn die Person hatte aufgelegt.

Kathrin regte sich und fragte verschlafen, wer das gewesen sei, und Jan sagte, niemand, ein Verrückter, und Kathrin ergänzte, oder eine Verrückte, und Jan sagte, das könne sein, die Person habe geflüstert, und er meinte auf Nachfrage, dass er wirklich nicht wisse, wer das gewesen sei, und die Person wolle ihn wohl unter Druck setzen, und Kathrin wurde wach und fragte, was los sei, und sagte, er solle nicht glauben, sie merke nichts, und er, nein, nein, und sie, was nein, sie lebe doch mit ihm zusammen, sie sehe ihn doch. Er habe wirklich keine Ahnung, seufzte Jan, jemand wolle ihn wohl erpressen, oder auch nicht, er wisse es nicht, denn diese Person, sie fordere gar nichts. Und Kathrin wollte wissen, womit er denn erpresst werde, und Jan meinte, Albernheiten, wirklich, und sie fragte dann, wieso man ihn denn erpressen könne, wenn es Albernheiten seien. Er habe Scheiße bei dem Joyn-Deal gebaut, Joyn werde einfach zu mächtig, und das Mit-Joyn-Anlegen sei einfach eine Nummer zu hoch und zu viel, und die, so Jan, würden schon an seinem Stuhl sägen, oder es versuchen, irgendein Irrer müsse das sein, der davon Wind bekommen habe. Was wisse er, jemand aus der Redaktion, dem Vertrieb.

Und die oder der, nahm Kathrin ihn in die Mangel, der rufe also mitten in der Nacht an? Alkoholisiert, so habe die Person jedenfalls geklungen, so Jan, und Kathrin fand das nur noch befremdlich, so sie jedenfalls. Und wenn er eine Affäre habe, dann solle er es gleich sagen. Sie seien erwachsen.

Was, ereiferte Jan sich, nein, meinte er, nein, und sie fragte, ob wirklich nein, und er antwortete, nein. Und schloss dann mit der Frage, ob sie jetzt wieder schlafen könnten, worauf sie mit der Antwort schloss, sie wolle doch sehr hoffen.

BIS ANS ENDE SEINER TAGE

Kathrin wusste nicht, wer da alles gekommen war zum Begräbnis ihres Vaters. Es waren gar nicht so viele, aber es war unübersichtlich, weit verteilt, keiner schien zu keinem zu gehören – und vor allem war es anonym und weiblich.

Wo kamen all die Frauen her, aus welchen Löchern, Winkeln, Affären, Geschichten? Sie versuchte sie zu zählen, sicher zehn, fünfzehn unbekannte, ältere und leer gelebte Frauengesichter, wiewohl nein, das war nur ihre Gehässigkeit, ihr zielloser Zorn, denn waren sie nicht noch immer ziemlich schön alle? Und vielleicht einfach Kolleginnen, alte Bekannte? Und spielte das denn überhaupt noch eine Rolle?

Da standen sie: die steil Toupierte, die unbedingt Elegante, die leicht Heruntergekommene, die depressiv Aufgetakelte, die stylishe Intellektuelle – wie ein starrer Catwalk der Trauer zogen sie vorbei. Nicht alle kondolierten, manche standen mit vermeintlich unbeteiligtem Gesichtsausdruck eher abseits, schienen mehr einer Pflichtveranstaltung beizuwohnen, als sich wirklich verabschieden zu wollen. Auch standen da zwei jüngere Frauen – heimliche Töchter? Was für hirnrissige Gedanken. Doch Kathrin wusste nicht mehr Bescheid. Wer war hier wer?

Die Schlaflosigkeit lag ihr in Gliedern und Gemüt, die letzte Nacht mit dem Anruf von unbekannter Seite, und Jans erratisches Verhalten dabei und danach. Jetzt hatte er, am Frühstückstisch mit den Kindern, wieder glatt und oberflächenfreundlich gewirkt, ganz der Mediensunnyboy, als der er sich neuerdings verkaufte. Die Kinder hatten kaum etwas gesagt. Es war ihre erste Beerdigung. Solche Dinge und Erfahrungen waren nicht wegzulächeln, sie waren (hier stimmte das Wort) existenziell, und Kathrin versuchte, den Kindern einen würdigen und stabilen Rahmen zu bieten, so weit es eben ging.

Kathrin sah Lale an, die Severin beobachtete, der Löcher in die Luft starrte. Lale sah gefasst aus, fand Kathrin, im Gegensatz wahrscheinlich zu ihr. Dass sie dabei selbst von Jan beobachtet wurde, fast schon gescreent, merkte sie nicht. Severin blickte jetzt zu Boden, verweilte dort kurz, dann blickte er seinen Vater an. Der sah die Tränen in seinen Augen und umarmte ihn.

Was hatte dieser jahrzehntelange Reigen, den ihr Vater sein Liebesleben genannt hatte, mit Kathrin und ihren Liebesvorstellungen und Lebensentwürfen angestellt, was ihr mitgegeben, was vorenthalten? War ihr Traum von der beinahe perfekten Familie (und das »beinahe« war wichtig gewesen, es musste Luft bleiben, Spielraum, bloß keine Hermetik, bitte keine Platzangst) nicht vor allem ein Gegenentwurf zu seinem altbackenen Zampanodasein gewesen?

Sie betrachtete Saskia, die ganz in sich versunken war. Saskia hatte stets die volle Breitseite dieses biografischen Erbes mitbekommen, die Unfähigkeit, eine Beziehung über mehrere Jahre aufrechtzuerhalten, ja, überhaupt sich Partner auszusuchen, die wenigstens entfernt zu ihr passten. Kathrin empfand kurz Mitleid, in das sich aber sofort Skepsis und auch Wut mischten, Wut auf die ewige Missgunst ihrer Schwester, die niederträchtigen Winkelzüge, Gerüchte, die üble Nachrede – Wut auf den ewigen innerfamiliären Verrat.

Diese *Opfer*, dachte sie, aber ohne Bosheit, ohne Verachtung, diese tatsächlichen Opfer eines skrupellos gelebten Lebens überall, Variablen und Stationen in der Laufbahn eines Liebestäters, und sie dachte kurz an ihre Mutter und deren Krebstod schon vor fünfzehn Jahren, im Schatten, ohne dass irgendwer darin auch eine Konsequenz seiner Eskapaden hätte sehen wollen – man war schließlich nicht so naiv, man hatte Susan Sontag gelesen.

Lale stand da wie ein letztes winziges Bollwerk der Hoffnung. Lale hatte vielleicht noch Vertrauen. Hoffentlich lange, dachte Kathrin. Sie wünschte ihrer Tochter aus einer gefühlten Distanz heraus alles Gute – als wären sie nicht am selben Ort. Als wären alle hier, dachte sie, nicht am selben Ort und nicht auf dieser tristen, disparaten Beerdigung.

Als der Sarg eingelassen wurde, waren erste Schluchzer zu hören, wie einzelne akustische Tupfer, und die Schluchzer steigerten sich langsam zu einem dünnen Klagegesang von blasser Farbe. Nur die Familie blieb stumm.

Kathrins Puls raste. Sie wollte die Erde in ihrer Hand am liebsten mit Furor in die Grube schmeißen oder etwas wirklich Absurdes damit machen, sich das Gesicht einschmieren, vielleicht. Als eine unbekannte Blonde hinter ihr einen besonders schmerzhaften Trauerkiekser von sich gab, drehte sie sich abrupt um und zischte:

»Könnten Sie sich gefälligst beherrschen?«

Die Blondine erschrak, und es ging ein kurzer Ruck durch die Trauergemeinde.

IT'S PARTY TIME

»Ich bin breit vom Leben«, sagte einer, ging vorbei und ergänzte: »Ich nehm nichts, kein Alk, keine Pillen, und dennoch bin ich breit. Breit vom Leben!« Dann war er wieder weg.

Keanu und Rico saßen da, auf bunten Polstern, ein paar Leute zwischen ihnen. Es war das Haus von Gretas Eltern, die für ein paar Tage in ein Wellnesshotel gefahren waren.

»Und?«

»Und was.«

»Und jetzt?«

»Na, sollen wir – was ballern?«

»Weiß nicht.«

Sie taten es. Sie nahmen je eine halbe Tablette obskurer Herkunft, denn sie kamen von dem Dealer aus der Grübenauer Straße.

»Merkst du was?«

»Noch nicht.«

»Ich schon. Glaub' ich.«

»Ich geh mal auf's Klo.«

Keanu ging durch die Grüppchen und spürte die Wirkung. Er wollte alle Mädchen küssen, oder nur die hübschen. Oder die Bäume draußen, die Bilder an der Wand? Die Wirkung ging ihm in Hirn, Geschlecht, Lippen. Die waren taub und dick.

Er grinste. Da stand dann Valli. Es passierte etwas, was noch nie passiert war. Sie lächelten einander an, und sie schien sich einen Ruck zu geben, und er zeigte in Richtung Toilette, und sie kam mit.

Sie standen voreinander, die Tür war zu, sie wussten nicht gleich, was tun. Valli blickte Keanu bedrohlich an, er spürte ihre Aufregung, oder war es seine? Sein Herz jedenfalls schlug laut hoch bis zum Hals. Er war wie gelähmt. Dann schob sie ihn in den Raum, schob ihn weiter bis zur Kachelwand. Er stieß sich den Kopf.

»Oh, entschuldige …«

»Nicht schlimm.«

Endlich machten sie was, die Körper, so angezogen voneinander, wussten noch nicht recht, was genau. Sie küssten einander, viel zu gierig und nass, die Zungen rotierten nach links. Die Nähe des anderen Menschen jagte Keanu einen Schrecken ein. Aber er überwand seine Angst, er musste jetzt aktiv seinen Mann stehen. Sie umarmte ihn ungelenk, und er setzte seinen Mund wieder auf den ihren.

Wie er es aus den Pornos kannte, griff er sie grob an, holte eine ihrer Brüste hervor, saugte an ihr, war dann ratlos. Weiter, drängte es in ihm, und er nestelte an ihrem Hosenstall herum, geknöpfte Jeans, klar, wer trägt schon Reißverschlüsse, und war dann schon wieder ratlos. Sie atmete schwer und schnell in sein Ohr. Es war alles etwas gespielt und doch wirklich, ein verwirrender Effekt. Sie wollten Tiere sein und blieben doch Menschen. Keanu holte seinen bereits harten Schwanz raus, nahm ihre Hand und führte sie hin, legte sie um die Stange, die fast schon befremdlich aggressiv aus dem Hosenstall ragte.

»Reib«, sagte er.

»Ich soll dich nur wichsen?«, fragte sie.

»Ja, erst mal.«

Sie tat es, zu langsam und zu locker, zu vorsichtig, und Keanu wurde ungeduldig. Jemand klopfte, zwei Mädchen lachten durch die Tür. Er kniete sich hin. Er zog ihr Hose und Slip runter: rasiert natürlich, oder nein, doch: ein kleiner Steg aus Haaren, und er wagte sich vor, ungestüm, küsste die Stoppeln und streckte wie auf Kommando die Zungenspitze hervor. Sie fand nach kurzem Herumstochern eine Öffnung, versuchte, tiefer hineinzugelangen. Es schmeckte irgendwie nach Kleingeld. Valli seufzte, was ihn anstachelte, und er drang tiefer in die Öffnung ein, wusste aber letztendlich nicht genau, was dann zu tun sei. Es erinnerte ihn an ein Jeanswerbevideo, das einen Siebzigerporno derart verfremdet hatte, dass es aussah wie ein bizarrer Videoclip, und er erinnerte sich an einen Schnurrbartträger darin, der die mit einer Mundharmonika überdeckte Vagina einer Frau bearbeitet hatte, und zwar schnell und gierig, und so tat er es ihm gleich. (Seltsam, dass er jetzt, wo es geschah, eine Pornoparodie als Schablone nahm und nicht einen der tausend Pornos, die er schon gesehen hatte.)

Er schleckte und schlürfte und spielte Gitarre mit seiner Zunge, aber es war ziellos, und Valli hievte ihn nach einer Zeit wieder hoch, schien dabei aber noch geiler als vorher zu sein. Spielte sie das vor? Ihm? Sich? Und was spielte er in seiner Aufregung? Den Helden? Den Macher? Spielte er überhaupt etwas? Seine Stirn war schweißbedeckt. Es klopfte weiter, es lachte.

»Schnauze!«, rief Valli nach draußen. Dann funkelte sie ihn an.

»Komm. Hier.« Sie lehnte sich vornüber auf das Waschbecken, streckte den Arsch raus und blickte ihn auffordernd über die Schulter an.

Seltsamerweise hatte Keanu schon eine Stunde später kaum mehr eine Erinnerung an das Geschehene, er hatte es schon wieder vergessen, es war nichts gewesen und doch fast alles. Wie banal das Große sein konnte, das erste Mal – weg, einfach weg, abgehakt, und er war stolz, aber worauf, und er wurde dabei auch schon wieder nüchtern, wenn er es nicht schon längst war, schon vorher gewesen war, schon immer: nie berauscht. Ein schlechtes Gewissen hatte sich in ihm festgesetzt: Lale war doch noch da. Was ein Quatsch, dachte er, echt, und auch noch mit Valli, unnötig, aber warum nicht, weil auch geil, endlich ein Mann, oder was, oder wie – aber nein, aber nein, das war es noch nicht gewesen, nein. Er saß ratlos auf einem teuren Sofa und tat so, als würde er ein Bier trinken. Er kam sich verstrahlter vor denn je.

Severin setzte sich zu ihm. »Alles klar, Keanu?«

»Ja, schon«, sagte der. »Mehr als klar. Zu klar fast.«

»Zu klar?«

»Was machst du noch hier, Sevvi?«

»Feiern?«

»Wie alt bist du noch mal?«

»Auch nicht viel jünger als du.«

»Von wegen. Du gehörst ins Bett.«

»Du auch.«

»Nee, ich gehör nirgendwohin.«

Severin sah Keanu bewundernd-misstrauisch an. »Hast du die da«, er meinte Valentina, »gerade etwa geknallt?«

»Nein«, sagte Keanu, sein Grinsen aber verriet ihn (und das sollte es auch).

»Klar hast du. Bruder, krass.«

»Sevvi, was machst du noch hier?« Lale kam dazu, zum genau falschen Zeitpunkt. Sowohl Severin als auch Keanu liefen rot an.

»Feiern. Gegen die Trauer.« Die Beerdigung war gerade mal eine Woche her.

»Ja, ausgefeiert. Dahinten die fahren gleich in unsere Richtung, Marek und der Rest. Sie nehmen dich mit, ich hab' das schon klargemacht. Ab, hol deine Jacke! *Ab!*«

Grummelig stand Severin auf, »bis dann, Keanu«, machte Platz und ging, und Lale rutschte neben ihn, sehr elegant, fast wie ohne Gewicht. Sie veränderte das Kräftefeld, das irgendwie anwesend war, das dieses Sofa und seine Aura beherrschte, wie elektrisch aufgeladen saß sie da, die Himmelsrichtungen um sie herum mussten wohl *tanzen,* dachte Keanu. Seine eigene Magnetnadel jedenfalls, irgendwo tief in ihm, rotierte.

Sie redeten kurz, über die Schule, über die Fächer und Lehrer, über seinen Schulwechsel, die Tristheit des Schwimmbads, aber sie redeten nicht viel, denn das Gespräch blieb eher einsilbig, wenn auch vertraut; etwas anderes redete. Vor allen Dingen berührten sich ihre kleinen Finger wie ungewollt.

Sie kamen einander immer näher, weil die Musik wohl lauter wurde und sie einander verstehen wollten; da ergriff er ihre Hand, ganz sacht. Sie drückte sacht zurück.

Die Schatten auf ihren Gesichtern wurden dunkler und fast schon zu einem, so nahe; sie flüsterten plötzlich und sahen sich in die Augen. Dann dachte er: jetzt oder nie.

Und sie küssten sich, so wild und einhellig und gierig und harmonisch, wie selbst Erwachsene oder erfahrene, Youtube-gestählte Pick-up-Artists es wohl nur einmal im Leben hinbekommen könnten.

INTERRUPTUS

In derselben Nacht hatte Jan seinen ersten *Wet Dream* seit Jahrzehnten. In nassen Shorts wachte er auf und schüttelte den Kopf. Kathrin neben ihm schlief tief und fest und ruhig. Was hatte er da geträumt? Wirklich von Soutanen, von schwarzbehosten Beinen, Lederschuhen neben Sandalen, einem Friedhof, wo er fast schon begraben lag, nur seine Erektion stand aus dem Grabe heraus, und wer setzte sich drauf und ritt ihn, den Toten, der doch sich selbst von außen sah? Annabelle, seine Grundschul- und Gymnasiumsliebe, mit ihren früheren Brüsten und ihrem früheren Gesicht, der Schönheitsfleck da und der blonde Pagenschnitt darüber, und die Eltern, alle um das Grab versammelt, die ganze Kleinstadt war zusammengekommen, sie nickten, es war also alles legitimiert, und Annabelle ritt ihn so wild wie keusch und rief »Wir sollen es tun, es muss sein!«, sie sollten also kommen, so war es allen klar anscheinend, so war es gewollt vom Ältestenrat, und seine erdverkrusteten Hände brachen von unten durch die Grabeserde, und sie ergriff sie, und es passierte. Sie kamen.

Oder eben nur er, in Wahrheit. Jan drehte sich ab, sein Rücken schmerzte. Sollte er jetzt etwa auch noch die Shorts wechseln, verschämt? Oder sollte er sie Kathrin nicht doch gleich lieber unter die Nase reiben?

Er verzog das Gesicht, es kamen ihm Bilder von besseren Zeiten, als sie das Paar der Stunde der Stadt, fast des Landes gewesen waren, *unser leichtes Leben,* so hatten sie es genannt, so hatten sie es auch geplant, nie sollte es schwer und spießig werden, nie, und was war jetzt übrig davon außer bleierner Nacht und sinnloser Entleerung? Und würde es jemals wiederkommen, das leichte Leben, der Traum von damals?

SOMMER

Wunderbarer Sommer! Wenn die Arme und Beine wieder leichter wurden und die Zeit sich ewig dehnte; wenn das Alter eine kleinere Rolle spielte als sonst, der Schweiß der Menschen einfach in der Sonne glänzte wie die dünnste Sonnencreme der Welt, wenn die Mädchen, Alter, die Frauen überhaupt, Alter!, wenn die Frauen wieder wie nackt waren überall und die Männer ihnen hinterhergafften oder -lechzten und alles dennoch humorvoll betrachtet werden konnte: die Sehnsucht, die Geilheit, der Hormonüberschuss. Wenn die Straßen, zumal die geneigten, die am Hang, leicht waberten vor Hitze und stiller Energie; wenn die Haut von der Sonne gestreichelt wurde und sich nach Wasser sehnte, aber freudig, und sei es das chlorgestählte Freibadwasser von um die Ecke, wo die Schreie von den Sprungtürmen schon herüberschallten – dann, ja dann trugen sie wieder ihre Mützen und Hüte, die Sonne abzuwehren, und die Leute, die sich verlieben *wollten* (das ist die Bedingung des Verliebtseins), verliebten sich auch. Und die Haut, sie wurde, sonnenbestrahlt, natürlich brauner, schöner, älter, glatter.

Auch Keanu war Teil davon, er spürte die Leichtigkeit der Jahreszeit, den Kitzel der Sonnenstrahlen – es war wie ein Neuanfang. Das, was er getan hatte, wog nicht mehr so schwer. Ein Gefühl der Allsympathie bemächtigte sich seiner, fast der Drang, mit allem eins sein zu wollen, aufzutauen und einzuschmelzen in dieser flirrenden Hitze. Er verspürte

Dankbarkeit in alle Richtungen, ohne wirklichen Grund, nur der Albdruck war leichter geworden, fast verschwunden, die Gründe für seinen Schulwechsel, sie wurden dünner, bleicher, durchsichtig, und die Ichgrenzen wurden überflutet von den neuen Eindrücken überall, an jeder Ecke, in jedem schönen Schatten.

Wieder ein Bier, vorher. Nein: zwei, irgendwo hinter einem Busch an einer Ecke, das Handy in der Hand, checken, wo die anderen waren. Langsam teilten sie auch wieder ihre Standorte mit ihm: Rico und Valli jedenfalls (seit dem Sex auf der Party hatten sie kaum mehr getextet). Hin und wieder gab Lale ihren Standort an, aber immer nur bis zum Ende des Tages. Das sagte sie auch oft, fiel Keanu auf: »am Ende des Tages« dies, »am Ende des Tages« das. Dies das Ananas, dachte Keanu, *ach, Lale,* und lachte still und spülte das kalte, bittere Bier den Schlund hinunter. Es war ein perfekter Tag.

Dann brach er auf, mietete sich einen E-Roller, fuhr los, wieder am Zigeunerjungen vorbei, der ihn grüßte. Keanu grüßte zurück, hob sogar die Hand, was er noch nie gemacht hatte. Der E-Roller schlingerte kurz.

Er stieg ab, vor dem Schwimmbad, und holte sich ein weiteres Bier, aber ein kleines, frisches, in einer 0,33-cl-Flasche. Er wollte auf keinen Fall betrunken sein, wollte nur eine gewisse Lockerheit installieren, und ein kleines grünes Beck's wäre wohl genau die richtige Restmenge dafür. Sie gingen wieder herum, die Schönen und Halbnackten, in aller Unschuld, er nicht anders, wie er hier saß, der Schönste von allen, war oft gesagt worden, das wusste er und konnte es doch nicht recht umsetzen.

Er ging auf 4chan, dann auf Instagram, chattete mit irgendwelchen Fakeprofilen und legte selbst ein neues an. Irgendwie musssste er das mit Lale hinkriegen, ohne die alten Fehler zu machen. Irgendwann wäre sein Leben so perfekt wie dieser Tag.

Auf Instagram veranstalteten die Seltsamsten wieder den größten Seelenstriptease, und nicht nur den. Es wurde Haut gezeigt, es wurden Tattoos gezeigt, auch Narben, auch solche der Selbstverletzung. Die größten Opfer nannten sich jetzt »Bitches« und wollten so Selbstbewusstsein in die Welt senden, auf dass es zurückkäme und wahr werde in Form von Likes und Zuspruch und egal – irgendein Echo gab es immer, und wer Fan war, hatte auch Fans, ein einfacher, dummer Deal. Keanu hatte wieder nicht übel Lust, jemanden zu doxxen – das hieß, die echten Namen, die Klarnamen herauszufinden und zu veröffentlichen, und wenn er ganz gemein sein wollte, die Adressen dazu – aber nein, lass es, Junge, lass es, sagte er sich, nie wieder. Die alten Fehler dürften nicht wiederholt werden.

Sex: überall, der Schweiß der Mädchen, ihre Pos, ihre Jochbeine. Einmal noch Youtube, einmal noch schnell Insta, die schrägen Charaktere begutachten, die schlimmsten, sich an ihnen aufgeilen, da es ihnen noch schlechter ging, als es Keanu je gegangen war.

Im Schwimmbad dann, die Schreie überall wieder, dieses Glitzern und Funkeln und Plätschern und Zuviel an Sommer – im Schwimmbad dann stand er wieder zwischen den Cliquen, der jungen und der alten, irgendwo dazwischen, und betrachtete erst einmal die Wasseroberfläche. Er redete mit keinem, ging zum Sprungturm, stellte sich an, vor ihm schlotterte ein leberfleckgepunkteter Mädchenrücken, sie gingen patschend die Treppen hoch, langsam, vor ihm splitterte das Wasser zu allen Seiten mit jedem Aufprall, dann war er an der Reihe, eigentlich voller Angst. Dann sprang er.

Willkommen, schien das Wasser zu sagen, dann wurde es heiß mit Schmerzen, dann kalt, und nichts war mehr zu hören vom Draußen, von der Welt, und Keanu wusste, unten im Wasser, dass sein neues Leben begonnen hatte und er es diesmal nicht verpatzen würde.

Dann tauchte er auf, lachte und prustete und schwamm zum Beckenrand.

DIE ZEIT UND DIE RECHNUNG

Noch leicht schlafentzogen und traumverkatert saß Jan morgens im sogenannten Sender, den Kaffee überzuckert und *endgemilcht,* die Inbox zum Bersten voll. Mit diesem Gefühl des Zuviels stampfte er, schon aufgestachelt vom zweiten Kaffee, zur Redaktionssitzung.

Der übliche Wahnsinn, ein irrer demokratisch gewählter Präsident stellte horrende, morgen schon wieder vergessene Forderungen an eine halbverfeindete Diktatur, ein Promipaar hatte sich öffentlich getrennt, eine Kanzlerkandidatin zeigte rumpfkommunistisches Verständnis für pragmatischen Populismus, und ein Texaner war Amok gelaufen. Impulsplan für den Tag. Am Ende nahm Jan sich noch den IT-Praktikanten zur Seite und fragte, wie man die E-Mailfilter verfeinern (oder vergröbern?) könne, es kämen zu viele Hassmails durch. Das sei kaum auszuhalten, zumal, seitdem er in der Öffentlichkeit stehe. Man finde die relevanten Nachrichten nicht mehr zwischen all dem Hass. Das gehe so nicht.

»Und wie soll man das schaffen? Mit Buzzwords, Schlagworten, oder so?«, fragte der ahnungslose Praktikant.

»Weiß nicht.«

»Es geht eben nicht. Die Themen und Wörter sind überall dieselben. Du musst das schon vorfiltern lassen.«

»Menschen vertrau ich aber noch weniger als Maschinen.«

Der IT-Praktikant schmunzelte und nickte.

TIME EAN CODE 10

Beim Essen im um die Ecke gelegenen Italiener wurden die Schwerpunkte der geplanten vierteiligen Asiendoku besprochen: Asien als schon lange aufstrebende Kraft im Weltgefüge, hieß es, müsse noch einmal möglichst verständlich und interessant erzählt werden, Japan auch als ehemaliger Topkandidat für die weltwirtschaftliche Dominanz, was ist daraus geworden, China als dessen Nachfolger, klar, die seltsame Einheit von Kapitalismus und Kommunismus dort, ein krasser Kapitalismus, aber durchgeregelt, entfesselt und gefesselt – wie geht das? Dazu Nordkorea als Aggressor, und das Phänomen des K-Pop in Südkorea, das Plüschige, Grelle, Nonbinäre.

Der Themen gab es genug, sie schillerten, sie lagen da, auf den ausgedruckten Papieren, und wurden hierarchisiert.

»Der Antiindividualismus interessiert mich auch da sehr«, sagte Jan über seinem Aperitif, er hatte einen hübschen Schal von Ralph Lauren an. »Gerade auch als Gegenpol zu uns, oder zu dem, was wir waren und was gerade langsam zerbröselt. Also, zu diesem angeblichen Individualismus hier.«

»Was meinen Sie? Hier denkt doch jeder nur noch an sich. Da bröselt in der Richtung gar nichts.«

»Jein. Es gibt eine neue Sehnsucht nach Identität, nach Abriegeln vom Fremden, nach Volk, nach Boden, nach Aufgaben in einem größeren und für mich unheimlichen Zusammenhang.«

»Aber die asiatische Mentalität ist da doch ganz anders gelagert. Und man kann diese verschiedenen Nationen nicht über einen Kamm scheren.«

»Natürlich nicht, aber –«

»Bleiben Sie konkret, Drescher. Nicht zu abstrakt, nicht zu theoretisch. Wenn es nicht weitergeht, filmen Sie das Essen. Das geht immer und erzählt auch vieles.«

Das aktuelle Essen erzählte Jan eher nichts, die Spaghetti zerkocht, die Venusmuscheln fast geschmacklos und größtenteils voll verschlossen, sodass man sie umständlich aufknacken musste. Er legte das Besteck parallel auf den Teller, fertig.

»Oder die Abwasseranlagen«, sagte er. »Die Verdauung, und wo sie hingeht. Vielleicht sagt die ja auch vieles.«

»Bitte?! Bitte nicht, Herr Drescher. Das war wohl ein Witz?«

»Ja.«

»Haben Sie denn schon genügend Gesprächspartner gewinnen können? Sonst wenden Sie sich an Xaver, er hat da Hunderte von Kontakten.«

»Danke.«

»Und denken Sie auch an das Thema Umweltschutz, gerade, was China angeht.«

»Da gibt es doch keinen Umweltschutz?«

»Also, fehlender Umweltschutz, will sagen, Umweltverschmutzung natürlich, in dem Falle.« Die Programmchefin atmete hektisch ein, ihr Gesicht war ständig in Bewegung, die roten Flecken darauf auch. »Und Sie wollen wirklich nicht noch einmal einspringen im Herbst? Bei der Moderation? Die Reaktionen waren doch so positiv.«

»Nicht die, die *ich* bekomme. Und nein, ich bin nicht gerne vor der Kamera.«

»Bedauerlich. Sie haben sich so gut gemacht.«

»Es hat aber eher nichts Gutes mit mir gemacht.«

»Wie auch immer. Und die Popphänomene. Das Essen und die Popphänomene. Und Großstadtslums, so Sie können, machen Sie gute Bilder, ausdrucksstarke. Wenn schon schlimme Bilder, zu denen Sie ja neigen eigentlich, ich weiß, dann solche, die eindeutig sind und auch gut einzuordnen. Bitte keine Kläranlage, keine Abwasseranlagen, und bitte keine blöde halb tote Taube. Bleiben Sie ganz klar, bleiben Sie konkret und verständlich. So wie Sie auch moderieren.«

»Ich hab's verstanden.«

»Daran habe ich keinerlei Zweifel. Ich verstehe ja, dass Sie aus dem Boulevard rauswollen. Und wir sind hoch gespannt, wie Sie sich in diesem seriöseren Format machen.«

Ich auch, dachte Jan, beeilte sich aber zu sagen: »Ich werde uns beide nicht enttäuschen.«

FROZEN

Nach dem Essen dachte Jan wieder an das Handyfoto; es trieb immer wieder einen Spalt in sein Denken, seine Wahrnehmung, in seine Tage und Nächte: *zwischen* die Nächte und die Tage, denn hielten sie doch mittlerweile völlig verschiedene Zustände und Konsistenzen für ihn parat, die Tage vergiftet, die Nächte brüchig, die Nächte voll von Bildern und Scham, die Tage voll von Schnitten und Stress. Im Aufzug stand er sich selbst, da im Spiegel, fast schon als fremde Person gegenüber.

Wie zum Spott surrte sein Handy, als er wieder im Wagen saß, und schickte ihm ein neues schlimmes Bild ins Leben. Wieder anonym, von einer neuen Nummer, und es war wieder er, kam es ihm vor, aber er konnte sich nicht mehr sicher sein. Diesmal ganz angezogen mit einem gefalteten Zeitungsschiff als Hut, vor der Rennwiese mit den paar Pferden im Hintergrund, nichts Verfängliches, aber ein weiteres Bild, eine Drohung, ein Dahinter-lauert-mehr-viel-mehr.

Er fuhr an den Straßenrand, stoppte, machte die Warnbeleuchtung an und atmete durch.

Dann rief er Malte an.

»Also, was meintest du genau?«, fragte er ihn, ohne dass der Satz wie eine Frage klänge.

»Was meinst du mit ›Was meintest du genau‹!?«

»Die Sache mit Matuschke. Du hast da was angedeutet. Auf dich bezogen.«

»Was? Was habe ich denn angedeutet? Auf mich bezogen? Quatsch. Alles klar bei dir, Drescher? Wieso kommst du denn jetzt und –«

»Weil – weil ich selber ein Bild bekommen habe.«

Malte schnaufte ins Telefon. »Ach. Siehste. Dachte ich es mir doch.«

»Ja. Gratuliere.«

»Ja, und jetzt?«

»Kannst du mir mal die Nummern geben?«

»Von wem?«

»Von Johannes? Von – ich weiß nicht – den anderen? Von … Konstantin?«

»Da hat die sogenannte Werbeklitsche mit all ihren Kontakten wohl doch noch ihre guten Seiten, was?«

»Ach, hör auf.«

»Schon gut, Jan. Ich bin da. Ich verbinde dich mit meiner Sekretärin und –«

»Doch nicht die Sekretärin, spinnst du?«

»Wieso?«

»Das sind sensible, äh – Sachen und Materialien!«

»Jan. Ich sag ihr einfach, du willst eine Rede halten zum Klassentreffen. Okay?«

»Okay. Dann mach.«

»Es wird jetzt eh nicht mehr aufzuhalten sein.«

»Was?«

»Nichts. Bis bald, Jan.«

Klick, Stille, Rauschen, Klick. »Maria Schydlo hier, Vorzimmer von Herrn Carlowitz, einen schönen guten Tag Ihnen, Herr Drescher, was kann ich für Sie tun?«

ZEITSPUREN UND -SPOREN

Es war der frühe Morgen zwei Tage nach ihrem Kuss, die Chemtrails standen schon am Himmel. Sauber, fein abgezirkelt, wie mit dem Lineal gezogen. *Das Gift kam pünktlich.* Keanu blinzelte in den stahlblauen Himmel, lächelte und nickte. Es war alles so offensichtlich.

Ja, es war offensichtlich, woran diese Welt krankte, es war so augenfällig, man musste sie eben nur öffnen, die Augen. Die Wahrheit war doch sichtbar. Manchmal fragte Keanu sich, ob er wirklich hellsichtiger als die anderen war, oder doch nur aufmerksamer, oder skeptischer, oder interessierter – und waren das alles nicht nur verschiedene Begriffe für ein und dieselbe Eigenschaft? Eine Art von Wachheit, die ihn von all den Schlafenden um ihn herum unterschied; von den Schlafenden, die paradoxerweise *ihn* wahrscheinlich als »Schläfer« bezeichnen würden. Sie gingen täglich und in Massen an ihm vorbei, die Glaubensopfer, die Konsumopfer, die Alkoholopfer, die Modeopfer, all die versammelten Opfer der Verblendung, betäubt von Rausch, Rummel und Ramadan, und sahen nichts, spürten nichts, sie waren stumpf und vergiftet. Es schmerzte ihn oft, seine Mitmenschen so zu sehen. Es schmerzte ihn, ständig zwischen Mitleid und Verachtung schwanken zu müssen, wobei – zugegeben – die Verachtung meist überwog. Ja, meist verachtete er diese Opfer. Eigentlich immer. Das Mitleid redete er sich nur ein. Oder wie verhielt sich das? Seltsam, dass die eigenen Gefühle einem so verworren und undurchsichtig sind, dachte er oft. Wie dann erst die anderen einschätzen, wenn die eigenen Motive schon ein einziges Wirrwarr sind?

Aber jetzt war es anders. Jetzt waren ihm die anderen egal, und er hatte keinen Blick für sie. Selbst die Chemtrails wirkten fluffig und freundlich, wie ein Gruß von Himmelskindern. Denn jetzt gab es nur ein Gefühl. Und dieses Gefühl war nicht verworren und undurchsichtig, nein, es war groß und klar und stark. Es war überlebensgroß und universell und rein. Es war größer als groß, und reiner als rein. Es war alles, und vielleicht für immer.

Es ist nicht in Details aufzulösen, es ist die ganze Person. Es sind zwar immer auch die Augen und der Körper, und das Wesen offenbart sich mit jedem Wort wie ein Wunder. Aber es ist die ganze Person, die dich packt, und es ist das Ereignis als solches, das dich keine Worte mehr finden lässt.

Keanu war verliebt.

Er trug ein Abbild, nein, ein Inbild von seiner Liebe mit sich, ein Bild, das sich ständig verformte, das strahlte und waberte und keine Ränder mehr hatte. Manchmal zog es sich zu ihrem Gesicht zusammen, manchmal hatte das Bild die Form eines Satzes, und manchmal war es nur ein Gefühl, dem nichts Konkretes zugeordnet war außer einer großen Bejahung.

»Ey, Keanu.«

Er drehte sich um. Da stand Hitler.

»Ey, Arif.«

»Wie geht's, Bruder.«

»Alles gut. Du?«

»Alles gut.«

Hitler sah aber nicht so aus, als ob alles gut wäre. Er sah eher so aus, als ob er ein ranziges Stück Melone verschluckt hätte.

»Was ist?«

»Nichts. Doch.«

»Was denn.«

»Dies das Ananas. Egal. Erzähl ich andermal.«

»Familie?«

»Ja.«

»Sag halt.«

»Die haben meinen Bruder.«

»Nichts egal.«

»Eben.«

»Was hat er gemacht?«

»Kleinscheiß. Jemand hat ihn verraten.«

Hitler-Arif blickte Keanu durchdringend an. *Du, oder was.*

»Kommt er raus?«

»Himmler-Farid kümmert sich. Denke.«

Denke schon, heißt das auf Deutsch, dachte Keanu. Er verkniff es sich.

»Was guckst du so.«

»Ich guck nicht.«

Und wie er guckte.

»Okay.«

»Wenn du was weißt, sag mir.«

»Klar, mach ich.«

Lächerlich, was soll ich schon wissen, dachte Keanu. Und wenn ich was wüsste, was soll Hitler schon damit anfangen. Oder Suarez-Himmler-Goebbels-Aziz. Als hätte er irgendeinen Einfluss, dieser schlechte Darsteller eines Nachwuchs-Palästinenser-Mafiosos. Er denkt, weil ihn die Leute *Hitler* nennen, sei er irgendwie gefährlich. Dabei ist der Name eine Verarschung. Kleiner Stubenhocker, wie bist du nur so krass geworden.

»Alles klar. Hau rein.« Noch so ein Blick.

»Alles klar.« Und weg.

Çüş, dachte Keanu, während er die Hauptstraße runterrannte, was die sich einbilden, geht auf keine Hyänenhaut. Es gab nichts zu wissen. Wahrscheinlich hatte Amir wieder eine Kartoffelkneipe überfallen mit seinen Dreckshomies und war diesmal eben erwischt worden. Normal. Normales Trottelverhalten. *Fuck off*, Opferkomplex.

Keanu verdrängte seinen Groll und dachte stattdessen wieder an Lale. Als er den Kiosk betrat, war er wieder bester Laune. Er meinte, ihr Haar zu riechen.

Als er zu Hause ankam, im Morgenlicht, die Zigaretten für seine Oma in der Tasche, stand da ein Krankenwagen vor dem Mietshaus. Blaulicht schleuderte sich in alle Richtungen. Der Wagen heulte auf und fuhr los. Keanu blickte ihm nach und wusste leider Bescheid. Dann öffnete er die Haustür mit dem Schlüssel, den er um den Hals trug, eilte die Treppen hinauf, öffnete die Wohnung und fand sie tatsächlich verwaist.

AFTER EIGHT

»Du hast – *was?*«

Jan dachte, er höre wohl nicht recht – und er spielte das auch, spielte gestisch Ich-höre-wohl-nicht-recht, und letztendlich musste er es dann auch sagen, und zwar vermittelt, sich seiner unwahrscheinlichen Rolle bewusst und dennoch möglichst wutentbrannt: »Ich höre wohl nicht recht!«

»Ist aber so«, antwortete Kathrin. »Jetzt sind die Fronten wenigstens geklärt.«

»Ja, weil sie weg sind! Ich fasse es nicht! Wie kannst du denn das ganze Geld weggeben? Wieso nicht wenigstens Hälfte-Hälfte?« Fast hätte er das Messer werfen wollen, mit dem er gerade sein Frühstücksei geköpft hatte – ein bloßer Impuls, wie so oft, der natürlich *(natürlich!)* unterdrückt wurde oder von selbst verpuffte.

»Weil es hier keine Kompromisse mehr gibt. Und sie hat ja auch recht.«

»Ich fasse es nicht.«

Kathrin kam ihm jetzt verrückt vor, die Hektik, die sie ausstrahlte, die Schnelligkeit der Gesten, der Mimik, die Wechsel, ja, der Umsturz darin, die Unruhe, Sprunghaftigkeit, sie hatte auch kaum etwas gegessen – und wieso ging sie jetzt hin und her im sonnigen Wohnzimmer, was machte sie denn da, räumte sie um, packte sie gar? Er kannte das, dieses erratische Verhalten, aus anderen, alten Zeiten von ihr, lange her, aus ihren Drogentagen, damals, als sie sich kennengelernt hatten im wirren Nachtleben der Großstadt, beide jung, beide im Kommen, im Werden, sie schon berühmt, er ein Versprechen – und die wildesten Wochen miteinander erlebt hatten, bis sie zur Ruhe und zur Liebe gekommen waren, *unser leichtes Leben,* genau, wieso dachte er so oft daran in letzter Zeit?

Aber jetzt, jetzt? Musste das wirklich wieder sein? Nach all den Jahren? Jan dämmerte ein Verdacht: Nahm sie vielleicht sogar wieder Drogen? Könnte man (schon war sein Kümmerer- und Bevormundungsmodus wieder aktiv) die Erbentscheidung vielleicht sogar anfechten, weil sie – um Gottes willen (vielleicht aber eher: Gott sei Dank) – nicht geschäftsfähig war?

Wie schnell diese Reflexe da waren. Jan erschrak vor sich selbst.

»Das wird schon, Kathrin. Willst du es dir nicht noch einmal überlegen?«

»Das geht nicht.«

»Wieso?«

»Sie wird mich sicher auch anklagen.«

»Warum das denn?«

»Ich habe sie zusammengeschlagen.«

»Du hast – okay. Okay, okay. Komm, das wird. Das wird alles.«

Erst einmal Ruhe bewahren, dachte Jan. Ganz klar. Erst einmal Zeit schinden. Die ganzen Reflexe waren sofort wieder da. Es war wirklich wieder so weit, nach all den Jahren.

Und ja, er würde die Entscheidung anfechten. Und ob. Das war klar, spätestens jetzt.

SIEBTE STUNDE

Hunger schmeckt gut. Eine bestimmte Form von Hunger: der selbst auferlegte. Wenn man fastet, um weniger zu werden, wenn der Körper sich nehmen soll, was er von außen nicht kriegt, wenn er *vom Lebendigen nimmt,* so heißt es doch, dachte Kathrin. Dann sei es gut.

Nur schlägt die Unterzuckerung bisweilen auf die Stimmung. Kathrin, auf Diät, saß in der Klasse. Vor ihr die Söhne und Töchter aus gutem Hause in feinem Tuch und feinem Hemd, dazwischen die paar Zurückgelassenen (sie weigerte sich innerlich, sie die »Minderbegabten« oder gar »Sonderschüler*innen« zu nennen), in ihren weiten Hip-Hop-Klamotten, manche mit blöden Hüten und Caps auf dem Kopf, gar falsch herum, gar schräg sitzend, und mit den dumpfbackig geöffneten Mündern und leeren Blicken (und sie weigerte sich innerlich, diese Wahrnehmungen wirklich zu erinnerungsfähigen Geistesbildern reifen zu lassen), und man sah ihnen allen, denen oben wie denen unten, die Überforderung an, die gleichwohl mit lässigem Gebaren überspielt wurde.

Kathrin begann wieder, das alles, wie die Kinder hier sagen würden, »irgendwie belastend« zu finden. War sie denn nicht etwas anderes gewesen? War sie nicht erst ein Literatur- und Szenestar, dann eine echte, liebende Ehefrau, später dazu noch eine sozial engagierte Gymnasiallehrerin gewesen, die die »Kids« und ihre Marotten liebte? Und jetzt? Und jetzt?

Und doch fand sie es passend, hier zu lehren, als Quereinsteigerin an einer sozialinklusiven Schule, wo die gesellschaftlichen Schichten bisweilen scharf aufeinanderprallten. Das entsprach ihrer eigenen Widersprüchlichkeit, fand sie.

In der Ecke lümmelte dieser Keanu. *Dich krieg ich noch,* dachte Kathrin, aber wie sie dieses Kriegen nun meinte, ob positiv oder negativ, wusste sie nicht, und der Satz war, kaum halb gedacht, auch schon wieder vergessen.

Sarah, die bessere Schülerin unter ihnen, meldete sich und sagte, sie werde gerne das Referat über den Wiener Kongress übernehmen. Anscheinend hatte Kathrin das als Aufgabe angekündigt, nur wann? In dieser Schulstunde war es jedenfalls nicht gewesen. Und sie wollte nicht, dass wieder Sarah es war, die die Kohlen für die anderen aus dem Feuer holte. Sie wollte nicht, dass eine einzelne Schülerin das Versagen aller anderen legitimierte, und sie dachte wieder, mit verwaschenem, kaum eingestandenem Blick in Richtung des jungen Schönlings, der dahinten als Schattenspiel in Schemen herumlungerte: *Dich krieg ich noch.*

»Selber Opfer!«, rief Sarah plötzlich.

»Was?«, entfuhr es Kathrin. »Was ist denn los?«

»Keanu hat mich ›Opfer‹ genannt«, sagte Sarah.

»Hab ich gar nicht«, winkte Keanu gelangweilt und weit hinten ab. Unruhe in der Klasse, Raunen, Rufen.

»Hast du *wohl*«, beharrte Sarah, lauter.

Kathrin stand auf: »Seid ihr mal ruhig!«

»Hat er«, sekundierte Chiara, »ich hab's genau gehört!«

»Keanu?«, sagte Kathrin. »Stimmt das?«

»Ist mir so rausgerutscht«, sagte Keanu, »mein ich gar nicht so.«

Kathrin setzte eine lange, gewichtige Pause, blickte ihn unentwegt an und sagte dann: »Das Referat über den Wiener

Kongress übernimmst du, Keanu. Und nach der Stunde sprechen wir uns.«

Es wurde wieder laut in der Klasse. Keanu nickte nur, zog eine Art Schnute und blickte gelangweilt aus dem Fenster.

»Und jetzt sage ich euch mal etwas«, setzte Kathrin an, und sie merkte, es würde etwas Größeres sein, etwas anderes als sonst, etwas Einschneidendes, und sei es nur für sie, sei es nur für jetzt. Fast hatte sie Lampenfieber; ihr Herz jedenfalls hämmerte schneller und schneller: »Ruhe!!«

Und es wurde ruhig.

»Okay. Ja? Dann reden wir jetzt darüber.«

Kathrin räusperte sich. Auch die Kinder hielten inne.

»Wir reden jetzt darüber, wieso man solche Wörter nicht gebrauchen sollte. Wahrscheinlich wisst ihr es eh. Oder etwas in euch weiß es. Euer Instinkt. Euer Moralempfinden. Euer Bauchgefühl.«

Sie spürte ihren eigenen Bauch rumoren.

»Tief innen wisst ihr es eh. Aber es ist besser, darüber einen Diskurs, ein Gespräch zu führen«, Kathrin wollte nicht zu viele Fremdwörter gebrauchen, wollte verständlich bleiben, und doch passierten ihr diese Fremdwörter, und sie musste sie sofort durch biodeutsche, dachte sie, ja, biodeutsche Wörter ersetzen, was ein Krampf, und plötzlich kam ihr der Wiener Kongress auch wie ein viel zu schweres Thema für diese Jahrgangsstufe vor, hatte sie sich vielleicht einfach im Lehrplan (oder im Leben?) geirrt? »Mit Worten, mit Gedanken, im Austausch, um dann eine Übereinkunft, einen Konsens zu erreichen, der die Regeln, die Normen unseres Zusammenlebens vielleicht verbessert, vielleicht nur neu bestärkt, in jedem Falle aber bewusst macht. Bewusst macht, darum geht es.« Darum ging es oft, dachte sie, auch wenn manche Dinge lieber – ach, egal, dachte sie, weiter, weiter: »Also. Missgeburt,

Hurensohn, Hässlon. Was besagen diese Wörter? Und vor allem: Was bewirken sie?«

Nura meldete sich: »Eine Herabsetzung.«

»Danke, Nura. Genau. Eine Herabsetzung. Doch was bewirkt diese Herabsetzung?«

Paul meldete sich: »Ein schlechtes Gefühl und eine Entwertung.«

»Genau, Paul: eine Entwertung. Nun, und wenn ich hinzufügen darf – diese Worte und Beleidigungen und Entwertungen sind eigentlich nur ein Armutszeugnis für den oder die, der oder die da beleidigt oder entwertet hat. Das Perfide«, schon wieder ein Fremdwort, bin ich blöde?, dachte Kathrin, »also, das Seltsame daran ist: Die Entwertung trifft den Entwertenden selbst, und Beschimpfungen und Herabsetzungen attackieren am Ende nur denjenigen, der da jemand anderen beschimpft oder herabsetzt. Wer beschimpft, wer andere herabsetzt, offenbart nur seine eigene, tief sitzende Schwäche.«

Kathrin nahm Keanu in den Blick. Der sah sie offen und fast spöttisch, jedenfalls kalt an. »So, und in diesem Zusammenhang wollte ich eben auf dieses besondere Schimpfwort kommen, das soeben gefallen ist und das ich nicht verstehe: *Opfer*. Was soll das denn bitte für ein Schimpfwort sein? Es kam in etwa auf, als ihr geboren wurdet. Das gab es als Schimpfwort vorher gar nicht. Und zwar kam es, das nur am Rande, in Migrantenkreisen auf.« Sie wusste, was sie tat. Keanus Blick wurde schärfer, böse, die Augen verengten sich zu Schlitzen. Kathrin hatte das Gefühl, sie müsse das alles jetzt auflockern, vielleicht, dachte sie, war sie einen Schritt zu weit gegangen?

»Übrigens, kleine Zwischenumfrage«, sagte sie, »wenn ihr euch ganz spontan entscheiden müsstet – wer von euch würde lieber Opfer sein, wer lieber Täter?« Die Gesichter wurden schlagartig leer. »Ja, das ist eine seltsame Frage«, sagte Kathrin, »ich weiß, aber sie ist, einmal gestellt, von großer Bedeutung.«

Die Überforderung stand den Kindern ins Gesicht geschrieben. Kathrin wusste selbst nicht so genau, wohin es sie jetzt verschlug mit ihrer Spontanaktion.

»Also: Hände hoch für Opfer?«

Niemand.

»Klar, dachte ich mir.«

Doch schon hob Keanu die Hand. Und grinste auch noch. Kathrin ignorierte das, bekam aber, zu ihrer eigenen Irritation, einen kleinen Schweißausbruch. Sie zog die Augenbrauen zusammen und schüttelte unwillkürlich den Kopf.

»Tz. Jetzt Hände hoch für Täter?« Zögerlich hoben vier, fünf Schüler die Hände – nur männliche. Kathrin genoss plötzlich die Überforderung, die sie den Kindern hier verschaffte. Süffisant endete sie: »Nein, daran arbeiten wir noch. Das ist noch *nicht* mein Traumergebnis.« Und wendete sich ab.

Aber sie war noch nicht fertig, fiel ihr auf. Etwas fehlte. Sie machte eine Art Pirouette und stand wieder voll da und setzte neu an. Keanu blickte sie jetzt neutral bis interessiert an. Sie versuchte, ihn zu ignorieren, und schaute besonders zwei dickliche Schüler an, deren Namen sie kaum erinnerte.

»Das Besondere an diesem Schimpfwort«, sagte sie, »das keines ist, ›Opfer‹ nämlich, besteht in seiner völligen Bezugslosigkeit. Jemand wird nicht als ›hässlich‹ oder als ›anders begabt‹, sprich meinetwegen: als ›behindert‹ bezeichnet – und die Bezeichnungen treffen ja auch nie zu bei diesen Beschimpfungen –, sondern ganz allgemein als ›Opfer‹. Und man weiß gar nicht, wovon oder weshalb. Bloß: ›Opfer‹, ganz unscharf und doch scharf verletzend.«

Sie drehte auf.

»Es liegt dem ein Denken zugrunde, das die allgemeine Unterdrückung nicht nur annimmt, sondern sogar feiert. Es liegt dem ein Denken zugrunde, das die Ungerechtigkeiten als gegeben annimmt, das diese Ungerechtigkeiten abstrakt zelebriert, solange man sich kraft des Wortes schnell zum Nicht-Opfer machen kann. Und das macht man, indem man die andere oder den anderen dumpf zum ›Opfer‹ erklärt. Das ist nicht nur Mobbing, das ist nicht nur der Versuch, jemanden wesentlich zu verletzen, das ist noch etwas ganz anderes.«

Kathrin wurde noch lauter; sie glaubte sich selbst jedes Wort, und sie wusste, dass sie etwas grundlegend Richtiges sagte, nein, verkündete. Es war eine Moralpredigt, ja, und die Schülerinnen und Schüler würden sich noch lange hieran erinnern. Sie kam sich vor wie eine Politikerin. Und fuhr fort:

»Es unterschlägt die Unterscheidungen, die eine Gesellschaft ausmachen, und verwirft prinzipiell jegliche Verantwortung, jegliche Ethik auch. Und es verhöhnt die tatsächlichen Opfer, ob nun von Unfällen, Gewaltverbrechen oder Schicksalsschlägen. Und das ist ein Skandal, ein ganzer Skandal in nur einem Wort.«

Sie blickte allen ins Gesicht, nacheinander. »Das ist unmenschlich. So will keiner sprechen. So will keiner leben. Und jeder kann, durch irgendwelche Umstände, zum *Opfer* werden, ihr, ich, unsere Verwandten. Ja, auch *deine Mudder.*«

Gekicher, zu Recht. Auflockerung. Umso ernster konnte sie jetzt werden. Und sie merkte, die Predigt musste nun zu einem Ende kommen. So lasst es uns also denkwürdig gestalten, dachte sie und fühlte sich fast, als würde sie eine Soutane tragen.

»Es ist keine Schande, ein Opfer zu sein«, sagte sie, bedacht und langsam. »Aber eine Schande ist es, zum Täter zu werden.

Und Worte *sind* Taten. Wer jemand anderen ein ›Opfer‹ nennt, ist ein Täter – und macht sich ironischerweise selbst doch nur zum Opfer der asozialen Umstände, die sein Denken beherrschen. Er oder sie entlarvt sich selbst. Solcher Denke sollten wir uns nicht verschreiben.«

Jetzt funkelte sie Keanu an, und der schaute ernst und fasziniert zurück.

»Und, nur damit ihr's wisst«, läutete sie das Ende ihrer Rede ein und wusste, jetzt müsste sie persönlich werden, so persönlich wie nie, »vor die Wahl gestellt, würde *ich* immer lieber Opfer als Täter sein. Das sagt mir mein Bauchgefühl, das sagt mir mein Moralempfinden. Und deshalb verrate ich euch hier und heute«, und an dieser Stelle setzte sie eine besonders markante Pause –: »Ich bin ein Opfer. Schreibt es euch hinter die Ohren: *Ich* bin ein *Opfer.*«

Es war still im Klassenzimmer. Die Volte, sich persönlich in die Rede einzuschreiben, zeitigte ihre Wirkung, fast mehr, als Kathrin erwartet hatte, fast mehr, als ihr lieb war – denn es war wahr. Sie *war* ein Opfer. Das wurde ihr schlagartig bewusst. Sie lief rot an, schämte sich, war nackt. Und überspielte es sofort.

»Und jetzt«, endete sie souverän, »versucht mal, das Wort weiterhin so zu gebrauchen wie bisher. Versucht es ruhig. Wenn es euch nicht gelingt, sind wir ein Stück weiter.«

Es klingelte, als hätte Kathrin das genau abgepasst, als hätte sie diesen Timeslot für genau diese Rede zu dieser Zeit zu diesem Thema gebucht. Sie atmete auf.

»Danke. Keine Hausaufgaben. Und morgen wieder Metternich.«

Allgemeines Stuhlrücken, Aufatmen, Raunen, Rascheln, Reden, Lachen. Die Kinder waren beeindruckt, packten ihre Sachen, standen auf, gingen in die Pause.

Während Kathrin als Thema »Aktuelles / Ethik« ins Klassenbuch schrieb, stand Keanu schon vor ihr. »Aber Frau Drescher«, sagte er, »es sagt keiner mehr ›Opfer‹.«

»Dann haben wir ja was erreicht.«

»*Sie* haben gar nichts erreicht. Das sagt schon lange keiner mehr.«

»Du hast es doch eben erst gesagt.«

»Nein.«

»Ich hab's doch gehört.«

»Dann hören Sie falsch.«

Sein Gesicht, asiatisch, vielleicht persisch, fast hawaiianisch, wie eine Maske: zu nah, zu schön.

»Und was sagt man stattdessen?«

»Du Jude.«

Kathrin erschrak. »Keanu, das ist erbärmlich. Also wirklich! Wer sagt das? Und wo? Das geht nicht, das geht überhaupt nicht. Weißt du, was das ist?«

»Ja«, nickte Keanu ernst. Kathrin ließ sich davon nicht irritieren. »Keanu, das ist eine ähnliche Logik wie die, die ich meine und von der ich gerade geredet habe. Es ist eine viel schlimmere Logik, zumal, wenn man unsere Geschichte bedenkt, die Geschichte dieses Landes.«

Beide bewegten sich nicht. »Sagst du so was?«, fragte sie.

»Nein, natürlich nicht.« Sie glaubte ihm.

»Das will ich auch gehofft haben.«

»Aber *die* sagen das.«

»Wer sind die?«

»Die halt. Sie wissen schon.«

»Weiß ich *nicht.*« Sie atmete schwer und nahm noch einmal alle Kraft zusammen. »Das ist der Nahostkonflikt«, schnaubte sie, »der da einen perversen Antisemitismus triggert, den die Schwachköpfe selbst nicht durchschauen.«

»Ich glaube, das ist was anderes.«

»Eine törichte Dummheit ist es, mehr nicht. Und schon gar kein Schimpfwort. Denkst du also an dein Referat über den Wiener Kongress, Keanu?«

»Mal sehen.«

»Keanu, so haben wir nicht gewettet.«

Jetzt grinste er wieder, und die Augen wurden gemein.

»Wir haben gewettet, Frau Drescher? Was ist dann Ihr Einsatz?«

LIVE UND DIREKT

Am Nachmittag war wieder Sprechstunde, und gegen ihre eigentlichen Impulse freute sich Kathrin sogar ein wenig darauf. Es bereitete ihr ein gewisses Vergnügen, zu erraten, welche ihr noch unbekannten Eltern welchen Kindern zugeordnet werden konnten; auch wurde ihr oft schmerzhaft klar, weshalb die Kinder jeweils genau so werden mussten, wie sie geworden waren; und umso erfrischender waren bisweilen die Überraschungen, wenn ein Kind völlig aus der Art geschlagen war, zumal, wenn auch noch positiv.

So auch jetzt. Jedenfalls hatte Kathrin sich Keanus Vater, der ihr gegenübersaß, ganz anders vorgestellt. Anstatt auf einen alternden Adonis traf sie hier nämlich auf einen völligen Durchschnittsvater, Typ Sozialarbeiter, mit »frecher« rot geränderter Kassenbrille, grauen, splissigen, kurzen Locken, blödem Lächeln. Kathrin hasste ihn sofort.

»Ja«, sagte sie, »um Keanu, würde ich sagen, entsteht etwas, aber ich würde ihn nicht einmal dafür verantwortlich machen.«

Der Vater tat aufmerksam. Man merkte, dass der Termin auch für ihn nur eine Pflichtveranstaltung war, die ihm irgendwer aufgedrückt hatte.

»Ach?«, sagte er, und Kathrin konnte Keanus spöttische Art herauslesen, also war er wohl wirklich der Vater, »und wieso?«, fragte er und sendete ein blödes, pseudowisserisches Grinsen mit, und ein keckes Blitzen der Augen hinter der dämlichen Billobrille.

»Nun«, sagte Kathrin und dachte: *Wo ist das Messer.*

»Nun«, sagte sie, »ihm werden immer wieder Dinge vorgeworfen, die man nicht beweisen kann, die aber im Raum stehen. Stalking-Vorwürfe, Mobbing, Dinge im Internet.«

»Wirklich? *Ouhmeingott.*«

Was? Jetzt redete der Versager auch noch wie seine verlassenen Kinder.

»Ja«, sagte oder rief Kathrin und wahrte die Contenance. »Da gibt es … – aber wollen Sie das überhaupt wissen?«

»Wer weiß«, sagte der Vater, Stefan hieß er, wie ihr wieder einfiel, und lächelte sie flirtend an. Zwinkerte er?

»Vielleicht weiß ich es ja schon?«, sagte er. »Vielleicht hat der Junge seine Chance gehabt, und auch ich bin, was das angeht, müde?«

»Aber –«

»Wissen Sie, Frau Drescher, auch ich habe meine Prioritäten im Leben, und auch ich muss mich abgrenzen, muss meine Pfründe beisammenhalten, meine Schäfchen ins Trockene bringen, nicht wahr, und der Junge hat mich Kräfte gekostet, Lebensenergie, und ich weiß, unter uns, nicht einmal, ob er – Sie werden das verstehen – ob er wirklich meiner ist. Und, ehrlich gesagt: habe ich auch Besseres im Leben zu tun, Schöneres, etwas, das in die Zukunft weist, wenn Sie verstehen, was ich meine.«

Er versuchte echt mir ihr zu flirten; er zwinkerte. Kathrin wollte ausflippen.

»Dann nicht. Verlassen Sie bitte dieses Lehrerzimmer.«

»Wie bitte?« Noch immer so hippiesk zugewandt, noch immer die Falschheit in Person.

»Raus«, sagte Kathrin und stand auf. »Einfach raus.«

»Na gut«, sagte der (so sie im Geiste) *Dreckshippie-Vaterversager,* nicht ohne zum zweiten Mal zu grinsen. »Dann erziehen Sie den Bengel doch, wenn Sie können. Sie scheinen ja, hört man, ein besonderes Verhältnis zu ihm aufgebaut zu haben.«

»Bitte?«

Wieder zwinkerte das Ekel. »Danke. Bis dann.«

Kathrin ließ, nachdem die Tür zugefallen war, den Kopf auf die Tischplatte sinken.

DIE KLEINE PHASE DES PHRASIERENS UND PAUSIERENS UND PROBIERENS UND PASSIERENS UND PRESSIERENS

Sie kam nach Hause. Severin und Lale lungerten vorm Fernseher herum wie plastikstreugefüllte Sitzsäcke und strahlten eine große Faulheit aus, und zwar bewusst und genüsslich, und zwar noch einmal bewusster und genüsslicher, nachdem sie das Zimmer betreten hatte, so schien es.

Kathrin fand Severins Outfit schrecklich. Es war so luftig weiß und Hip-Hop-unförmig, dabei so effeminiert und gewollt schlabbrig. Severin war zudem dick geworden, weichlicher, aber sie konnte nichts machen gegen diese Aufquellung, ihm die Gelder nicht kürzen, denn er schien immer eigenes zu haben, aus Quellen, die sie nicht kannte, wahrscheinlich dem Netz.

Es platzte aus ihr raus, aber so sanft wie möglich: »Wie siehst du eigentlich aus inzwischen?«

»Wer, ich?«, fragte Lale.

»Du bald auch, wenn das so weitergeht mit euch.«

»Also bitte, ja?«

»Was, ich?« Severin regte sich und blickte seine Mutter an, möglichst schläfrig.

Kathrin hasste die Kleidung der Kinder und Teens und Twens inzwischen: die Teens Neunziger, Hip-Hop in seiner Trashversion, billig, geschmacklos, die Twens hässliches Hipstertum, Hässlichkeit verbargen sie mit Hässlichkeit, Hornbrillen, kaputt gefärbte Haare, Bärte und Turnschuhe der klobigsten Sorte, alles furchtbar, immer wieder.

Die Klospülung ging. »Keanu ist da«, sagte Severin.

»Ach ja?«, sagte Kathrin. »Und wieso?«

»Wieso nicht?«

»Der ist ziemlich oft da in letzter Zeit. Der Vater war bei mir in der Sprechstunde. Er sagt, es gäbe Probleme zu Hause.«

»Seine Großmutter ist im Krankenhaus.«

»Er lebt doch beim Vater, dachte ich?«

»Nein.«

»Und – er ist jetzt alleine zu Hause? Bei seiner Großmutter?«

»Ja.« Lale spielte extra desinteressiert.

»Aber da muss man doch das Jugendamt –«

»Bitte nicht, Mama.«

Und tatsächlich erwog es Kathrin nicht einmal, die Behörden zu informieren. Sie wusste, was für eine Press-, Druck- und Stanzmaschinerie dann in Gang käme, sie hatte es oft genug erlebt, und es war oft genug schiefgegangen.

»Ich habe echt auch Probleme mit dem«, sagte sie zu Lale, »weißt du das, Madame? Ich habe ihm eine Strafarbeit aufgegeben, und jetzt hängt er hier herum.«

»Ich weiß, Wiener Kongress. Er ist ja dabei.« Lale deutete auf zwei Bücher in der Ecke des Sofas, eines davon tatsächlich das von Henry Kissinger, wie Kathrin sofort erkannte. Erstaunlich, dachte sie.

»Guten Tag, Frau Drescher.«

»Hallo, Keanu.«

»Ich bin dabei, schon dabei. Ist ja eine hochinteressante Thematik, bisschen trocken, aber – ich mach das schon. Mich interessieren die Affären drum herum, aber die soll ich wohl nicht –?«

»Welche Affären?«

»Kann Keanu für ein paar Tage hier bleiben?«, platzte es aus Lale heraus. »Bis die Oma wieder auf dem Damm ist. Es ist ja nur eine Grippe.«

»Aber –«

»Oder bis ich einen Platz im Übergangsheim habe«, sagte Keanu und lächelte, sanft, traurig. Eigentlich war es kein Lächeln.

Kathrin atmete durch. Natürlich würde sie das zulassen. Sogar hinter Jans Rücken, wenn es sein müsste. Sie sah Keanu ratlos an (und wurde fast schon wieder schwach).

»Also gut. Aber ich muss das mit Papa bereden.«

»Der ist in Asien.«

»Eben drum. Er muss ja Bescheid wissen.«

Severin drehte sich ihr zu, das pausbäckige Gesicht müde und mit lässigem Nichtgesichtsausdruck: »Und warum?«

Ja, warum eigentlich, dachte Kathrin und sah aus dem Fenster, wo zwei Vögel einander wieder jagten wie verrückt. Warum?

»Danke, Frau Drescher«, sagte Keanu.

»Ja, und wenn du jetzt schon hier wohnst, dann sag doch zu Hause einfach Kathrin, aber in der Schule bleiben wir beim Sie, okay?«

Sein Gesicht leuchtete auf.

»Okay«, sagte er.

BEING JING

Asien! Moloch aus Blüten im Spiegel der Zeiten. Du mischst den Beton der Zukunft an. Wo Beton sein wird, ist erst ein Gitter. Deiner ist das Internet, das alle Körper umfasst, alle Ideen durchdringt und schon jetzt die kommenden Wände skizziert, nur unsichtbar, so unsichtbar. Nackt und sichtbar, wir erinnern uns, treten die Gitter nur aus frischen Ruinen zutage, stehen ratlos im Rauch, hinterrücks von Dämmerlicht beflackert wie im Film. Asien, dein Gitter ist das Netz, doch welcher Art wird dein Beton sein? Und wo wirst du anfangen, Asien, wo enden? Wann geht deine wilde Sonne auf? Smog verschmiert den Horizont. Der Blick ist getrübt, nur scharfe Schemen weit und breit. Aus Dingen werden Menschen, aus Menschen Dinge. Der Ginkgobaum wirft achtlos sein falbes Blatt in den Ring. Zu Boden fällt das Blatt und wird zur Laubspur, gleich von der Sohle eines alten Schuhputzers aufgenommen und breit getreten. Der wartet auf Jan, im tiefsten Peking, um ihn beiläufig abzuziehen, bald. Das weiß er nur noch nicht. Orchideenmonstren zerkratzen die Wolken, und in den Intarsien lauern Hakenkreuze. Das Flugzeug hob ab.

Vorher hatte noch ein wenig Frost vom Flügel entfernt werden müssen. Die Nacht sei kalt gewesen, meldete der Kapitän. Die Aktion dauere höchstens zehn Minuten. Jan, am Fensterplatz wie immer, beobachtete, wie ein riesiges Insekt durch die frühe Dunkelheit heranrollte und den Flügel in Zeitlupe putzte. Jan war im Auftrag des Fernsehsenders unterwegs, von daher war die Stimmung in ihm »offiziell«. Flüge empfand er als wohltätige Hirnwäschen.

Flughäfen, Musik für Flughäfen, Brian Eno, kalte Melancholie. Du bist zwischen den Zonen, Zeitzonen, Fluglinien, es ist heiß, es ist kalt, es gibt kein Zuhause. Du nimmst einen Drink in einem »Joint«, in einem Restaurant, in einem Flughafen, es spielt wieder Muzak oder der letzte Welthit des letzten flüchtigen Weltstars, es ist schön, es ist nicht zum Aushalten. Es ist zum Aushalten, es ist furchtbar, es ist das, was du dir ausgesucht hast. Jetzt bist du in Asien. Du, Jan, willst Asien verstehen, dabei gibt es kein Asien, genauso, wie es kein Europa gibt. Deine Generalisierungen stimmen doch gar nicht, und dennoch willst du diesen Film drehen, diesen Dokumentarfilm über Asien, und du hast ja auch recht, komm, Jan, du hast ja recht. Du machst das schon.

Jan ging durch Peking und wunderte sich. Ein Schuhputzer drängte sich auf, wollte Jans Schuhe unbedingt putzen. Nachdem der ihn abgewimmelt hatte, spuckte der Schuhputzer verächtlich aus. So lief das hier also. Das Hotel, in dem er untergekommen war, hatte etwas schrecklich Brutalistisches, es war so stämmig in die Landschaft gewuchtet, ein funktionales Betongefängnis, hochluxuriös, beeindruckend, der reinste beige Marmor.

Eine Geilheit befiel Jan angesichts der schönen Frauen überall. Es hieß, Prostitution sei verboten hier – doch wer waren diese Frauen, diese schönen, aufgetakelten Frauen vor dem Hotel? Wirklich Ehefrauen? Einer sah er länger in die Augen, ging dann in den Fahrstuhl, sie folgte ihm, und als ihre Blicke sich erneut trafen, ging ein Ruck durch ihren Körper. Hätte er jetzt eine Geste machen müssen? Aber die Tür schob sich zu. Jan dachte: Wäre es das jetzt gewesen? Und soll ich Kathrin wirklich betrügen?

Die Sonne ging auf, es war sofort staubig und dreckig, eigentlich ging die Sonne nicht nur auf, sondern gleich auch ein, in diesem Smog. Sie brannte dort hinten aus im Nebel, verglühte industriell.

Jan schüttelte den Kopf, während er auf das Kamerateam wartete. Böse Gedanken kamen in ihm auf, gegen »künstlerische« Dokumentarfilmer, die meinten, mit einer langen Kameraeinstellung auf eine industriell verglühende Sonne, einem digital flatternden Faktenreel dazu und dann, als Resümee, einem halben Haiku etwa könne man schon eine Strecke von bestimmt fünf bis gar zehn Dokuminuten mühelos bestreiten. Er schüttelte weiter den Kopf und merkte, dass er eigentlich nur sich meinte, sich und seinen Dokuansatz, sich und seine Ratlosigkeit.

Das Essen mit dem Politikwissenschaftler war ergiebig und lecker, die Hühnchen und Gänse waren fettig und reichhaltig, und doch wurde Jan das Gefühl nicht los, sich auf seltsame Weise zu beschmutzen. (Und umgekehrt: Bei einer flüchtigen Begegnung mit einem chinesischen Geschäftsmann empfand er rassistische Impulse in sich, die er sofort bekämpfte.)

Nach dem Essen kramte er in seinem Portemonnaie herum. Wie war zu zahlen? Die Chinesen hatten ihr Smartphone, darauf dann den WeChat-Messenger, der wiederum die WePay-Funktion anbot, von der sie massenhaft und, wie es schien, fast ausnahmslos Gebrauch machten, ob der Staat nun genau sehen konnte, wofür sie wo was zahlten – oder nicht. Es schien egal zu sein und auch nicht besonders wichtig. Sollte er mit seiner kleinen Plastikkarte, die ihm im Hotel zugesteckt worden war, bezahlen? Oder mit seiner Kreditkarte? Oder doch mit dem Bargeld, wie hieß das, Renminbi, ein Yuan war wie viel noch mal?, so zehn Cent? Und wäre er nicht sofort wieder der typische Deutsche gewesen, der an seinem Bargeld festhielt, so lächerlich es auch war, gar an der guten alten deutschen Mark noch hing, unbewusst, die es nun schon Jahrzehnte nicht mehr gab?

Jan war schon immer unsicher gewesen, wie in den Restaurants nach der Rechnung zu verlangen sei: »Die Rechnung, bitte« oder »Ich würde gerne zahlen«. Was ja nicht ganz der Wahrheit entsprach, jedenfalls bei normalen Kunden. Bei Jan schon: Er zahlte gerne, wollte das Kosten-Nutzen- und Schuldverhältnis der Welt immer im Gleichgewicht wissen; fast war die Bezahlung einer Rechnung eine Art Ablass für ihn, die Gasrechnung wie eine Beichte, so und so oft haben wir geschlemmt und im Warmen gegessen, und ja, durch unsere Schuld, durch unsere Schuld, durch unsere große Schuld, und ja, wir bezahlen dafür, und zwar postwendend und ohne auch nur einmal zu klagen oder mit der Wimper zu zucken.

Drei Anrufe in Abwesenheit: zweimal Kathrin, einmal Malte. Er ignorierte sie; jetzt nicht; jetzt sollten die Probleme in Deutschland kurz schweigen.

Und doch konnte er den Gang über den Platz des Himmlischen Friedens, wo er nach Motiven für den Film Ausschau hielt, unter Führung einer anscheinend leicht autistischen Studentin (Jan!, es sind nur die kulturellen Unterschiede, du elender Rassist!, so er zu sich), nicht genießen. Es braute sich etwas zusammen, hinter ihm, über ihm, um ihn, und er konnte nichts dagegen tun.

Im Hotel legte er sich dann auf sein frisch gemachtes Bett, die Hände flach neben sich, die Augen weit offen, und atmete kaum; er lag da wie vor einer komplizierten Operation, in Erwartung der Narkose, die jede Sekunde eintreten müsste.

REVOLUTION

Die Kinder waren aus dem Haus, und Kathrin legte los. Sie trank einen Whiskey, zog sich die Hose aus und masturbierte bei helllichtem Tageslicht, im Stehen, im Gehen, wo und wie sie wollte. Der Whiskey brannte, ihre Scham wurde immer nasser, während sie sich einen Gin Basil Smash mixte. Sie genoss alles wie einen stillen, heimlichen Akt der Revolte.

Sie gab das Basilikum mit dem Zuckersirup in den *Shaker* und *muddlete* das Ganze mit dem *Stößel* (sie prustete fast dabei, sie konnte ja nichts für diese Worte, das war die Rezeptbeschreibung), dann gab sie Zitronensaft, Gin und Eis dazu und *shakte* die Suppe *hart*, dann ab in den Tumbler und schön *abseihen* lassen.

Es war wieder so weit: Die Worte waren reif und geil und lüstern und mussten nur gepflückt werden (wie die Orgasmen, so schien es; es lag alles bereit).

Kathrin stellte sich eine Massenvergewaltigungsszene vor (ging nicht), dann eine sogenannte Bukkake-Party, merkte aber, dass auch diese Fantasie derzeit gar nicht ihre war, sondern vielleicht einfach wieder vom ganzen patriarchalen Bullshit-Diskurs vorgegeben und vorgeschrieben, nein, sie wollte etwas anderes und dachte an die Orgie bei Katja und Ferenc, aber auch das brachte ihr nichts; sie ging auf eine Pornoseite (der zweite Gin Basil Smash schmeckte *soo* gut) und versuchte, etwas zu finden, wonach sie nicht suchte, etwas zu finden, von dem sie nicht wusste, dass sie es finden würde, oder es sie.

Aber es war irgendwie tote Hose, es kam keine Lust auf, oder nur eine eher chemische, pornös vorgespielte, selbst gefakte Lust. Sie stellte sich vor, wie es wäre, wenn alle Daten von allen Menschen irgendwann posthum öffentlich würden, Kontobewegungen, GPS-Signale, Browserverläufe, ja, zum Beispiel auch der lebenslange Pornoverlauf eines jeden Menschen, ja, zum Beispiel auch ihrer, und die Wandlungen, die die Vorlieben im Laufe der Jahre durchliefen; was für ein Fest das wäre!

Sie stellte sich vor, wie es wäre, wenn am Tage null alle von der Dirtyness ihrer Vorfahren erführen; sie stellte sich vor, wie ein großes Erpressungskommando daraus entstünde, in der Zukunft; sie stellte sich vor, wie sie einen Roman darüber schriebe. Er würde genau wie die globale und überzeitliche Datenenthüllungsaktion heißen: »Das wilde Wort«.

Und war sie nicht stetig dreckiger geworden? Hatten am Anfang noch sehr leichte Reize, ja, nur die Fantasie zur Anregung ihrer selbst gereicht, so waren es immer fettere und gröbere Daten und Szenen gewesen, die sie noch erregen konnten, auch Sachen, die sie eigentlich gar nicht erotisierten, die sie eher abstießen, gewaltsame, bei Tageslicht nur ekelhafte und zu verurteilende Szenen. Es ging so oft um Kontrolle und das Abgeben derselben; es ging um den rauschhaften Bewusstseinsverlust, und natürlich um einen gar nicht mal so »kleinen Tod«, la petite mort, wie der Orgasmus ja im Französischen auch hieß. Sie dachte an Charles Baudelaire, an dessen immer radikalere Perversionen in den »Blumen des Bösen«, nur flüchtig encodiert, es lag doch alles offen da, die letzte Lust, der Rausch im Untergang, das Tote im Lebendigen, das Lebendige im Toten – und daran, dass

Jan jetzt so alt war, sechsundvierzig, wie Baudelaire, als er starb, bei seiner Mutter, syphilitisch, dement, systemkrank, schwachsinnig.

Und wann waren sie denn dreckig geworden, vermittelt dreckig, textlich, weil die Körper noch nicht oder nicht mehr zueinanderkonnten? Am Anfang und am Ende des prallen Sexlebens, das sie einstmals gehabt hatten: erst als Begehren, das stets noch einen Überschuss produzierte, der durch Sexting und geile Mails gestillt werden musste; dann wie ein letztes Aufbäumen vor der Eheflaute, was für ein Klischee, als die Kinder geboren waren und zu wahrnehmungsfähigen Personen heranreiften, wie ein letztes Aufbäumen vor der großen Impotenz, Frigidität und Unfruchtbarkeit. Da war textlich noch mal etwas gegangen, gar per FaceTime, wo auch immer sie waren, das Mediale, Vermittelte – und dann war etwas abgestorben, implodiert, erkaltet.

Sie nahm den Satisfyer zur Hand; es war Zeit für eine Explosion, eine Hitzewelle, das kurze Auslöschen aller Gedanken. Sie legte sich hin, spreizte die Beine, stülpte ihn über ihre Klitoris und schaltete ihn an. Es waren kaum Gedanken nötig, kein sogenanntes Kopfkino, kein mentales Fremdgehen, es war ein reiner, körperlicher Vorgang und absolut steuerbar. Sie durchlief die Stufen und spürte, wie es sich näherte, Schicht für Schicht, in Wellen, dann nahm sie es zurück, dann verstärkte sie es wieder, und es wurde lautstark in ihrem Kopf, in ihrem Körper, ihrem Schoß, trommelte, wollte, wirbelte, drängte. Sie schaltete die letzte Stufe, und eine Woge türmte sich auf, wurde höher und höher und brach schließlich, es rauschte von unten hoch in Schüben, durch ihre Nerven, ihre Adern, hoch und runter, in alle Richtungen. Sie kam.

Kathrin lag erschöpft und glücklich auf dem Sofa. Sie roch

an ihren Fingern, der Geruch war stark und intensiv; sie ließ ihn minutenlang nachwirken, genau wie das Gefühl, das sie soeben durchschossen hatte. Dann begann sie, mit denselben Fingern zu schreiben, nein, eher: auf die Tastatur einzuhacken, das erste Mal seit Jahren. Die Eiswürfel, soeben in den dritten Gin Basil geworfen, zersprangen mit einem feinen Klirren.

1814–1815

Die Nervosität hatte ganz von ihm Besitz ergriffen, als Keanu vor die Klasse trat. Jetzt würde er auffliegen, war er sich sicher; jetzt würde seine Schönheit vor seiner Dummheit kapitulieren müssen, und alle würden es sehen. Er atmete durch, aber hyperventilierte fast; dann fasste er sich ein Herz und starrte auf seine Notizen. Okay. Mit Coolness und Witz würde es gehen, wie immer. Bestimmt. Dahinten saß Lale. Könnte er nur einmal wie sie sein.

»Der … der Kongress tanzt. So hieß das«, fing er an. »Das war auch ein gesellschaftliches Ding. Die haben da gut gefeiert, Metternich und Alexander der Erste. 1815. Das Perverse war, dass da die Macht neu aufgeteilt wurde nach – nach Napoleons Niederlage. Dass – dass sich da neunzigtausend Leute trafen und nur eine Handvoll entschied, wie Europa – wie das aufzuteilen ist.« Unruhe in der Klasse, ein paar Lacher. »Was denn!«

»Nur weiter so«, sagte Kathrin, und schon wieder wirkte es genüsslich, und sie freute sich wohl, ihn endlich ganz vorführen zu können. Was eine sadistische Milf, dachte er. Die Welt war gegen ihn.

»Das waren eine Handvoll Leute, die das entschieden haben. Eine Handvoll, schon damals. Darunter miese Typen. Tall-, Tall-, Ta-lley-rand, der ›ein Haufen Scheiße in Seidenstrümpfen‹ genannt wurde.« Keanu lachte, und ein paar andere lachten auch. »Echt wahr! Ein Haufen Scheiße in Seidenstrümpfen.«

»Ist gut, bitte weiter im Text, Keanu. Die Neustrukturierung der Mächte, kommen wir dazu.«

»Ja. Ja. Egal, der Kongress tanzte. Was heißt das, der Kongress tanzte? Das heißt, Metternich und Alexander der Erste, die haben …«, und jetzt schwappte Trotz in ihm hoch, eine kleine Lust auf den Aufstand, denn was hieß schon Politik, wenn man die Menge (und Keanu sah die Klasse wie eine Menge vor sich, die Gesichter verschwammen wieder, waren anonym, fremd) mit einem Witz oder einer Obszönität auf seine Seite ziehen konnte – »die haben«, sagte er, »einfach dieselben Bitches geknallt. Es ging ums Gleichgewicht der Mächte.«

»Keanu? Ich bitte dich!« Kathrin war aufgestanden, die Klasse war in Aufruhr, Keanu hatte gewonnen, dachte er, gewonnen und gleichzeitig verloren, wie immer. Er machte einfach weiter, hatte kaum mehr Atem, wurde aber dennoch lauter.

»Mächte sind aber nie im Gleichgewicht. Was hundert Jahre später in – in …«, er schaute auf seine Notizen, »Versailles«, er sprach es deutsch aus, Lale schüttelte den Kopf, »angeblich völlig misslang, sollte hier zu einer, in Ansätzen, zu einer … Stabilität führen, vorübergehend, anscheinend. Scheinbar. Aber es war ein abgekartetes, es war«, er hyperventilierte wirklich jetzt, »neun Monate, neunzigtausend Leute. Neun Monate, wie eine Geburt. Wie eine …« – er hatte keine Worte mehr. Kathrin stand neben ihm.

»Es ist wie bei den«, schloss er, »bei den – wie bei den *Bilderbergern,* in verschlossenen Hinterzimmern. Da wird die Macht – alles abgekartet – und wir sollen dumm – dumm – bleiben, da wird die Macht – heimlich – ohne unser – –. Schon achtzehnhundertfünfzehn. Wenn man – was die –. Nein. Nix. Egal. Ende.«

Er wankte durch die Reihen, ihm war schwindelig. Er setzte sich auf seinen Platz und atmete auf.

»Danke, Keanu. Das war jedenfalls ein Anfang«, fing Kathrin die Situation auf. »Und tatsächlich, muss man wissen, werden solche geschichtlichen und politischen Ereignisse natürlich immer auch von Festen, Trubel, Affären und allerlei anderen Treppenwitzen der Geschichte begleitet. Danke für diesen Anstoß, Keanu. Runden wir das Bild ab. Weshalb ging es Metternich um das Gleichgewicht der Mächte, was hieß das?«

Oskar zeigte auf.

»Ja, Oskar?«

Während Oskar redete, sah Keanu Kathrin an. Er war von Dankbarkeit beseelt und ganz durchdrungen, und ja, er liebte sie nun für einen Augenblick, das aber richtig, liebte sie heiß und innig und existenziell. Etwas in ihm glühte auf.

Standby

Jan war froh, dass er einer Generation angehörte, die noch nicht ständig via Handyfunktion ihre Standorte auf Find-my-friends austauschte, so wie es die Halbkinder und Jungerwachsenen unter dreißig taten; die sich da nämlich selbst ein Beobachtungssystem der angeblichen Fürsorge und Zuneigung verpasst hatten und dabei nicht merkten, was für ein Abhängigkeitssystem entstand, wie die Herzensstasi auf höchst kuschelige Weise zuschlug und was für ein Legitimationsproblem entstand, wenn die Ortung mal ausgestellt werden wollte oder sollte. Bei Lale hatte er das oft genug mitbekommen: wie pikiert der Freundeskreis auf das Abstellen der Standortfunktion auf dem Handy reagieren konnte, und überhaupt, wieso abstellen; wo eine Funktion war, musste sie eben auch genutzt werden. Da stand er (er hatte sogar die Blaue-Häkchen-Funktion deaktiviert bei den gelesenen Nachrichten, keiner sollte wissen, wann er etwas las oder eben nicht, und auf dem Rückflug aus Asien, schon über Deutschland, dachte er albern-grimmig und mit einem müden Lächeln auf den Lippen: *Ach, wie gut, dass niemand weiß, dass ich gleich durch Deutschland reis),* nein, ja, da stand Jan außen vor und konnte inkognito zurückkommen, ohne auch nur irgendjemandem Bescheid zu geben.

Denn er hatte etwas zu erledigen. Er musste Malte aufsuchen und vor allem Johannes; die Bilder waren noch immer da und wurden mehr statt weniger, gefühlt und nicht nur gefühlt, sondern grausam faktisch, es musste etwas geschehen, etwas abgeglichen und vielleicht versucht werden, etwas musste geklärt, aufgeklärt werden, gezäumt und eingezäunt, bevor es nicht mehr zu stoppen wäre. Denn seine Paranoia wurde langsam unerträglich; er ging durch die Straßen und Flure und dachte: Jeder könnte es sein, jede, sogar jedes. Die Dinge bekamen Augen, die Menschen gingen an ihm vorbei ohne Blick und musterten ihn doch heimlich. Sie wollten wohl in sein Bewusstsein, die Menschen, die Dinge, die Augen, aber da hatten sie nichts zu suchen, und es war noch immer sein Bewusstsein, das er absolut mühelos kontrollieren konnte, nur die Bilder machten sich manchmal selbstständig. Denn etwas war faul an diesen Bildern, sie faulten selbst, stanken bereits zum Himmel und begannen, Schimmel auszufällen, giftigen Schimmel, der längst schon auf sein Leben übergegangen war. Und noch immer hatte keiner etwas gehört oder gesehen, noch immer herrschten Schweigen und Nichtwissen bis Nichtwissenwollen. Und ja, er war der Mann, das zu richten.

Selbst die Redaktion wusste nicht richtig Bescheid, dass er schon zurück war, sie wähnten ihn auf einem Kurztrip nach Moskau, dabei landete er jetzt, genau jetzt, und die Landung war kaum zu merken, so glatt bekam der Kapitän das hin. Wunderbar, dachte er, alles ganz wunderbar.

Nur Johanna, die schöne Nichtpraktikantin, sie wusste schon lange Bescheid, wo er sich aufhielt, was er machte, und letztendlich auch, was er so dachte.

Er hatte den ganzen Aufenthalt über Kontakt zu ihr gehalten; und sie waren sich, auf diese verklemmt-seriöse und witzelnde Art, die oft bei Anbahnungsritualen an Arbeitsplätzen herrschte, nähergekommen. Sie war Emoji-Fan, überhaupt Japan-Liebhaberin, ohne je da gewesen zu sein, und er konnte ihr mit seinen Instagram-Posts imponieren, zur Sicherheit schickte er sie ihr aber noch mal per WhatsApp (teilweise hatte er die Bilder dann auch an Kathrin verschickt, wie winzige, falsche Alibis), auch durch Kurzeinblicke in die Dreharbeiten, vor allem aber durch diese geschmackvollen und doch kreischend bunten Schnappschüsse, die er wie nebenbei für sie fabrizierte und die sie mit einem Schwall aus fröhlich glitzernden Emojis beantwortete. Und ein paar Likes auf Instagram gab es auch. Das würde die Redaktion freuen. Und Johanna würde sehen, dass er nicht schon mit einem Bein im Grabe stand. Sie wiederum postete plötzlich Selfies, bei denen sie eindeutig darauf geachtet hatte, dass der quadratische Bildausschnitt ihr Dekolleté noch gerade so zeigte. Es kündigte sich was an.

DÉJA

Jan stand also wieder am Pissoir, wie vor Wochen, am selben Pissoir in derselben Kneipe mit demselben bitteren Malte an der Theke, und atmete auf, als der Strahl aus ihm herausschoss. Der Lärm, der aus der Bar herüberschallte, war nun gedämpft. Kurz musste er mit keinem sprechen, kurz war er nicht unter Beobachtung. Er urinierte und starrte dabei auf seine Eichel. Dann schüttelte er selbstvergessen ab. Eine Stimme in seinem Rücken sprach, er hatte nur unbewusst registriert, dass jemand nach ihm ins Klo gekommen war.

»Na, na, na, was ist das denn?«

»Was?«

»Das hier ist ein Klo.« Schon wieder! War das derselbe Typ? War Jan denn wirklich in einer Matrix gefangen?

»Ja, offensichtlich –«

»Was macht er denn da –?«

Der ziemlich abgehalfterte Bohemien grinste ihn an.

»Ich pinkle!«

Jan verstand nicht. Dachte dieser Typ wirklich, er würde hier masturbieren? Schüttelte der Typ denn nicht ab? War das eine Anmache?

»Seltsam«, sagte Jan nach dem Händewaschen in das nun fast beschämte Gesicht aus Rosazea und altem Gummi.

»Da hat mich, glaube ich, schon wieder einer angemacht, voll seltsam«, sagte Jan zu Malte, zurück an der Theke, »wie vor Kurzem schon. Die spinnen doch hier.«

»Komm, gib's zu«, sagte Malte, »du hast wirklich kurz gewichst. Wie jedes Mal, wenn du hier bist.« Sein nikotingelbes Grinsen, mit den übergroßen, überkronten und doch wieder gelbgerauchten Zähnen, die er bleckte. »Bist halt 'n Wichser, ne. Drescher, Drescher, Drescher.«

Jan schüttelte noch mal den Kopf. Es war immer dasselbe mit Malte, noch die kleinsten Erzählungen wurden gegen den Erzähler gewendet oder gleich schlicht geleugnet, automatisch, bösartig, sinnlos. Seit zwei, drei Jahren spürte Jan regelmäßig diese uneingestandene Feindseligkeit bei ihm, der die Worte des anderen stets auf irgendwelche »Fehler« abscannte und sich auf die erzählten Geschichten gar nicht mehr einließ. Das stille Abkommen unter Freunden, den Geschichten und Meinungen des je anderen erst einmal mit Wohlwollen zu begegnen, schien aufgekündigt worden zu sein. Jan wollte sich die Grundsätzlichkeit dieser toxischen Distanznahme aber noch immer nicht eingestehen und wollte immer »reden«, um die »Probleme« in der »Freundschaft« zu »lösen«. Auch heute würde es irgendwann wieder dazu kommen, und Malte würde alles abstreiten und auf Jan abwälzen. Es lag in der Luft; immer tat es das.

Jan erzählte vom Yoyogi-Park in Tokyo, in dem er mit seinem Team gewesen war, schwärmte kurz, aber unangeberisch los, erzählte von den Hunden, die sie eine halbe Stunde angestaunt und eine Viertelstunde gefilmt hatten, und dass sich die ganze Crew wie berauscht vorgekommen sei, so schön seien diese Augenblicke gewesen. »Tokyo war wirklich wunderbar, besser als diese Scheißstadt hier«, er wusste, dass Malte sich in besonderem Maße mit der Großstadt identifizierte, »dieser Drecksmoloch hier, keinen Bock mehr, ich wandere aus.«

»Na toll. Ganz groß.« Malte knirschte mit den Zähnen, meinte Jan zu hören.

»Ja, und also, wenn ich das noch mal sagen darf, dieser Hundepark war wirklich, mit dem Eulencafé, mit dem Eulencafé, genau, waren das so die Highlights, neben den anderen Highlights. Aber dieser seltsame, unglaubliche Hundepark war der Hammer. Ein ganz weicher Hammer aber, sozusagen, wenn ich das mal so blöde sagen darf. Völlig irre, Ratten. Und Wollknäuel, hochgezüchtet in Winzigkeit, die hin und her sausen und spielen und trippeln und hecheln, man verstand gar nicht, was man da sah. Wir kamen uns vor wie bekifft.«

»Bekifft?! Wieso denn bekifft?«

»Na, Wahrnehmungsstörungen fast, also so glücklich und berauscht, irgendwie.«

»Habt ihr denn gekifft?«

»Nein, natürlich nicht. Es war nur dieser völlig irre Hundepark, der auf uns einwirkte, wir konnten uns nicht loslösen, und die Leute alle so geschmackvoll in Dunkelblau und Schwarz gekleidet, und diese gestylten, frisierten, verkleideten Hunde in Haute Couture, und alle so hysterisch und süß und klein oder dann wieder riesig, wie ein Pferd war einer, der –«

»Aha.«

»Ja. Aha.« Jetzt ließ Malte ihn wieder allein. Jetzt wollte er die Hundeerzählung und die ganze Erfahrung als lächerlich und unseriös und albern abtun.

»Na, du kommst ja rum. Das war früher auch anders.«

»Kann sein. Tut sich eigentlich was bei dir an der Frauenfront?«

»Nein.«

»Erzähl doch.«

»Ich sag doch, es tut sich nichts.«

Die Entfremdung der alten Freunde schritt einfach weiter voran. Oder Malte schritt voraus in die Entfremdung, in immer giftigeres Gelände, und Jan kam kaum mit. Sie hatten immer ein offenes Ohr füreinander gehabt, in allen Krisenzeiten, doch seit einigen Jahren, seit Jan eine Familie hatte vielleicht, spätestens aber, seit er bei Up! zum leitenden Redakteur aufgestiegen war und nun zu den hoch bezahlten Köpfen gehörte mit wohldotiertem Stundenplan, begegnete Malte ihm mit Kälte und Neid. Jan fand dagegen, er habe sich gar nicht verändert. Oder er war sich treu geblieben, *indem* er sich verändert hatte. Malte dagegen verharrte in seinem zu allem stets auf Distanz stehenden Sarkasmus. An der Theke öffnete er sich, nach genügend Alkohol, manchmal wildfremden Leuten, meist Frauen, und dieses Sichöffnen performte er als fast schon heroischen Akt. Dem alten Freund aber verschloss er sich immer weiter. Befreundet war Malte eigentlich nur noch mit seiner Stammbar, wo er jeden zweiten Tag »Edward Hopper« spielte, so hatte Serge es genannt, ins eigene Leid verliebt und davon und vom Alkohol schweigend durchtränkt, aber das im gentrifiziertesten Viertel der Stadt.

Jan spürte, wie er mit diesem Menschen auch ein Stück seiner Vergangenheit verlieren würde. Der Zynismus vergiftete rückwirkend die Nähe, die sie einmal füreinander empfunden hatten, und verriet all das alte Vertrauen. Nichts war mehr sicher. Der beste Freund war zum heimlichen Feind geworden.

Da würde er das Thema, um das es ihm eigentlich ging, gewiss nicht ansprechen. Er vertröstete sich auf die Begegnung mit Johannes, am nächsten Tag.

Draußen umarmten sie sich dennoch.

»Mach's gut.«

»Du auch.«

Dann nahm er ein Uber zu seinem Hotel und textete dabei Johanna an.

»Keanu, Nichts deines Lebens, Feuer meiner Hände. Mein Sinn, mein Soul. Kleiner Junge, Krisenfigur, schönster Mann im Kommen. Bleib mir aus der Fantasie wie aus dem Leben, wunderschöne Streberleiche. Wir sehen alle, was du sein wirst, nur du siehst es nicht, du siehst es nicht. Ich lade dich ein in meine Seiten, um dir zu zeigen, dass sie alle noch ganz andere Saiten aufziehen gegen dich, gegen uns. Komm, Kind mit dem Namen eines Filmstars. Zieh dich aus, leg dich hin, leg dich zwischen diese Zeilen in eine andere Matrix. Meine Sünde, mein Sinn: komm.«

Am nächsten Abend schrieb Kathrin nach glücklicher, sanfter Tavor-Dämmerung den obigen Absatz in ihre Brunnen-Kladde. Sie schrieb ihn nicht in die offizielle Kladde, nicht in die, aus der sie Jan hin und wieder etwas vorlas, Teile und Partikel aus dem Quatschroman, sondern in die geheime, nicht für andere Augen bestimmte, auf deren Titelblatt »Apokryphen« stand, mit Bleistift tief und selbstvergessen eingeritzt. Vorher hatte da »De Profundis« gestanden, das konnte man noch erahnen, wenn man es wusste. Aber davon wusste natürlich keiner außer ihr.

Verkatert und guter Dinge kicherte sie ob der Nabokov-Paraphrase, deren sie sich befleißigte, und kicherte, eine Ebene drüber, auch über genau diesen selbst gestelzten Kommentar, der ihr in genau diesen Worten, als genau dieser Ausdruck (»befleißigte«) in den Kopf kam, verbesserte den Absatz sofort extensiv und selbstzensorisch mit schwarz krakelndem Muji-Stift, schämte sich, freute sich, ersetzte zu schroffe Worte flugs durch mildere Stellvertreter (wie auch umgekehrt: in die obszönere Richtung; am Ende aber landete sie immer bei der jugendfreien Version, gar bei der »enkeltauglichen«, dachte sie und hasste das Wort), strich durch und überschrieb, kritzelte, kratzelte, bis die Urschrift kaum mehr lesbar war.

»Das wilde Wort« war schon wieder vergessen, ein kleiner Traum, in Alkohol eingelegt. Jetzt würde sie ihren »Lolitus« (auch das ein albernes Wort, aber was sollte sie machen, es war nun einmal ihr Kopf und kein anderer) schreiben.

Die Kinder spielten oder chillten oben, oder was auch immer; Keanu auch. Schon hatte sie wieder verbotene Gedanken, vom »Spielen« getriggert, Doktorspiele, Liebesspiele, und sie unterband diese Gedanken und Bilder und wollte auf keinen Fall wissen, was Lale und Keanu womöglich schon bald machten oder längst gemacht hatten. Das musste jetzt alles von diesem Buch aufgefangen werden: ihre Fantasien, ihr Verdacht, ihr Begehren. Zurück damit in die Buchstaben, zurück, energisch, in die Kunst.

Johannes erwartete ihn schon, in Krawatte und Anzug, einwandfrei. »Im Fernsehen wirkst du stabiler. Grüß dich, Jan.« Sie umarmten einander und klopften sich wild auf die Schultern.

»Im Fernsehen wirke ich nur dicker«, lächelte Jan.

»Mein Großvater meinte immer: Wer dick ist, ist gesund«, lachte Johannes.

»Mein Großvater meinte immer: Mehr Gicht«, versetzte Jan, aber er wusste nicht, ob der laut auflachende Johannes die Goethe-Anspielung auch wirklich verstanden hatte.

»Bitte setz dich, Jan. Schön, dass wir auch beruflich mal zusammenkommen.«

»Du witterst ein einträgliches Mandat.« Jan lüpfte die Augenbraue und dachte, jetzt sehe ich aus wie Kathrin.

»Ich müsste lügen, wenn ich solche Gedanken in der Hoffnung auf einen Auftrag vonseiten der größten Sendergruppe Deutschlands leugnen würde«, grinste Johannes.

»Ich bin aber privat hier.«

»Wieso dann der Termin?« Johannes war noch forscher, noch kräftiger, noch energischer als vor zwei, drei Jahren, als sie sich zum letzten Mal gesehen hatten. Er atmete schwer und wie fettleibig, war aber fit und sportlich aufgestellt. Seine Augen blitzten Jan aufmerksam an.

»Ich will dich etwas fragen«, sagte der.

»Das hättest du auch privat machen können.«

»Es ist privat und zugleich nicht privat.«

»Interessant.«

Jan sprach leiser. »Ist das hier vertraulich?«

»Absolut. Was ist deine Frage?«

»Ob du etwas weißt.«

»Worüber? Das wird ja langsam echt mysteriös hier!« Noch lachte Johannes, Jan sah eine Goldkrone aufblitzen, rechts hinten. »Worum geht's denn, Sherlock?«

»Du warst doch Steins Liebling, nicht wahr?«

»Was? Stein? Wieso? Nein, Matuschke war Steins Liebling. Und du.«

»Nein, du warst auch sein Liebling.«

»Ich war gar nichts! Das hat mich ja so aufgeregt. Haha!« Johannes hielt seine gute Laune aufrecht.

»Ich hatte einfach gute Noten. Ein Liebling war ich nicht, bestimmt nicht«, relativierte Jan und fragte sich gleichzeitig: Stimmt das?

»Was kommst du mir überhaupt mit der Schule, Jan? Was ist die Frage? Ob ich *was* weiß?«

»Ich formuliere es anders.«

»Bitte.«

»Wir standen lange Zeit in einer gewissen Konkurrenz. Wir beide.«

»Das ist zwanzig, ach was, dreißig Jahre her.«

»Jugendprägungen sind hartnäckig.«

»Ja, jaja, aber was ist die Frage?«

»Ob jemand mir schaden will.«

»Schaden? Wer? Ich?«

»Ich weiß nicht.«

»Schaden? Wie denn?«

»Sag du es mir.«

»Das ist ein abstruser Auftritt«, zog Johannes sich zurück. »Was willst du?«

»Was willst *du?* Ich kann nichts dafür, dass du damals geflogen bist. Du warst ein Bauernopfer«, sagte Jan.

»Was? Ich hab' halt gekifft und wurde erwischt.« Johannes wurde merklich lauter.

»Erwischt wurden manche. Nur mussten die wenigsten gehen.«

»Wir waren halt nicht reich.«

»Und ihr hattet keinen Namen, habt nichts dargestellt.«

»Also, bitte, was willst du? Umso besser stehe ich jetzt da. Hier, alles aus dem Nichts erschaffen, mit meinen Händen, meinem Hirn.« Er machte eine Rundumbewegung mit seiner Hand, die seine gesamte, tatsächlich imposante Kanzlei meinte. »Bauernopfer. Ich bitte dich.«

»O doch«, ging Jan zum Angriff über. »Und jetzt willst du *mich* nachträglich zum Opfer machen.«

Johannes' Gesichtsausdruck veränderte sich sichtlich, ihm wich in Sekundenschnelle die Farbe aus dem Teint, der Mund stand ihm offen, auf seiner Stirn zeichnete sich eine fingerdicke Ader des Zorns ab. »Bist du noch bei Trost? Wovon redest du?«

»Von deiner Drohkulisse. Mit diesen Bildern.«

»Welche Bilder, Mann!«

Johannes spannte sich an in seinem Lederschreibtischsessel und schien kurz davor zu sein, Jan förmlich ins Gesicht zu springen. Der merkte, dass er nun umkehren musste. Bei Johannes war auf diese Art und Weise nichts zu holen, nur Ärger.

»Okay, okay«, sagte er, »es war ein Versuch.«

»Was für ein Versuch?!«

»Beruhig dich. Du bist es nicht.«

»Ich weiß gar nicht, was du hier aufkreuzt und irgendeinen Schwachsinn laberst.«

»Ich auch nicht. Beruhig dich.«

»Und mich mit Sachen von damals ankackst.«

»Verzeih. Vielleicht wird es wirklich ein Fall. Dann hast du dein Mandat.«

Johannes entspannte sich, nahm wieder die Körperhaltung des Anwalts an, lehnte sich vor. »Was ist denn los?«

»Bevor ich es sage, sag du mir: Wer könnte mir schaden wollen?«

»Könnte jeder sein. Neider. Du bist in den Medien.«

»Jemand von unserer Schule.«

»Könnte auch jeder sein.«

»Jemand, dem es vielleicht besonders scheiße geht. Der viel Zeit hat. Arbeitslos, krank ist.«

»Konstantin soll es nicht gut gehen.«

»Konstantin.«

Johannes wurde wieder vollends offiziell. »Ich habe vor Kurzem – sagen wir: zufällig – mit seiner Freundin gesprochen. Selbst ziemlich durch. Frajo soll auch depressiv sein. Und einer drei Stufen über uns hat sich kürzlich umgebracht.« Johannes kam näher an Jans Gesicht heran, der sah die tiefen, glänzenden Poren in seinem fleischigen Senatorengesicht. In vertraulichem Tonfall raunte Johannes, ganz Anwalt: »Aber worum geht es hier überhaupt?«

Jan, ebenso vertraulich, fast heimlich: »Was hat Konstantin?«

»Ich beantworte hier nichts mehr, wenn du nicht sagst, worum es geht.«

»Es ist delikat.«

»Macht nichts. Ich bin nicht zimperlich.«

»Du musst aber zimperlich sein, wenn es delikat ist.«

»Bin ich beides. Jetzt rück schon raus.«

Jan atmete schneller, fasste Mut. »Man kann es weiter eingrenzen. Dieser Jemand muss einen Zugang zu etwas haben. Zu etwas von damals.«

»Etwas von damals. Geht es noch wolkiger?«

»Zu den Archiven.«

»Welche Archive?«

»Zu Steins Archiven.«

»Was ist denn mit Stein? Welche Archive? Jan, jetzt red mal Klartext!«

»Es muss welche geben. Er hat doch immer geknipst. Und gesammelt.«

»Ja, er hat geknipst.«

»Dich auch?« Jan stellte die Frage möglichst beiläufig.

»Nein.«

»Stein hat uns alle abgelichtet. Vor allem seine Lieblinge.«

»Daran siehst du übrigens, dass ich kein Liebling gewesen sein kann«, sagte Johannes und nickte Jan mit einem allzu stabilen und wissenden Grinsen zu, das zwischen Triumph und alter Demütigung hin- und herzuirren schien.

»Sicher? Du sahst mir früher aber ganz aus wie ein Liebling.«

Eine Pause entstand, und Jan konnte förmlich hören, wie etwas in Johannes sich zu etwas entschied, sich umentschied, während er seinen Anzug glatt strich, der doch eigentlich völlig glatt und faltenlos war.

»Dann hat er uns also fotografiert. Und? Was ist so dramatisch, wo ist der Fall?«

»Ich weiß es selbst noch nicht.«

»Das ist diese Sache mit Matuschke. Die macht alle ganz kirre.«

Jan horchte auf. Also wusste auch Johannes schon davon.

»Mich macht sie nicht kirre«, sagte er.

»Wie kommst du denn sonst drauf?«, wurde Johannes wieder ungeduldig.

»Es gibt da Zeichen von obskurer Seite.«

»Die obskuren Zeichen sendest du gerade, Jan. Jetzt sag schon!«

»Das hier ist absolut vertraulich?«

»Man nennt es Verschwiegenheitspflicht.«

Jetzt war es Jan, der sich umentschied. Er schüttelte wieder den Kopf. »Ich weiß nicht, ob ich einen Fall will. Verstehst du?«

»Nein.«

»Das war doch gerade deine Frage: Wo ist der Fall? Er ist nicht da, wenn wir es nicht wollen. Und nein, ich will keinen Fall. Du?«

»Ich?«

»Ja, du.«

»Nein.«

»Also?«

»Weiß nicht. Jan, du bist zu mir gekommen, ich weiß noch immer gar nicht, was du überhaupt willst!«

»Also nichts.« Jan stand auf. »Das hier war vertraulich. Ich zahle den dreifachen Stundenlohn.«

»Willst du mich beleidigen?« Jetzt schüttelte Johannes den Kopf. »Das ist ein Freundschaftsdienst. Nicht einmal ein Dienst. Das ist einfach Freundschaft. Und ich habe dich nicht einmal beraten. Aber, Jan –«

»Umso besser.«

»Jan, aber – du kannst gerne –« Seine Eigenschaft, schon damals, den Vornamen des Gesprächspartners immer wieder im Munde zu führen.

»Ich weiß. Ich komme auf dich zurück, sollte es nötig sein.«

»Jederzeit. Wirklich. Aber was ist denn überhaupt los?«

»Das wirst du schon noch erfahren, und zwar früh genug. Aber bis dahin, Johannes? Ja?«

»Ja?«

»Kein Wort. Zu niemandem.«

Johannes wollte noch etwas sagen, aber mehr als ein weiteres Kopfschütteln brachte er nicht zustande.

GELD = ZEIT x TOD

Warum habt ihr das alles und ich nicht? Warum habe ich nichts und ihr alles? Und ist das überhaupt ein Unterschied? Am Ende ist das alles doch nur Luft, Luft und Form, Form und Kampf, Kampf und Spiel und Spiel und Spuk und Last und Luft und schließlich keine Luft mehr: Gruft.

Keanu wusste, dass er nicht lange bei den Dreschers bleiben können würde; er war einfach ein Fremdkörper, dazu noch ein Underdog, einer, dem der Luxus hier fremd blieb, der sich unwohl darin fühlte, der sich immer wie eine Zecke auf endlosem, kaltem Marmor fühlen würde. Dazu ging es nicht vorwärts mit Lale, und seine Freundschaft zu Severin beschränkte sich leider auf bloße Taktik. Nichts ging vorwärts, schien es, er war wieder gefangen in einer Art Zeitkapsel. Und dieses Referat hatte ihn bis auf die Hosen ausgezogen, und wäre Kathrin nicht so freundlich zu ihm, wäre das wieder eine erste bittere Niederlage gewesen, in einer Zeit, wo er sich einfach keine bitteren Niederlagen mehr leisten konnte.

Und doch genoss er es. Allein, wie Kathrin ihm einen Orangensaft anbot, nicht nur einen, nein, *noch einen,* und er war frisch gepresst und keine billige Chemiezuckersuppe von Aldi – »Magst du noch einen Orangensaft, Keanu?«, das gab es zu Hause nicht, nicht bei seiner Großmutter und nicht bei seinem sogenannten Vater. Es gab diese Umgangsformen dort nicht und nicht diese säuerlich-ländlich schmeckenden Milchjoghurts, die besonders gut *mundeten* in ihrer Säuerlichkeit, so frisch und eigen und einfach besonders, und es gab diese Käsesorten nicht, deren Namen er kaum aussprechen konnte, die er kaum auseinanderhalten konnte, und es gab diese Bodenheizung nicht, die er schon nach zwei Tagen nicht mehr missen wollte, und es gab diese Duschköpfe nicht, die besonders breitstrahlig besonders heißes und besonders weiches Wasser ausschütteten über den ganzen Körper, denn hier war eigentlich nichts kaputt, und das gab es dort, in seinen Nichtzuhausen, einfach nicht: Nichts-Kaputtes.

Ein Schlüssel rasselte im Schlüsselloch, die Tür schwang auf. Keanu wollte eigentlich besonders cool und sexy um die Ecke verschwinden, während er Kathrin noch halb begrüßen würde, als Phantom ihrer Begierde im Sichentziehen (selbstverständlich dachte er diese Worte nicht, er fühlte sich nur in etwa so). Aber da stand gar nicht Kathrin in der Tür, sondern ein fremder Mann – fast fremd, denn Keanu kannte ihn von Handybildern.

Das war dann wohl Herr Drescher. Das Erstaunen stand beiden ins Gesicht geschrieben.

»Äh – und wer sind Sie jetzt?« Jan sah sofort, dass das kein Einbrecher war, viel zu hübsch und feingliedrig und zerbrechlich war diese Gestalt.

»Entschuldigung, Herr – Herr Drescher, ja, ich bin hier nur für ein paar Tage, mein Name ist Keanu, ich habe es mir nicht ausgesucht.«

»Ausgesucht?«

»Den Namen. Keanu. Meine Mutter war Matrix-Fan. Und ich bin ein Freund ihrer Kinder und nur für ein paar Tage hier.«

»Das ist ja interessant. Na gut, dass ich das auch weiß. Herzlich willkommen also, Keanu.« Jan griff zu seinem Handy und drückte etwas, wahrscheinlich Wahlwiederholung. Während er Keanu durchdringend anstarrte, sagte er: »Und wo sind die anderen? Die Kinder, meine Frau?«

»Ihre Frau ist kurz Wasser holen, und Lale und Severin sind – sie sind oben.«

»Aber wir haben doch den Bringdienst fürs Wasser«, sagte Jan, jetzt näher an Keanu, und nahm ihn noch einmal genau in den Blick, spielte seine Skepsis besonders entschieden aus.

»Ja, weiß ich auch nicht, sie holt das einfach gerade ab, im Getränkemarkt. Ich helf' ihr gleich auch beim Schleppen.«

»Lale? Severin?«, rief Jan die Treppen hinauf, das Handy noch immer in der Hand. »Euer Vater ist vielleicht mal aus Asien zurück? Laaale! Ich hab' auch Geschenke!«

Nur ein müdes »Jaaa« als Reaktion.

Dann wandte er sich wieder dem Jungen (oder was war das?) zu. Jan missfiel die Art, wie dieser Mensch hier fast selbstverständlich in seinem Haus herumstand und etwas ausstrahlte, was ihn zutiefst irritierte. Nur was? Er sah gut aus, zu gut; er sah aus wie ein schönes, verführerisches Mädchen. Jans alte Reflexe der Homophobie rührten sich.

»Severin!«, rief er. Keine Antwort.

Was, wenn es jetzt so weit war und Severin würde Jans alten Verdacht wahr machen? Was war denn bitte passiert in seiner Abwesenheit? *Wer war das?*

»Denken Sie nichts Falsches«, sagte Keanu mit einem Lächeln, so als hätte er Jans Gedanken erraten, »ich bin nur kurz hier, nur zum Übergang. Und ich helfe, wo ich kann.«

Jan schüttelte den Kopf, und als sein Handy vibrierte (es war Johanna, noch eine Meldung aus noch einer anderen Welt, die nicht mehr einzuordnen war), dröhnte sein Schädel fast im selben Rhythmus.

FREEZE

In der Nacht versuchten sie, nach einer Standpauke vonseiten Jans in Richtung Kathrin (wer ist das, kommt da wieder deine Sozialarbeiterinnenader durch, oder findest du das verwegen, oder was, findest du das abenteuerlich, findest du das sexy, oder wie, ist dir langweilig, und was ist jetzt mit der Erbsache und Saskia?), einander wieder näherzukommen.

Es gelang nicht.

Die Berührungen waren eingeübt und kalt; schon wieder hatte das Ganze etwas von einer Theateraufführung. Jan kam sich beobachtet vor, wie im Schlaglicht, und hatte Schwierigkeiten, seine Erektion aufrechtzuerhalten; und Kathrins sechs Aids-Wochen waren noch nicht vorbei. Was sollte sie auch tun, ihm plötzlich vorschlagen, ein Kondom überzustreifen? Sie empfand keinerlei Lust, nicht einmal auf Petting (allein das Wort!); und der Idee, sich Keanu und Lale beim Sex vorzustellen (oder gar sich selbst mit ihm), dieser Idee, die kurz aufkeimte, ging sie nicht nach – wie auch, das war einfach verbotenes Gedanken- und Bilderterrain.

Sie umarmten einander wie Kinder, die sich gestritten hatten, aber kaum mehr wussten, worüber eigentlich. Jan lag da und fror; Kathrin konnte nicht schlafen.

Später am Morgen redeten sie miteinander, kurz, bevor der Wecker ging. Beide waren schon vorher aufgewacht. Jan umarmte Kathrin von hinten, sie fasste ihn beim Arm, eine vertraute Geste, wie Nussschalen lagen sie ineinander. Er redete von dem Druck, dem er ausgesetzt war, von der Doku über Asien, wozu und wie überhaupt, von den Zweifeln, dem Jetlag. Sie hörte zu und gab zu verstehen, dass sie verstand. Dann meinte sie, auch sie verspüre diesen Druck, allein die Familie hinzukriegen, mit den Kindern in der grellsten Pubertät, und die Schule sei auch nicht einfach, es gebe ja Gründe, warum so viele Lehrerinnen und Lehrer hinschmissen, zumal, wenn es eine Art inklusive Schule sei wie ihre, mit den Sozialfällen neben den Rich Kids in derselben Klasse, derselben Schulbank, die Spannungen der Gesellschaft in nuce genau vor ihr, jeden einzelnen Morgen. Und sie habe wieder mit dem Schreiben angefangen, ja, genau, und da brauche sie auch ihren Platz, ihren Raum, das habe ihr gefehlt, merke sie, und das sei auch etwas, das sie schützen müsse, denn sie wisse nicht, ob das wirklich etwas werden müsse oder auch nur könne, und was da los sei, nach all den Jahren, dem alten Eklat. Das müsse sich erst entwickeln, vielleicht.

Dann verständigten sich ihre Körper darauf, eine Ersatzhandlung zu finden, *irgendwas*, und sie tasteten einander ab und fanden Punkte, die offen und bereit waren. Dann befriedigte er sich und sie mit der Hand; sie penetrierte ihn dabei mit zwei Fingern. Mehr war derzeit nicht mehr möglich, und so würde das auch bleiben, die nächsten Tage. Dann war auch das wie nicht geschehen, und sie standen auf zur Morgentoilette, zum Frühstück.

Zwei schlechte Gewissen blickten sich an, erneut, und waren doch blind voreinander.

DIE KUGELFORM DER ZEIT

Malte erwachte, als Jan einschlief. Er lebte allein damals. Im Zweijahresrhythmus hatte er Beziehungen, nie machte er es über drei Jahre. Er sah sich dabei nicht als bindungsgestört, sondern als Hedonisten an. Er liebte es inzwischen auch wirklich, alleine zu schlafen.

Was er plötzlich nicht mehr konnte.

Er sah sich an. Es war wahr gewesen. Leicht trüb, staubig und mit winzigen Flecken unbekannter Herkunft übersät, warf ihm der Spiegel das Bild seines eigenen Körpers zurück. Davon lösten sich die anderen Bilder ab, die alten, die unbekannten, traten hervor wie zweifach, dreifach belichtete Fehlbilder, Geisterbilder, schwebten vor dem dunklen Spiegel, spalteten den eigenen Blick. Fehlbilder, die er nie gesehen und nie vergessen hatte.

Es habe sich nicht um normale Kinderbilder gehandelt, hieß es später, sondern um Bilder, in denen erwachsene Männer ihren Blick auf Jungen richten. Von Stein fotografiert zu werden, habe bedeutet, »zumindest für zwei Stunden bei ihm im Mittelpunkt zu stehen«.

Malte betrachtete sich genau.

Pater Stein, hieß es, habe Jungen eines bestimmten Typus bevorzugt. Die Auswahl sei nach ästhetischen Vorgaben erfolgt. Es habe sich um Jungen gehandelt, die das Aussehen eines »altgriechischen Epheben« gehabt hätten, »engelsgleich« mit schmaler Figur und halblangen Haaren. Ein Zeuge schilderte, »mit Brille oder Zahnspange« wäre man nie auserwählt worden. Häufig seien die »Lieblinge« vaterlos gewesen.

Malte sagte laut in den Raum, obwohl er alleine war: »Was ist denn das?«

Er sah sich im Spiegel. Es gab keine Gedächtnislücken. Hatte es nie gegeben. Alles war da. Die Segelfahrten, die Saunabesuche. Es war da, aber anders, wie umgestülpt. Die Perspektive hatte sich verkehrt, er, Malte, war jetzt die Kamera, sah sich aber nicht, war blind vor sich selbst. Woher er kam, da war eine Lücke.

Er griff zum Telefon.

SEKUNDENFLIMMERN

Gekränkt fuhr Jan auf die Straße, mit Verve, in seinem Schlachtschiff aus Chrom, und nahm die Kurve besonders sportlich, besonders jugendlich. Die Linden nickten ihm hinterher.

Seine Zeitwahrnehmung hatte sich zu verändern begonnen. Die Zeit und ihre Wahrnehmung, sie zerfielen mehr und mehr in einzelne Momente und Splitter, die sich in keine übergeordnete Struktur mehr einfügten. Denn die Struktur war weg, der Rahmen, das Narrativ, die Geschichte im Stockwerk über den bloßen Eindrücken. Moment folgte auf Moment folgte auf Moment, nur ohne dass diese Trios auch eine Triole oder Triade oder eben wirklich ein Trio ergäben; es waren nur drei unverbundene Einheiten, nebeneinanderstehend, je für sich und ohne Zusammenhang. Ganz so, als wenn, analog, die Sinnesorgane jene unendliche Flut aus Qualia, der sie ständig und seit dem Erwachen des Bewusstseins des jeweiligen Menschen ja ausgesetzt sind, nicht mehr filtern und zu einem größeren Ganzen integrieren könnten, so wurden die Zeitmomente einfach auseinandergefächert, praktisch desintegriert, parataktisch aneinandergereiht, ohne übergeordnete Ordnungsfunktion, ohne Weil und Sodass. Die Erfahrung hatte sich aufgelöst, die Augenblicke ließen sich kaum mehr in den Zeitstrom fügen, der doch irgendwie, irgendwo weiterfließen musste, nur ohne Jan, wie es schien, der Strom, der immer gleichförmiger, amorpher, zäher und träger geworden war, bevor er Jan wie einen Findling irgendwo abgestellt hatte, um dann weiterzuziehen, und Jan blieb leblos zurück, aus Stein, ohne Puls, ohne Sinn, ohne Bezugsrahmen, mit nichts als einer leeren Sanduhr in den Händen. Die Zeit und ihr Bewusstsein, sie hatten sich entfremdet, betrogen, getrennt und geschieden wie ein mittelaltes, müdes Ehepaar.

Abends fuhr Jan dann vom Parkplatz des Senders auf die große Allee hinunter, wieder in seinem Schlachtschiff aus Chrom, ebenfalls mit Verve, sehr schnittig, sehr sportlich, und nahm nach der Asiendoku, deren Bilder gut angekommen waren in der Redaktion, nun die Kränkung ins Visier: die Kränkung der eigenen Männlichkeit, die ihn juckte und zwickte, im Schoß und im Nacken und in der Seele, und hupte übermütig einen alten Fiat an. Johanna saß neben ihm auf dem Beifahrersitz.

Sie gingen essen, denn das hatten sie schon lange vorgehabt, und es hatte sich angebahnt in Japan, in China, im Sender, wie lange schon? Und nun würden sie bei seinem Lieblingsitaliener sitzen, und er fragte sich, ob Johanna überhaupt den üblichen Small Talk führen könnte, den er so führte wie automatisch, ob sie überhaupt, jenseits der Glitzeremojis und des Churchill-Parfüms und heimlicher Kollegenschelte (und würde sie seine Lästereien überhaupt verstehen, seine Wahrnehmungen, seine Empfindlichkeiten? War sie nicht einfach zu jung?), Themen haben, Gemeinsamkeiten, Anknüpfungspunkte, denn sie war ja noch ein Kind, dachte er plötzlich, und ihm wurde heiß und kalt, ja, sie war eigentlich kaum der Pubertät entwachsen, von seinem Alter aus gesehen, aus seiner Lebensperspektive heraus, und er erschrak, wie er sie aus den Augenwinkeln in den Blick nahm, ihr Nicken und Wippen zur Musik, fast rührend unmusikalisch: Was war er denn da im Begriff zu tun?

Er ertränkte die Zweifel in Nero d'Avola und Grappa, sie brachte sich mit Aperol Sprizz in Fahrt, und im Laufe des Abends gab es dann auch kaum Probleme, was die Gespräche anging, denn früh schon hatten die Hände sich gefunden und einander gehalten, erst verhuscht, dann, mit steigendem Alkoholpegel, immer offener und unverschämter, und auch die Gespräche wurden offener und unverschämter und vertrauter, sie spielten sich mühelos die Bälle zu, und eher war Jan es, der mit ihrer Schlauheit und Schlagfertigkeit Schritt halten musste, als dass sie sich irgendeine Blöße in diese Richtung gegeben hätte. In Wahrheit war Jan ziemlich begeistert von ihr und bestellte noch einen Grappa, um jegliche schnell zu ertränken.

Das Angebot, ein Hotelzimmer zu nehmen, hatte sie dann auch mit einem trockenen »Bitte nicht, und schon gar kein Fünfsternehotel, mein Lieber« quittiert, und Jan hatte sich kurz geschämt. Galt das inzwischen als billig? Was hatten diese »jungen Leute« denn für neue Werte und Maßstäbe, und was galt ihnen noch etwas? Und was galt ihnen nichts?

Fast hätte er Johanna gefragt, aber es war kein Abend für Fragen oder gar Umfragen mehr. Hand in Hand fuhren sie mit einem in ihren Augen gewiss altmodischen Taxi zu ihr nach Hause.

Und landeten schließlich auf einem weißen, weichen Wäschehaufen, der im Flur dalag wie ein Schneeberg, um flugs über den ganzen Boden verteilt zu werden, von zwei Körpern, die gierig und einverständig übereinander herfielen, schamlos im Liebeskampf, und ihre Haut war weiß, und seine Seele war weiß und unschuldig, noch, und der Schneeberg kalbte Gletscher aus, auf denen sie ineinanderglitten – fast. Einmal war er oben, dann wieder sie, und sie erkundeten ihre Münder und Zungen, die zu einem Organ werden wollten, und sie rangen in Lust und zogen einander aus, und sie übersäte ihn mit Küssen, und er leckte über ihre Haut, um die Speichelspur sofort wieder wegzuwischen. Noch hatte er seine Hose an, und sie rieb ihre Vulva an seinem harten Schwanz entlang, der sich durch die Anzughose abzeichnete, sie fickte ihn trocken, reitend, und krallte ihre Hände in seine Hände.

Doch dann wurde Jan sich der Falschheit der Situation bewusst, sein schlechtes Gewissen meldete sich, sehr dumpf und tief unten, aber unbezwingbar da, und er irrte ab, verlor sich, war nicht mehr im Moment, nicht mehr in der Nähe seiner Sinne. Er erinnerte sich blitzartig an sein Leben und an Kathrin, die nun vor ihm stand in Gedanken, die Augenbraue lüpfte und auf offensive Art *abwartete*, mit den Fingerspitzen auf den verschränkten Armen trippelnd; erinnerte sich an seine plötzliche Unfähigkeit ihr gegenüber, an sein Geheimnis, und fand dieses Manöver hier, die eigene Männlichkeit mithilfe irgendeiner Affäre zurückzuerobern, einer Affäre auch noch mit einer sehr viel jüngeren Frau, einfach nur noch geschmacklos, ja, lächerlich. Keiner konnte ein Geheimnis durch ein weiteres Geheimnis wettmachen, wusste er dumpf, und das hier wäre nur ein neues Geheimnis.

Er wollte nicht mehr, hielt Johanna, die ihn noch immer trocken ritt, jetzt fest, hart an den Händen, und hielt sie noch fester, rigider, ohne etwas zu sagen, was die Spannung, den Widerstand weiter verstärkte, und die Intensität des Liebeskampfes dazu, wie es schien, und sie hielt wild dagegen und ritt härter und härter und kam.

Sie ließ sich auf ihn sinken, in seine Halsbeuge, schnaufte, küsste ihn. Er war völlig überrascht und fühlte sich leicht überfahren. Sie flüsterte: »So, und jetzt bist du dran«, worauf er nur den Kopf schüttelte und »nein« sagte, »nein, ich bin nicht dran«, und dann leiser hinzufügte, aber so, als würde nicht er es, sondern es sich aus ihm heraus sagen: »jedenfalls nicht so.«

»Was«, fragte sie erstaunt, »nicht?«

»Nein, Johanna. Sorry.«

»Aber –«

»Ich kann das doch nicht. Nicht jetzt. Ich muss das mit Kathrin hinkriegen.«

»Aha ...« Sie richtete sich auf. »Mir soll's recht sein. Dann geh jetzt bitte und mach kein weiteres Drama. Angezogen bist du ja. Kein Problem, echt nicht, Jan. Mach dir keinen Kopf. Bis morgen.«

Und sie ging los, ins Bad, und schloss die Tür, durch die ein kurzes Lachen drang.

Er hatte sich tatsächlich noch erklären wollen, warum und weshalb, hatte diesem Abend, dieser Erfahrung noch eine Abrundung geben wollen, *seine* Abrundung. Das fehlte ihm jetzt. Er kam sich abserviert vor.

Und zu Recht, dachte er, zu Recht. Morgen würde er mit Kathrin reden, endlich.

Als er schon fast aus der Tür war, drang wieder dieses Lachen aus dem Bad, dann der Ruf, mit fester, heller Stimme: »Und ruf mich nie wieder an!«, und schließlich ein letztes Mal dieses reine, helle, porzellanklirrende Lachen.

WURMLÖCHER

Sie nahmen wieder ihr Zeug: erst Ketamin, dann Speed, dann gestrecktes Kokain (wahrscheinlich), und immer wurden die Einheiten interpunktiert von Discounter-Bier aus Plastikflaschen. Konstantin und Mia warteten auf den Kick, immer wieder, und er kam auch, aber sacht, seicht, nur zur Beruhigung. Jetzt wieder. Ja. Und weiter. Und wieder. Und jetzt. Die Wellensittiche beobachteten sie freundlich.

Doch dann fiel Konstantin (unrasiert, kinnlange Fettsträhnen, sauberes Britney-T-Shirt) der Rachegott wieder ein, schwarz und verpixelt, und er zitterte bei seinem Anblick, und Mia nahm ihn in die Arme und sagte, tanz mit ihm, er ist auf unserer Seite. Die Wellensittiche nickten und pickten in den zerzausten Hirsestauden herum. Ist die Unendlichkeit böse?, fragte Konstantin mit leerem Blick. Nicht zu uns, sagte Mia, nein: Die Unendlichkeit biegt sich leise. Jetzt? Jetzt. Jetzt auch? Und jetzt, und jetzt, und jetzt auch noch, ja.

Wenn du ein Hologramm berührst, wird es feucht, sagte Konstantin. Und wenn du dann daran leckst, wirst du von der Frucht der Unendlichkeit gekostet haben.

Du bist mein Hologramm, sagte Mia. Ich bin dir so nah.

Dann tanzten sie durch die Wohnung, durch die Berge von Kleidern und die Stapel von aus Buchtelefonzellen entnommenen Büchern, Tausende von Büchern, die keiner je mehr lesen würde, die einfach dem weiteren Zumauern dienten, vielleicht auch dem vorsorglichen Aufsaugen von Feuchtigkeit, wer wusste das schon.

Die Wellensittiche, es waren zwei, ein Paar tatsächlich, grün männlich und blau weiblich, so hatte es die Hardcorelesbe gesagt, von der Konstantin die Wellensittiche auf dem Kleinanzeigenportal erstanden hatte, eine imposante, füllige Frau, die geschädigte Tiere aus Tierheimen zu sich nahm, aufpäppelte und dann mit wenig Gewinn wieder verkaufte, ihnen ein neues Leben schenkte; Katzen, Meerschweinchen, Sittiche und Kanarienvögel und noch mehr Katzen und Tiere waren in dem Zimmer, wo der Fernseher lief, gewesen und hatten lauernd aufeinander geachtet. Konstantin hatte auf die beiden Vögel gezeigt in einem Käfig mit fünf oder sechs weiteren Sittichen, und ja, hatte die Hardcorelesbe mit dem Herz für Tiere gesagt, die sind ja auch ein Pärchen, er hat nur den Schnabel zertrümmert, der wächst aber nach (Lüge, wusste Konstantin heute). Eine alte Dame hatte, so erklärte sie, die beiden mit einem Kanarienvogel in einen kleinen Käfig gesperrt, und Rundschnäbel und Spitzschnäbel auf engem Raum: nie eine gute Idee.

Rundschnäbel und Spitzschnäbel auf engem Raum nie eine gute Idee, hatte Konstantin sich gemerkt.

Dann sahen sie die Bilder an, Bilder von den beiden Sittichen, als sie noch ganz klein waren, ganz liebe kleine Dinosaurier, und wie lustig und fröhlich sie in die Kamera geblickt hatten mit ihren schwarzen, lebendigen Knopfaugen, und Mia und Konstantin machten noch ein Bild vom jetzigen Augenblick und stellten es auf den Instagram-Account der beiden, denn sie hatten ihnen einen solchen Account erstellt. Sofort gab es zwei Likes. Dann sahen sie weitere Bilder an, Bilder aus anderen Zeiten, und begannen, die besten auszuwählen und in den Folder zu verschieben, in dem die Bilder ruhten, die irgendwann noch zu posten waren, zum richtigen Zeitpunkt. Dann kifften sie zum finalen Runterkommen.

Kein Zeichen, keine Bedeutung, nur Dasein, sagte Mia, und Konstantin sagte, ich spüre es, uns gibt es sehr. Uns wird es immer geben, sagte Mia, jetzt, und jetzt. Und jetzt, sagte Konstantin, und jetzt auch, und jetzt? Jetzt auch noch, sagte Mia.

FOREVER YOUNG

Sie hörte, wie Keanu die Haustür zuschlug, während sie eine »Doku« über Kreuzschifffahrten sah. Immer machte er es zu laut, immer schien er einen Energieüberschuss in sich zu tragen, der sich mit Aplomb entladen musste. Sie klappte den Computer zu.

»Keanu? Und, wie war's?«

»Wie war was?«

»Warst du nicht bei deinem Vater?«

»Ach so. Ja. Ganz okay. Komisch.«

»Komisch?«

»Ja.«

»Er ist halt auch ein wenig komisch, stimmt schon.« Mildes Lächeln. »Aber wir müssen was machen, weißt du?«

»Ja, ich weiß. Kann ich kurz E-Mails checken?«

»Ja.«

Nur Spam. Kathrin atmete in seinen Rücken hinein, absichtlich, die ständige halbe Kontrolle, aber auch – mehr. Gegenüber hängte eine Nachbarin im BH die Wäsche vor dem offen stehenden Fenster auf, seltsamerweise. Hatte sie keinen Trockner? Kurz trafen sich ihre Blicke, und dann sah wohl auch Keanu sie. Die Nachbarin lächelte und beugte sich ein wenig weiter über. Kathrin wollte sich schon innerlich empören oder es ihr gleichtun. Aber sie hatte sich selbst versprochen, heute mit Keanu zu reden, ernsthaft zu reden, auf die Art, die der therapieresistente Jan wohl »streetworker-mäßig«

oder gar (hatte er einmal) »street-poetry-worker-mäßig« genannt hätte.

Sie fing an: »Du stehst ganz allein mit dem, was du denkst, oder?«

»Was denke ich denn?«, fragte Keanu so gereizt wie geistesabwesend.

»Weiß ich nicht. Was du andeutest.«

»Was deute ich denn an?«

»Sachen. Sachen aus dem Netz, die die Leute gemeinhin als Verschwörungstheorien abtun. Um Wahrheit oder Unwahrheit dieser Sachen geht es mir jetzt aber gar nicht, Keanu, das ist eine andere Diskussion. Es geht mir darum, ob du denkst, keiner ist wie du und du bist allein.«

»Ich kenne genügend, die sind wie ich.«

»Kennst du sie persönlich?«

»Was soll das heißen, ›persönlich‹?«

»Von Angesicht zu Angesicht.«

»Das ist nicht persönlich.«

Kathrin war erstaunt, wie konsequent er seine Gedankenkette der Depersonalisation durchzog. Sie wollte es nun mit irgendeinem Game-Vokabular, das sie aufgeschnappt hatte, versuchen und schmunzelte: »Pass auf, dass du dich nicht mit deinem Avatar verwechselst.«

Keanu verzog das Gesicht. »Ava-*was?*«

»Avatar. Du weißt schon. Das zweite Ich im Netz. Tu nicht so doof, du weißt doch genau, was ich meine.«

»Sagt kein Mensch mehr«, sagte Keanu, blieb aber an der Thematik hängen: »Wenn es so etwas gibt – wo ist dann *dein* zweites Ich?«

»Du lagerst dich aus«, ignorierte sie die Frage; es sollte nicht um sie gehen, bitte lieber nicht.

»Und du versteckst dich«, blieb er bei ihr.

»Keanu – bist du, wenn du an die Schule denkst, völlig abgetrennt von allem und allen?«

»Weiß nicht.«

»Das kenne ich nämlich.«

»Was?«

»Diese Zustände. Man ist wie hinter Glas.«

»Welches Glas denn?«

»Glaubst du, ich war immer die Frau, die ich jetzt bin? Ich kenne Ausschlussmechanismen.«

»Du warst mal so was wie ein Star, habe ich gelesen.«

»Genau, und dann nicht mehr. Und ich weiß sehr wohl, wie es ist, vermeintlich alleine zu sein, wenn die anderen scheinbar nur über einen, aber nicht mehr mit einem sprechen. Kennst du den Unterschied zwischen scheinbar und anscheinend?«

»Ja«, sagte Keanu.

»Ich will dir etwas sagen: Alles ändert sich, nichts bleibt gleich. Wir sind Kippfiguren. Die Positionen sind ständig in Bewegung, auch wenn alles für immer festzustehen scheint, aus der Starre des Augenblicks heraus, oder der Lähmung eines dunklen Jahres. Das braucht seine Zeit. Hab Geduld mit dir, lass es zu. Aber lass auch die anderen zu, in dir. Da mag Glas sein, aber man sieht einander. Man kann einander sehen.«

Er wusste nichts zu sagen; sie hatte anscheinend etwas in ihm angesprochen. Sie setzte nach: »Du denkst jetzt, das ist Lehrerinnengequatsche, oder?«

»Weiß nicht.«

»Ich sag dir was: Ich war früher, nach dieser kurzen Zeit der Prominenz, die übrigens so toll auch nicht war, echt am Boden. Ich möchte nur, dass du das weißt. Und dass du da Vertrauen zu mir fasst. Dass man psychische Grenzsituationen erleiden muss, heißt nämlich noch lange nicht, dass man automatisch zu einem kranken oder schlechten Menschen wird. Eher im

Gegenteil. Aber auch dafür würde ich meine Hand nicht ins Feuer legen.«

»Okay.«

»Sind wir jetzt Verbündete, Keanu? Verstehst du, dass ich dich verstehe?«

»Schätze schon.«

Sie bot ihm die Hand an, und er nahm sie an. Die Berührung kam ihr ganz und gar unverfänglich und unschuldig vor, wenn auch, dann nach einer Sekunde, angenehm, *sehr* angenehm, zu angenehm. Es durchzuckte sie kurz.

Dann sagte Keanu einen seltsamen Satz: »Ist meine Hand jetzt das Feuer, in das du deine Hand legst?«

Kathrin wurde kurz tatsächlich heiß, aber sie nahm diesen banalpoetischen Gedanken auf und spann ihn einfach weiter und sagte: »Vielleicht. Und vielleicht schmilzt sie kurz das Glas. Es ist genau vor uns. Wenn man es durchstoßen will, verletzt man sich bis auf den Puls. Aber wir können Lichtsignale senden, Worte sagen, einander erkennen. Das Glas ist keine Mauer.«

»Und dann gehen wir viral«, grinste Keanu.

»Das tun wir, meinetwegen«, lachte Kathrin, nur leicht verunsichert.

»Okay«, sagte er.

»Hand drauf«, sagte sie.

»Schon wieder?«

»Schon wieder. Feuer frei für unsere Freundschaft, Keanu.«

Und sie schüttelten erneut die Hände, und es war endlich wirklich unschuldig, und da pingte eine Nachricht auf Keanus Smartphone, und er fragte: »Darf ich ins Schwimmbad?«

»Klar«, sagte sie, und sofort war er weg, auf und davon, endlich wieder zu Leuten seines Alters.

Ihr Blick blieb kurz an der Nachbarin hängen, die noch

immer halb nackt im Fenster hing. Sie wusste Dinge über diese Nachbarin, auch wenn die Nachbarin nicht wusste, dass Kathrin sie wusste. Als sich ihre Blicke erneut trafen, nickte sie wie zum Gruß, dann aber nickte sie weiter, länger als einfach nur zum Gruß, und die Geste wurde zur Drohung: *Ich weiß, meine Beste, oh, ich weiß, wer du bist. Lass mir bloß diesen Jungen in Ruhe.*

Dann putzte sie die Küche, und im Hintergrund lief eine der vielen Zoodokumentationen, die im Nachmittagsfernsehen so geboten wurden.

DANN, ENDLICH

»Hier.« Jan hielt Kathrin sein Handy hin.

»Was ist das?«

»Ja, schau mal hin.«

Kathrin versenkte sich in das Bild. Es zeigte einen kleinen Jungen, halb nackt, vor einem Gebüsch mit Blüten, wahrscheinlich Rosen. Die Gesichtszüge waren ihr bekannt, wenn auch nicht so wie hier abgelichtet.

»Das bist du. Wer hat denn dieses Bild gemacht?«

»Stein.«

»Der«, nickte sie, irgendwo zwischen Wissen und Ratlosigkeit. »Und woher hast du das?«

»Von dem Irren. Dem nächtlichen Anrufer, oder ...«, wobei er nickte, wie er im Fernsehen genickt hatte, unschuldig schuldig und vorsorglich zwinkernd: »... der Anrufer*in*.«

»Und was will er? Oder«, wegwerfende Handbewegung, »sie?«

»Ich sage es doch, ich weiß es nicht.« Seine Stimme verengte sich kurz, so, als wenn er die Krawatte, die er nicht trug, zurechtzurren würde: »Und, wie findest du das Bild?«

Kathrin sah die Jahre, die inzwischen vergangen waren, sie sah sie in den aufgequollenen Farben, den verwaschenen Konturen, Weichzeichner der Vergangenheit, Gelbstich der Achtziger. Die Sonne schien dort greller zu scheinen, als sie eigentlich geschienen hatte, damals, da, wie die sich im Gebüsch verfing und wie sie in den losen Zügen dieses Jungen aufglomm, der noch kein Gesicht hatte unter seiner verschnittenen Frisur.

Mein Jan.

Mein Jan mit der Anlage zu einem Gesicht, das keines ist, er hat noch keins auf diesem Bild, alles noch ganz lose und weich. Ein Windstoß, und es fliegt auseinander. Knetbar ist es, in der Mache. Noch kein Gesicht. Noch nicht festgebacken. Mein Jan.

»Befremdlich«, sagte sie. »Gibt es mehrere davon?«

»Ich glaube schon.«

»*Deshalb* bist du so seltsam in den letzten Wochen.«

»Bin ich seltsam, ja?«

Sie schaute ihn an. »Ja. Ich aber auch – aber du auch.« Sie sah wieder das Handybild an. »Und der Typ sagt was?«

»Dass ich ihn sicher nicht mehr kennen würde. Und dass ich schon wüsste, was zu tun sei.«

»Und was ist zu tun?«

»Ich weiß es nicht.«

»Befremdlich. Man sollte zur Polizei gehen.«

»Man sollte vielleicht gar kein Aufhebens machen. Ich meine, wie viel auf dieser Welt ist befremdlich.«

Ja, dachte Kathrin, da sagst du was.

»Ist es denn schlimm?«, fragte Jan. »Findest du, das sieht missbräuchlich aus? Oder pornografisch?«

»Nein, aber es ist – wie soll man das sagen? Es ist jedenfalls nicht richtig. Man merkt, dass etwas nicht stimmt. Ich würde das nicht zulassen bei unseren Kindern.«

»Mir ist nichts passiert dadurch. Oder komme ich dir wie ein Wrack vor seit Jahren, und du sagst nichts?«

»Natürlich nicht. Aber das geht auch mich an. Mir tut das weh, das Bild.«

»Das waren andere Zeiten, die Achtziger«, begann Jan

schon zu relativieren, »eine andere Sexualmoral. Es war freier.«

Kathrin wollte ihm fast einen Vogel zeigen. »Freier. Bei den Katholiken.«

»Ich weiß es doch auch nicht«, sagte Jan. »Es kam uns damals nicht falsch vor. Und wenn die Eltern es wussten, haben sie es sich halt zurechtgedacht. Es war nicht falsch. Es war nur verschoben.«

»Was war verschoben?«

»Die Normen, die Werte. Der Umgang. Nur leicht, über die Jahre. Über die Jahre immer mehr.«

»Ehrlich gesagt, es *sieht* pornografisch aus.«

»Soll man den dementen Greis jetzt anklagen für etwas, an das er sich wahrscheinlich gar nicht mehr erinnern kann? Das macht nur Wirbel, den keiner gebrauchen kann.«

»Nein, Wirbel will keiner. Aber du solltest darüber reden.«

»Mit wem?«

»Nicht nur mit mir. Ich werde eh für ein paar Tage an die Küste fahren, das wollte ich dir sagen. Zum Schreiben.«

»Das ist okay. Das musst du ja auch. Wann?«

»Weiß nicht. Übermorgen?«

»Das ist okay.«

»Aber du musst darüber reden, Jan, glaube ich. Es beschäftigt dich ja.«

»Mit Fremden rede ich nicht über solche Sachen.«

Kathrin spürte ein Kribbeln in der Nase. Dieser Trotz, schon wieder, auf seiner Seite und dann, als Gegenreaktion, auch auf ihrer – das ging so nicht – das musste sofort durchbrochen werden.

Sie sagte, lauter: »Ich räume ständig hinter dir auf, seit Wochen. Weißt du das? Verstehst du das?«

»Du räumst auf?«

»Übertragen.«

»Ach so, ja. Du räumst auf. Ja.«

»Also mach was.«

»Was machen?«

»Eine Therapie, vielleicht. Wenn es etwas ist, das dich bedrängt, solltest du dich ihm stellen. Mehr sage ich gar nicht.«

»Schon klar. Du hast ja recht.«

»Ich weiß.«

»Ich werde mich dem stellen. Ich werde die Konfrontation suchen. Tue ich ja schon, ich habe schon mit Malte und Johannes gesprochen. Ich räume das auf.«

Er schaute entschieden in eine vorgestellte Ferne. Kathrin wurde innen weicher und dachte wieder: Mein Jan.

Sie sagte: »Und eigentlich, wenn man es sich einfach so anschaut. Ohne voreingenommen zu sein. Eigentlich.«

»Was?«

»Sieht es auch – ganz hübsch aus?«

DE AETERNITATE

Stein vor der Dusche, nackt, wie jeden Tag. Er sitzt da mit seinem Penisprügel, und man kann nicht erkennen, ob das eine halbe Erektion ist, aber wahrscheinlich schon. Wir kennen uns da nicht so aus. Es ist faszinierend und macht Angst. Am Ende spritzt er uns kalt ab und hat ein irres Vergnügen dabei.

Wir haben etwas ausgefressen, deshalb müssen wir jetzt Steinbrocken im Matsch herumtragen, die Gartenanlage aufhübschen, zum ästhetischen Umfeld beitragen, Buße tun im Schweiße unserer Drüsen. Stein beobachtet uns dabei. Später sollen wir den Schweiß abduschen, auch da beobachtet er uns, spritzt uns ab, dieses Abspritzen allein, was das heißt – und nimmt uns später mit auf die Wiese, noch nackt, um uns zu fotografieren.

Wir stehen da, wir liegen da, wir machen einfach mit. Wenn ich mich in das Objektiv hineinversetze, sehe ich etwas Schreckliches: Unschuld, die schockgefroren wird; ein Augenblick, der uns auf alle Zeit kontaminiert, der die Zeit in sich aufhebt und zum Verschwinden bringt. Es geht ein Schwelbrand aus von da. Die Tat ist getan, und wir wissen es nicht einmal, schau, wir haben keinen blassen Schimmer, wir wissen es einfach nicht, auch heute.

Zwei Wochen später fragen wir ihn, was mit den Fotos sei, und er sagt, sie seien nichts geworden.

Sie seien einfach nichts geworden.

SCHRECKSEKUNDEN

»Also was«, sagte Johannes, der Staranwalt (so sah und gerierte er sich zumindest), »wovon reden wir?«

Malte zeigte auf Jan: »Er hat damit angefangen. Und jetzt macht es in mir weiter.«

»Was macht weiter?«, fragte Johannes.

»Diese Unruhe«, sagte Malte. »Entschuldigt, aber da stimmt etwas ganz und gar nicht.«

Jan nickte: »Du musst dich nur ein paar Wochen zusammenreißen. Wie ich. Dann ist es einfach nicht passiert.«

»*Was* ist denn passiert?«, fragte Johannes, die Seidenkrawatte bauschte über seinem fein betuchten Wohlstandsbauch. »Oder – nicht passiert?«

Malte gestikulierte hektisch. »Jetzt tu du nicht auch noch so. Es ist doch alles offensichtlich. Es war sogar Schulhofgespräch. Ständig.«

»Eben«, sagte Jan, »es war immer alles –«

Johannes unterbrach ihn mit einer schroffen Geste; sie waren anscheinend schon in einer Art Prozess. »Nein, jetzt lass ihn mal. Was meinst du, Malte?«

»Wir wurden – letztendlich – «, setzte Malte an.

»Ja?«

»Wenn man es wirklich genau betrachtet –«

»Ja?«

»– und man es womöglich leicht überspitzt, wenn man die tausend Fakten und Splitter zusammennimmt und *einmal* wie ein Unbeteiligter betrachtet, was da, also, was da eigentlich passiert ist, und wenn man es in eine bestimmte Richtung denkt und wahrnimmt, die nicht angenehm ist, sicher nicht, ganz im Gegenteil, die unangenehm ist und sogar grausam, grausam auch gegen einen selbst, grausam aber auch gegen die eigene Herkunft, wenn man das alles übereinanderlegt, dann, dann, ja –«

»Dann sieht man gar nichts mehr«, fiel Jan ihm ins Wort.

»Im Gegenteil«, rief Malte aus. »Es ist offensichtlich!«

»*Missbraucht,* will er sagen«, fasste Johannes zusammen und schaute salomonisch zu Boden.

»Das ist ein heftiges Wort«, sagte Jan.

»Aber es *ist* so«, sagte Malte, die Glatze voller kleiner Schweißperlen, und sah Jan dabei das erste Mal offen an. »Du wurdest fotografiert, und du auch. Richtig? Richtig?«

»Ein Foto ist noch kein Übergriff«, sagte Jan.

»Und ob ein Foto ein Übergriff ist!«

»Langsam«, beschwichtigte Jan, »es *kann* einer sein. Ich glaube aber, dass neunundneunzig Prozent der Fotos völlig harmlos waren.«

»Das eine Prozent vergiftet alle anderen«, fing Malte sich wieder und ballte die Faust. »Und überhaupt, es zählt die Haltung, die Absicht. Leute, es ist einfach klar. Die Fotos sind nur ein Übergriff von vielen. Der hat sich gut einen auf uns runtergeholt. Auf unsere Fotos. Wenn ich mir das alles vor Augen führe, das Duschen, den Ständer, die Strafen, diese Körperlichkeit.«

»Ein nackter Pater ist ein Bild, das nicht jedem einleuchtet«, versuchte Jan noch, süffisant zu sein, aber es misslang, und sein Lächeln misslang auch.

»Was willst du machen?«, fragte Johannes ruhig.

»Ich will die Fotos sehen.«

»Warum?«

»Ich will wissen, wie das aussieht. Wie ich aussehe. Was mit mir gemacht wurde. Was ich da war. Und bin.«

»Die gibt es nicht mehr, die Fotos«, sagte Jan.

»Natürlich gibt es die.«

»Und wenn du sie hast, was bringt dir das? Du hättest doch gar nichts gemacht, wenn ich dich nicht drauf angesprochen hätte.«

»Wieso hast du uns eigentlich drauf angesprochen?«, fragte Johannes, und Malte sekundierte: »Ja, wieso?«

Jan fühlte sich in die Ecke gedrängt und wiegelte ab: »Ich dachte mir nichts dabei.«

»Es scheint dich beschäftigt zu haben.«

»Aber nicht so«, sagte Jan, mit Blick auf Malte, »so hysterisch.«

Malte setzte sofort zum Gegenangriff an und zischte in Richtung Jan: »Vielleicht waren es bei dir ja nicht nur Bilder? Du warst doch der Oberliebling. Wieso eigentlich? Ist es in deinem Fall nicht nur bei Bildern geblieben, Jan? Unser Glitzerstar, mit seiner Vorzeigebiografie?«

»Also bitte«, wehrte Jan ab, aber es war schon zu spät. Kurz setzte die Zeit aus, und Jan fühlte sich einer Ohnmacht oder Absenz nahe. Denn Malte hatte ja recht: Jahrelang hatte Jan sein Leben auf- und angeschichtet, Schicht um Schicht in die Höhe, ein gerader Weg, ein solider Gang, ein Aufstocken des Erfolgs, jedes Jahr mehr, jedes Jahr stabiler. Und nun, was passierte nun? Er sollte da also etwas gewesen sein. Was sollte er gewesen sein? Ein Opfer? Wer sagte das? Wer redete denn da so verblödet? Und doch, das Gerede würde weiter anschwillen, es lag in der Luft, in dieser Kanzleiluft genauso wie in der lauten abgasgetrübten Luft draußen, und es würde sich bald Bahn brechen wie ein heraufziehender Wolkenbruch, schwanger von alter, bleigrauer Zeit. Wer sagte das denn? Etwas in Jan sagte es, und Malte sagte es, und Johannes sagte es, und alle sagten es, und ebendieses Gefühl, ein Gefühl in ihm, das seine Form wechselte, das seit Jahren herangereift war, das er abgewehrt und klein gehackt hatte, und dennoch kam es wieder und wieder, und jetzt würde es nie wieder gehen. Was war ihm denn widerfahren? Doch nichts Schlimmes? Und wenn, es war eine eh irritierende Zeit gewesen, die Pubertät, die ersten Triebe im Kopf und im Körper, Zeit der irren Aufklärung und der hastigen, heftigen Selbstfindung. Wenn etwas gewesen war, so war er doch selbst dafür verantwortlich?

Und diese Verantwortung musste Jan jetzt übernehmen. Die Zeit setzte wieder ein.

»Also gut«, sagte er, holte sein Handy hervor, öffnete den Folder mit dem Bild, öffnete das Bild und, »hier«, übergab es ihnen, »ich hoffe, das ist kein Fehler.«

Malte und Johannes beugten sich über das Bild und studierten es wortlos. Johannes fuhr dann auf, ging zum Fenster und blickte hinaus.

»Woher hast du das?«, fragte Johannes.

»Wurde mir anonym zugesandt.«

»Hast du auch eins von mir?«, fragte Malte.

»Was? Nein.«

»Anonym?«, fragte Johannes. Er überblickte noch immer die Stadt, bedeutungsschwer, so als wäre es seine.

»Ja.«

»Verstehe«, schloss Johannes und drehte sich um, »du dachtest, das wäre einer von uns beiden gewesen. Deshalb hast du so komisch gefragt, so«, mit Blick auf Malte, »hysterisch.«

»Ich wollte nur wissen, ob ihr auch welche bekommen habt.«

»A-ha«, sagte Johannes.

»Ist das überhaupt etwas, womit man jemanden erpressen kann?«, wollte Jan wissen, aber Johannes schien seine Funktion als Jurist jetzt kurz abgelegt zu haben und sagte: »Weiß nicht.«

»Und ob«, insistierte Malte. »Jetzt sehe ich es. Porträt des Machers als junges Opfer. Das ist ein Druckmittel.«

»Es ist einfach ein Hirnfick«, sagte Jan düster.

»Dein eigener Sender würden dich zerfleischen«, sagte Malte leise, »aber perfide, ganz perfide.«

»Das wüsste ich aber zu unterbinden. Und schaut doch mal genau hin, es ist überhaupt nicht schlimm. Wo soll denn da ein Opfer sein?«

»Wieso hast du es dann verheimlicht?«, fragte Johannes, und er hatte einen Punkt. Jan wusste nichts darauf zu sagen.

»Hast du noch mehr Bilder?«, fragte Malte. Er betrachtete das Bild noch immer.

»Ja. Eins.«

»Von dir? Ganz nackt?«

»Ein wenig.«

»Was soll das heißen, ein wenig nackt?«

»Der Typ hat auch angerufen. Und gesagt, er wollte nur auf etwas hinweisen. Ich wüsste schon, was zu tun sei. Mehr wolle er nicht.«

»Da will dir einer eins auswischen«, sagte Johannes, »und uns. Uns allen.«

»Und dann hat er noch etwas gesagt, etwas Irres.«

»Was denn?«

Jan nahm sein Handy zurück, »darf ich mal?«, und suchte eine SMS heraus und las sie dann vor: »›Hyänen, die verwundet sind, reißen sich voller Lust die Eingeweide aus dem Leib und verschlingen sie, bis sie sterben.‹«

Johannes machte ein unverständiges Gesicht: »Was soll das denn heißen?«

»Weiß ich nicht.«

»Ist das eine Drohung?«, fragte Malte entgeistert, »Hyänen machen – *was?*«

Und plötzlich mussten sie laut auflachen, alle drei, lauthals, wie befreit, und waren kurz in diesem Lachen angesichts der ganzen Absurdität wieder vereint.

Jan fing sich wieder und sagte: »Jedenfalls bitte ich euch um Stillschweigen. Ich will es nicht bereuen, euch das gezeigt zu haben.«

Johannes und Malte nickten.

»Ja«, sagte Malte, »Schritt für Schritt jetzt. Wir müssen die Kontrolle behalten.«

»Ich glaube«, sagte Johannes ernst, »die Kontrolle haben wir längst nicht mehr.«

DRITTER
TEIL

DIE KÜSTE, DIE GEZEITEN

Kathrin litt unter Fiktionsallergie. Leiden war das falsche Wort; sie pflegte diese Abneigung, die sich über Jahre, Jahrzehnte entwickelt und dementsprechend festgesetzt, ja, chronifiziert hatte – sie pflegte diese Abneigung fast leidenschaftlich. Nachdem sie sich langsam von Romanen (sie waren alle so *schlecht* oder allzu *literarisch*, und Erzählungen, Kurzgeschichten, Lyrik und Theater waren nie ihr Ding gewesen) verabschiedet hatte, waren fiktionale Filme an der Reihe gewesen. Sie konnte es einfach nicht mehr aushalten, sich ausgedachte Geschichten vorsetzen zu lassen, die irgendwem aus dem Kopf gepurzelt waren und nun sinnlos herumeierten wie die unerträglichen Kinder in den Biedermeiercafés. Nein, sie brauchte das reale Leben. Es hatte mit Dokumentarsendungen begonnen, mit Features über krebskranke Teenager, verlorene Eltern und ehemalige wie aktuelle Nazis. Talkshows hatten diesen Durst nach dem Realen weiter gestillt und doch auch verschlimmert; man kennt diesen Effekt vom Alkohol. Eine Fiktion auf Filmlänge hielt sie höchstens noch im Kino aus, in Gesellschaft, wie eine Pflichterfüllung, eine ausgelagerte Hausaufgabe. Das wahre Vergnügen waren dann die Reality-Formate, die sie sich in langen Binge-Nächten reinzog: Datingshows mit einem Bachelor oder einer Bachelorette im Mittelpunkt des Balzens stets körpergestählter und tätowierter Kandidaten oder Kandidatinnen. Paarformate auf karibischen Inseln, alle B-

Promis nackt und innerlich tot, und wer aus einem Format rausgeflogen war, tauchte ein halbes Jahr später im nächsten wieder auf, noch dunkler zutätowiert, noch bitchiger und gestählter, mit potenzierten Followerzahlen auf Instagram, die Konflikte wie aus dem Nichts hochdramatisch aufgepäppelt – einfacher Konsum. Sie sah die Sendungen, wie andere Süßigkeiten aßen. Sie konnte nicht genug Zucker kriegen. Nicht, dass sie ihr Leben oder ihre Intellektualität vernachlässigte, die Debatten wurden stets beobachtet, der Inhalt des Kühlschranks auch. Nur die Fiktion hatte Kathrin verloren, rein als Zuschauerin. Es gab keine Romane und Filme mehr in ihrer Welt. Es fiel im Bekanntenkreis nicht weiter auf – die waren alle eh zu den Serien abgewandert.

Und doch wollte sie jetzt, genau jetzt zurück in die Fiktion – oder was schrieb sie da? Was war das für eine Art von Fiktion, wenn überhaupt?

Sie schrieb: *Du weißt noch nichts von dir. Oder wenig – denn du weißt noch nichts von mir. Du denkst, ich weiß nicht, was du treibst, was dich treibt, was uns treiben wird und trieb. Du denkst, ich weiß nicht, was du nimmst, und dich – was dich nimmt, täglich, in Gedanken. Du denkst, ich weiß nicht, was, wie du sagen würdest, deinen Kopf fickt. Aber ich weiß es. Oh, ich weiß.*

Kathrin verzog das Gesicht. Und schrieb weiter: *Du wartest auf das Erwachen. Du wartest nicht, nein; ich warte. Auf was, worauf? Auf das Knallen der Sprengkapsel, den heftigsten Blutschub, den ersten Rausch, mit dir begangen, begangen die Grenze, die Untat, sogar das Verbrechen, das da lauert und lockt hinter den Paragrafen und tief, so tief unter die Haut gehen will, tiefer, noch tiefer, kein Schnitt mehr, nein, mehr.*

Sie ließ sich eine weitere Kanne Kaffee bringen und dachte: *Auweia, zum Schlagertexten wird es wohl reichen.* Dann kippte sie zwei Tassen Kaffee mit viel Zucker und Sahne und ging auf und ab in ihrem Usedomer Domizil und betrachtete die unwirklich antiken Möbelstücke.

Sie war also an die Küste gefahren, wie angekündigt, in ein altnobles Ostseehotel, und hatte dort eine Suite angemietet mit der Möglichkeit, den Raum so dunkel zu halten wie nur möglich, und die dichten, dunkelblauen Vorhänge waren denn auch fast den ganzen Tag zu, nur morgens gönnte sie sich und dem Zimmer etwas Licht und Klarheit, dann zog sie sie wieder zu und machte es dunkel und schaute Pornos, die Kategorien systematisch durch (die asiatischen Mangapornos mit den Meeresungeheuern machten sie seltsamerweise am meisten an), und versuchte sich dann an jeden Sexpartner ihres Lebens zu erinnern, schrieb je ein paar Adjektive, Praktiken, Geruchserinnerungen und Gedächtnisbilder auf, und die jeweilige Genese, wenn noch erinnerbar, also: wie es dazu kam; und das Gefühl danach, und wie es endete. Manche Namen wusste sie nicht mehr und fand das ein dummes Klischee; und ihr fiel die Orgie wieder ein, die ihr einen heißkalten Schauder der Scham über den Rücken schickte.

Aber es war nun einmal so.

Und sie lebte fast nur noch von Kaffee und Wein und Lachsbaguette und hatte schon wieder dieses Koffein-Zucken unterm linken Auge, den alten Tic, den sie schon kannte. Trotzdem: noch eine Tasse, noch mehr Zucker, bitte bis hin zum nächsten Zuckerflash, der hoffentlich einen weiteren Kreativschub nach sich ziehen würde.

Dabei war sie sich gar nicht sicher, was sie da schrieb und ob es überhaupt je das Licht der Öffentlichkeit erblicken würde. Es war an sich eine einzige Sexorgie sowie eine ziemliche Schmonzette, die sie da hinhackte, es ging um eine Familienmutter und einen minderjährigen Jungen, die Sex miteinander hatten, *mein Gott,* dachte sie, *irgendwo muss es ja nun ein-*

mal hin. So könnte es gebändigt werden, vielleicht, und noch etwas Neues draus entstehen, vielleicht, und sie hätte nicht nur dieses Begehren kanalisiert, sich einen papierenen Keanu erschaffen, in dessen Sexus dann alle gefühlte oder auch nur vorgestellte Lust (denn das war es ja vor allem) hineinfließen und -strömen und ihrethalben auch -schäumen könnte, sondern gewiss auch ihr Comeback eingeleitet, nach zwanzig langen Jahren des halbverschämten Erinnerns und des gänzlichen Vergessenwerdens. Nicht der schlechteste Plan, nicht die wenigsten Fliegen zwischen zwei Buchklappen, nicht die dümmste Idee.

Catharina, die nicht nur ihre Freundin mit dem polyamourösen Lebenskonzept war, sondern eben auch ihre alte und noch immer ziemlich fähige Agentin, stand dem Ganzen jedoch, wie sich nach der Lektüre der ersten zwanzig roh hingehauenen Seiten in einem ersten, weinbeschwingten Telefonat zeigen sollte, eher skeptisch gegenüber:

»Wen willst du denn damit noch schocken, Liebes? Geh doch mal in eines dieser Foren, dann hast du nach einer halben Stunde keine Lust mehr auf sexuelle Themen.«

»Das musst du gerade sagen, mit deinem Mango-Lasse.«

»Sehr witzig, soll ich mal deinen Fun-Jan mit despektierlichen Spitznamen überziehen?«

»Ist es denn wirklich so peinlich? Der Text bis jetzt?«

»Ich weiß nicht, sexuelle Themen sind einfach durch, wenn du mich fragst. Vielleicht liegt es aber auch nicht an den Büchern, sondern an den Lesern. Die sind einfach überfüttert.«

»Nee, es liegt an den Büchern. Allein, wie die meisten ihre Geschlechtsteile bezeichnen und beschreiben, da wird mir übel. Nur, wie bessere Wörter dafür finden?«

»Dann liegt es aber nicht an den Wörtern, sondern an uns, Liebes.«

»Kann sein.«

»Und, Kathrin, das ist aber schon – Fiktion, alles. Oder?«

»Klar, glaubst du, ich bin pädophil?«

»Wer weiß. Schon recht drastisch. Brillant ist es ja, auf seine Weise, aber irgendwie auch – blümerant.«

»Blümerant? Meinst du blumig?«

»Schießt ins Kraut, aber so – ins Orchideenkraut. Oder wie soll ich das sagen.«

»Orchideenkraut? Bist du jetzt unter die Lyrikerinnen gegangen, oder wie?«

»Vielleicht, um dich zu spiegeln?«

»So eine Scheiße schreib ich jedenfalls nicht.«

»Kennst du dieses Prince-Album, Lovesexy?«

»Nein.«

»Findest du nicht, dass Orchideen etwas Nonbinäres haben? Sowohl Penis als auch Blume? Und Prince hatte das auch, und schau dir mal zumindest das Cover an von dieser Platte, und vielleicht mal reinhören und mehr in die Richtung gehen, in Richtung Feier der Liebe und der Sexualität, als schon wieder neurotische Katastrophen heraufzubeschwören.«

»Catharina, bist du irgendwie drauf?«

»Nein, wo denkst du hin.«

»Ich frag ja nur.«

»Und – ich weiß ja nicht, Kathrin, aber ganz schön herb und krass, dein Lolitus da, und manchmal auch viel zu süßlich, schon auch Hardcorekitsch. Und auch sehr hetero, wenn ich das so sagen darf.«

»Aber dieser Viktor ist doch eher ein Jüngling, griechisch, ephebenhaft, vor jeder finalen sexuellen Zuschreibung. Da ist doch noch gar nichts entwickelt. Auch untenrum.«

»Dafür wird aber ganz schön viel gebumst da.«

Kathrin musste lachen, und Catharina auch, sie lachte wieder so therapeutisch befreit, wie sie seit etwa einem Jahrzehnt zu lachen pflegte: Es konnte einem auf die Nerven gehen, man konnte es aber auch bewundern.

»Aber mach mal weiter, Süße«, sagte Catharina fröhlich durch den Hörer. »Du lässt dich ja eh nicht abhalten. Wir bleiben dran. Die Ersten haben auch schon Interesse bekundet.«

»Ja? Und wer?«

»Sag ich dir nicht, sonst flippst du wieder aus vor Größenwahn oder spürst zu viel Druck und machst dich ganz klein und wirfst die Flinte gleich ins Korn oder wasweißich. Aber nicht die kleinsten Namen und Verlage, so viel kann ich sagen.«

Abends trank Kathrin stets Wein, und das Leben machte wieder kurz Spaß, genau wie der Gang durch die Dünen, wie der Kauf auch einer gelben Joppe, und fast wollte sie mit den riesigen Möwen sprechen, nein, wirklich parlieren. Zwölf Tage hatte sie sich freigegeben, zwölf Tage ohne die Kinder, zwölf Tage ohne Jan und ohne Keanu, einfach leer geräumt alles, wenigstens für diese überschaubare Phase. Und nach diesen zwölf Tagen wären die sechs Wochen seit der verdammten Orgie auch vorbei, und sie könnte endlich wieder Sex haben, vielleicht sogar mit Jan.

Dann ging Kathrin unruhig auf und ab in ihrem feudalen Ostseezimmer, es war alles noch dunkler und samtener geworden, denn der Computerbildschirm hatte sich ausgeschaltet. Sie wischte ihn an und schrieb:

Dann fickten sie endlich im Fahrradkeller, sie hatte erst ihn, dann sich ganz ausgezogen, ihn zärtlich aufgerichtet und seinen jungen, frischen Schwanz mit Spucke und Reiben zum Glänzen gebracht, zum Glänzen und Stehen im Mondschein, und Viktor glänzte auch, sein schönes Porzellangesicht über der Engelstolle, seine nackte, weiche Hühnerbrust, Schweißtropfen darauf, und sie drehte sich um und machte einen derben Schritt zurück und verschlang ihn ganz mit ihrer Vulva, um sich und ihn hochzupumpen, hoch, weiter hoch, höher, weg von der Erde. Er machte mit, nahm ihr Becken unschuldig tastend in die Hände, und sie fickten los, sie fickten sich die Hirne raus, im Rhythmus der Nacht, hinter ihnen der leere Schulhof, über dem der Mond stand wie ein vor Neid erblasster Voyeur.

KAIROS

So ging es nicht. So ging es gar nicht. Irgendjemand hatte noch sein Bild, und wahrscheinlich noch eines oder zehn, und andere Bilder von anderen, womöglich Tausende – und er war sich ziemlich sicher, wer. Jan entschloss sich, nach Hause zu fahren, nur für ein paar Tage, um sich den wirklichen Verlorenen zu stellen, und *dem* wirklich Verlorenen, dem Abgrund, den er stets gemieden hatte: zum Beispiel Konstantin.

Er sagte seiner Mutter Bescheid, dass er auf einen Kaffee vorbeikäme, auf einen Irish Coffee, das war Tradition bei ihnen. Traditionell auch checkte er in seinem alten Hotel in der Thomas-Mann-Straße ein, denn seit Jahren schon übernachtete er nicht mehr bei seiner Mutter, wenn er sie besuchte, egal ob *driving home for christmas* oder nur als Stippvisite zwischen zwei Deutschlandterminen. Traditionell auch betrank er sich erst einmal in der alten Bar seiner Abiturtage. Ein Gespräch mit zwei Frauen misslang, sie missverstanden und schnitten ihn, dachten wohl, der TV-Typ denke, er könne hier schnell was klarmachen, dabei ging es ihm um alles, nur um das nicht. Er wollte nur ein paar normale Worte hören und sprechen, aber sie nannten ihn »Spasti«. Er war fassungslos, bestellte noch ein Wegbier in der Flasche und ging.

Man will irgendeinen Zustand der Kindheit zurückholen im Alkoholrausch, dachte er, die Intensität der frühen Jahre heraufbeschwören, manchmal noch mit alten Comics und vergilbten Jahrbüchern, was aber auch immer schwieriger wird; stromert durch die alten, bekannten Straßen, die jetzt so anders aussehen, teilweise wirklich anders, neu verbaut oder neu verfallen, und teilweise anders nur durch den eigenen Blick, durch die wachsende Erfahrung, die sich zwischen das damalige und das jetzige Ich gelegt hat. Am Dorfbach, an dem er früher die kleinen Spinnen gefangen hatte mit Sören, hielt er kurz inne und weinte still.

Dann holte er sich die teuerste Rotweinflasche an der Nachttanke, ließ sie öffnen und ging weiter, *einfach weiter, wie ein Edelpenner,* dachte er. Hier der Spielplatz, hier die Ecke mit den lachenden Mädchen, hier der Besäufnisplatz mit Holger, wo sie die bellenden Hunde in der Nachbarschaft zurückangebellt hatten, *wuff wuff wuff,* einen kurzen Sommer lang gefühlt jeden Freitag.

Auf dem Rückweg zum Hotel fühlte er sich verfolgt, aber als er stehen blieb, sich umdrehte und Ausschau hielt, war da natürlich niemand, nur der Wind in den schwarzen Ästen.

Am nächsten Morgen hatte er dann das Frühstück verpasst, wie so oft, und er kündigte sich bei seiner Mutter an, die ihn zwei Stunden später fein hergemacht empfing. Alles wieder ganz rein und sauber und einsam, dieses Teegeschirr, dieses Kerzenensemble, selbst das feierlich aufgetischte Frühstück. Er war froh, dass es ihr gut ging, auch wenn er den Jan-Drescher-Schrein, den sie da aus ihrer teuren, kleinen Eigentumswohnung gemacht hatte, kaum aushielt. Jede Story, die sie in der Presse oder im Netz hatte ausfindig machen könne, hatte sie ausgedruckt, und Snapshots seiner Moderationen, und Bilder, Bilder, Bilder aus seiner verschütteten Kindheit. Er nahm es mit Humor.

Dann machte er sich auf zu Konstantin.

STUCK

Konstantin hatte nichts gegen ein Treffen gehabt, was Jan überrascht hatte, denn er hatte ihn als trotzigen, fertigen Typen in Erinnerung behalten, damals vor zehn Jahren, als sie sich das letzte Mal auf der Straße zufällig gesehen und ein paar Worte gewechselt hatten. Die Verachtung stand Konstantin schon damals ins Gesicht geschrieben, und Jan wahrscheinlich auch.

Ein säuerlicher Geruch schlug ihm entgegen, als er die Wohnung betrat, und sofort wusste Jan, warum Konstantin ihn zu sich nach Hause eingeladen hatte: Er wollte ihm das Elend wie auf dem Präsentierteller unter die Nase halten, *hier, das ist die andere Seite eures ganzen verdammten Glücks.* Eine halbjunge Frau hatte geöffnet und sich als »Mia« vorgestellt und Jan von oben bis unten gemustert, dann sein Gesicht genau in den Blick genommen, seine Augen. Die ihren waren glasig verschliert, doch wach.

Jan konnte es nicht fassen, wie Konstantin lebte: Überall lagen Decken über Decken, unter denen Tand und Zeug und Dreck hervorlugten, überall standen menschenkörperhohe Bücherstapel mit alten Billigbüchern herum und drohten jeden Moment einzustürzen, daneben DVD-Türme, daneben weitere, wirklich monumentale Kleiderhaufen. Es roch und wirkte feucht. Zwei Wellensittiche beobachteten traurig die Szenerie. Und als wollte er ironisch wirken, dröhnte der riesige Fernseher eine Trash-TV-Dokumentation über kaputte

Messies in verlassenen Vororten ins Zimmer, eine Sendung, die Jan wahrscheinlich auch noch irgendwann verantwortet hatte.

»Dir soll es nicht gut gehen«, begann er nach einer knappen, kalten Begrüßung. Mia hatte sich zurückgezogen.

»Soll es das, ja? Und *du* willst mir helfen?«

»Ja, schon.«

»Ist bei dir das Christentum ausgebrochen?«

»Sozusagen.«

»Fantastisch«, winkte Konstantin ab, »nein, danke. Mir geht es gut, wie du siehst.«

Der Zynismus der Verzweifelten, dachte Jan. »Du hattest diese Anfälle.«

»Ich komme zurecht.«

»Wann war der letzte?«

»Geht dich nichts an.«

»Oder bist du gerade in einem?«

»Wenn ich in einem wäre, würde ich es nicht wissen.«

»Ich will nur verstehen.«

»Wirst du nicht, kannst du nicht. Was willst du?«

»Konstantin, ich habe ein Problem.«

»Du. Ein Problem. Und das wäre?«

Jan hatte sich jetzt nicht mehr unter Kontrolle.

»Wenn du dafür verantwortlich bist, fucke ich dein Leben ab.«

»Ist es schon.«

»Deshalb ja. Ich fucke es endgültig und unwiederbringlich ab. Glaub mir.« Er zitterte.

»Gerade klingst du wie der Asoziale, der Verrückte, und nicht ich.«

Jan nahm innerlich Anlauf und fragte: »Hast du bei mir angerufen?«

»Wieso sollte ich?«

»Weiß ich nicht. Hass, Neid, Langeweile.«

»Bisschen viel für einen Anruf.«

»Wenn du es bist, Konstantin, dann – dann –«

Jan konnte nicht weiterreden, fand keine Worte. Konstantin richtete sich aus seiner Hängerlage im wirklich absurd durchgesessenen, schon elliptischen Sofa auf, steckte sich eine Selbstgedrehte an und sagte: »Bin ich jetzt für jeden Scheiß verantwortlich, oder was? Immer kommen sie zu mir, wenn irgendwo ein Mülleimer brennt. Immer zu mir!«

»Wenn du es bist, bitte ich dich, es zu unterlassen«, sagte Jan ruhig.

»Okay, nur theoretisch, nur zum Fick: Stellen wir uns vor, ich wäre es. Nein, okay, ich bin es. Ich gebe es zu!«, rief Konstantin. »Aber was?«

»Tu nicht so«, sagte Jan. »Du hast einen Hass, einen Hass auf die Schule. Und auf mich.«

»Auf dich? Du bist mir so was von egal.«

»Aber auf die Schule hast du den Hass.«

»Auf diesen Pädoverein? Auch da bin ich milder geworden. So mild. Ist doch eh vorbei.«

»Haben sie dir was angetan?«

»Spielt keine Rolle mehr. Spielt alles keine Rolle mehr.«

»Tut es wohl.«

»Nicht für unsereinen. Eine Rolle spielt es nur für die, die noch eine Rolle spielen. Und wieso sollte ich dir was darüber erzählen?«

»Wenn du es bist, der mich gerade terrorisiert – dann lass uns reden.« Jan versuchte es jetzt sanfter, therapeutisch, im Ton eines Streetworkers – so wie Kathrin es vielleicht getan hätte. Da baute sich Konstantin mit den Händen in den Hüften auf und sagte:

»Ja. Ich bin es. Ich bin der böse Mann.« Dabei starrte er Jan offen und düster ins Gesicht.

Durch den fuhr ein befreiender Schock, ein Erbeben, das sofort in eine langsam wachsende Euphorie umschlug. Endlich hatte er ihn, endlich konnte er die Ursache dingfest machen, den Grund und den Anlass für seine zerrütteten Monate. Endlich hätte er sein Leben wieder in der Hand.

»Wieso machst du das?«, fragte er leise.

»Weil ich es nicht mehr aushalte. Euren Erfolg und meine Zerstörung. Es reibt mich auf, es ätzt mich weg. Es zerfrisst mich von innen.« Während er das sagte, hielt Konstantin die Augen geschlossen, und seine Stimme bebte, und sein Körper auch.

»Aber ich kann nichts für deine Zerstörung«, sagte Jan.

»Denkst du, denkst du.«

»Und woher hast du die Bilder?«

»Geheime Quelle.«

»Und was willst du damit erreichen?«

»Eine Korrektur.«

»Wir können das regeln, Konstantin. Wo sind sie?«

Konstantin blickte starr zur Decke und flüsterte: »Überall. Sie sind überall.«

»Was heißt das?«, fragte Jan irritiert.

»Ja, siehst du sie denn nicht? Überall, an jeder Ecke, sie verfolgen und beschatten dich.«

»Was?«

»Sie sind überall, einfach überall.« Konstantin raufte sich das Haar, hob die Arme wie ein wirrer Prediger und schüttelte den Kopf. »Überall!«

Jan erschrak. »Im Internet auch?«

Da veränderte sich Konstantins Gesichtsausdruck, und vom irren Prediger mutierte er in Sekundenschnelle wieder zurück zum zynischen Verlierer mit bitterem Grinsen.

»Jan, halt's Maul, Mann. Ich bin nichts. Ich weiß nicht, wovon du redest.«

Was? Jan fiel die Kinnlade herunter. »Was soll das?«

Konstantin fläzte sich wieder hin und suchte nach Stummelresten im Aschenbecher. »Du sagst mir ja nicht einmal, worum es geht. Und soll ich dir was sagen? Mir ist es auch egal. So egal ist mir das alles inzwischen.«

Jan war wieder geschockt; wenn das wahr war, hatte er nichts in der Hand, nichts. Verzweifelt sagte er: »Ich glaube dir nicht.«

»Dir wird nichts anderes übrig bleiben«, sagte Konstantin trocken. »Welche Bilder überhaupt?«

»Gar keine.«

»Ach, vielleicht so ein paar Pädobilder, ja?«

»Nein.«

»Klar, jetzt raffe ich es. Wurde der arme Jan auch abgeschossen damals, und jetzt verfolgt es ihn plötzlich ganz gemein?«

Jan hielt das nicht mehr aus, nicht den verbitterten Loser vor sich, nicht dessen ihn förmlich aus dem gemeinen Gesicht anspringenden Zynismus, nicht seine eigene offensichtliche und ganz und gar lächerliche Niederlage. Wieso war er überhaupt hierhergefahren? Er fasste es nicht mehr, sich und ihn und alles. Er fasste es nicht.

»Wie konntest du nur so werden?«

»Gegenfrage: Wie konntest du *nicht* so werden?«

»Scheiße.«

»Kannst du laut sagen. Und jetzt raus.«

Am liebsten hätte Jan etwas kaputt geschlagen, aber was gab es denn hier noch zum Kaputtschlagen? Nichts.

Wortlos verließ er die abgeranzte Wohnung.

DATENSTEMPEL

Auf dem Weg nach Hause, und die Reise war so langsam, zäh und trüb wie nie eine zuvor, war Jan ein neuer Gedanke gekommen: Irgendwas müsste doch mit diesem Datenstempel zu machen sein, oder? War denn da kein Datenstempel drauf, auf den Bildern? Die Technik war so weit mit allem, dachte Jan, die Menschen waren schon auf dem Mond gewesen, wann, weit vor seiner Geburt, 1968 oder 1969?, sie hatten Krankheiten in die Welt gesetzt und dann irgendwann die entsprechenden Heilmittel dazu, sie hatten das Internet erschaffen und Telefone, mit denen man von Kontinent zu Kontinent kommunizieren konnte, und vorher das Postwesen und die Druckmaschine und den Kopierer und, und, und – wieso war denn nicht herauszukriegen, wer diese digitalen Bilder (die Herkunft der Originale war ja klar) wann geschossen hatte?

Jan eilte hoch, zu Hause, die teppichbenagelte Treppe hinauf – erste Fasern lösten sich ab, sah er, ein Mangel, und er war ihm egal, das erste Mal seit Jahren war ihm ein Mangel am Haus egal –, hoch in das Reich der alleingelassenen Kinder, das Bettenlager, das Sexcamp, wie es ihm vorkam, die Jugendfreizeit, das hippieske Stadtranderholungsheim, um Lale oder Keanu zu fragen, was da zu machen, was möglich sei – und ihn schmerzte kurz, dass er es nicht einmal in Betracht zog, Severin zu fragen. Also entschloss er sich, genau ihn aufzusuchen.

In Severins Zimmer strahlten nur das neonbeleuchtete Terrarium und der überdimensionierte Monitor in das verhangene, warme Dunkel hinein, und es roch, es roch nach Schlaf, tagelangem Nichtlüften und – irgendwelchem Backwerk. Ständig aß Severin etwas, meistens mürbes Teiggebäck oder Schokoladiges, und die Krümel und Krumpen und Fetzen bröckelten ihm meist noch aus der unförmigen Jogginghose oder dem leicht offenen Mund.

Severin drehte sich gemächlich um, war wohl verwundert, dass die Vatersilhouette da in der Tür stand, von hinten beleuchtet. Er blinzelte, und die Echse im Terrarium zuckte kurz mit dem Kopf, und das gab eine interessante Differenz zwischen den Tempi.

Natürlich war bei Severin nichts zu holen, und Jan bemühte sich, das gar kein Problem zu finden, den Jungen so zu lassen, wie er war, in seiner Entwicklungsphase, in seinem verlangsamten Nichtzurechtkommen.

Severin hatte ihn an Keanu verwiesen, und der hatte die Tür stets verschlossen in seinem Zwischenexil, dem ehemaligen Bügelzimmer; gut so, dachte Jan, wer brauchte denn auch ein Bügelzimmer, kein Mensch und kein Haushalt, und schon gar nicht ein Stadtranderholungsheim wie dieses »ehrenwerte Haus«. (Und wer kannte schon noch Udo Jürgens? Wer kannte überhaupt noch irgendwas von dem, was Jans Eltern gekannt hatten?)

Er klopfte an.

Keanu, der mit seinem Handy auf dem Sofa saß, etwas spielend oder etwas checkend oder jemanden stalkend oder etwas hackend oder was auch immer er da machte, meinte, ja, das sei möglich.

»Zeigen Sie doch mal kurz das Bild, dann kann ich gucken.«

»Aber nicht verschicken.«

»Nee.«

»Wer ist das?«

»Egal.«

»Nein, da ist nichts drauf. Das ist einfach ein GIF, das zehnmal überschrieben und fünfzigmal neu bearbeitet und hundertfach verschickt wurde.«

Jan war ihm ganz nah, dem glatten, schönen, kohlenschwarzen Haar, das in feinen Strähnchen herunterhing, wie zehnmal gewaschen und fünfzigmal neu gekämmt und hundertfach conditioned. Der Junge roch nach nichts, einfach nach nichts, nicht einmal gut oder nach Badeschaum oder nach irgendeiner Wohlfühl-Lotion, nein: einfach nach nichts.

»Und da ist echt nichts zu holen?«

»Nein, Herr Drescher.«

Eine Stunde später hätte Jan sich in den Arsch beißen können, so dachte er es in Worten: wirklich in den *Arsch,* an dem er sich dann aber nur missmutig kratzte – er sah die Nachrichten auf dem riesigen TV im Wohnzimmer unten, sah aber durch die meist wieder halbkatastrophischen Bilder hindurch, durch Kanzler und Fluten und Präsidenten und parlamentarische Reden und fröhlich-depressiven Wetterbericht – und fragte sich, wieso er genau diesem fremden Jungen, der doch schon mal *Scheiße* in seinem Leben gebaut hatte, und zwar genau mit solchen Dingen, mit irgendwelchen Internetdaten und Privatbildern und sexuellen Abgründen, die dieses *kleine Arschloch* wahrscheinlich nicht einmal hatte überblicken können damals, als er aufgeflogen war – wieso er diesem Fremden genau dieses Bild von sich gezeigt hatte. Und statt der halbkatastrophischen Bilder der Nachrichten sah er nur sich und Keanu, von irgendwelchen

Dämonen beseelt und umzingelt, im Kampf miteinander, und letztendlich sah er, in bronzenem Farbton, einem vergilbten Kupferstich ähnlich, wie Keanu ihn, und das war dann die Erleichterung, endlich erwürgte.

INTERLOOPS

Kathrin machte es sich schon routiniert mit dem Satisfyer, wieder und wieder, und es gelang, aber die Orgasmen hatten etwas Autistisches. Danach blickte sie meist auf den stummen Vorhang in ihrem Inselzimmer, fühlte sich nur noch vereinzelter, selbst eine Insel, und sehnte sich nach einem Gegenpart, nach einem wirklichen Körper. Sie musste wieder und wieder an Keanu denken, auch wenn sie es sich verbat und versuchte, es alles in ihren Roman hineinzuverstecken und dort ab- und wegzuschließen.

Sie betrachtete, als sie den Vorhang beiseiteschob, den Flug der Möwen und versuchte sich zu beruhigen. Es gelang. Dann verfiel sie wieder in eine völlig ungebührliche Schwärmerei, und zwar eine der romantischsten Sorte, mit Hochzeit und Neubeginn und einer langen, vielleicht nie endenden Reise. Sie musste kichern.

Jetzt also auch noch die Gefühle! Keanu übernahm nun auch hier. Sie träumte sich weg, in zuckrige Kitschbilder, in ein alternatives Leben, das genau hier beginnen würde. Sie dachte sich nicht jünger, nicht als ein anderes Ich, sondern nahm auch ihre Biografie samt all ihren Pflichten und Versäumnissen in diese Traumwelten mit. Nur müsste sie eben den verdammten Mut haben, diesen Wechsel, diesen Umbruch wirklich durchzuführen. Einmal den Mut haben, dachte sie, einmal die Traute, einmal noch in meinem Leben.

Unvermittelt jauchzte sie kurz auf: Sie sah Keanu und sich

in Italien, auf einer fast schon klassischen italienischen Reise, fernab von allen nebligen Dünen, allen grauen Städten, in der Sonne, hochbeglückt. Rom, Mailand, Venedig? Vielleicht Venedig.

Dann lächelte sie. Ja, auf dem Wasser, das wäre es, irgendwann. Ihre Brust schmerzte vor stummem Sehnen.

MANTRAS

In den nächsten Tagen beruhigte sich Jan ein wenig, durch Autosuggestion oder dem, was er unter »Autosuggestion« verstand: ewige Mantras des Alles-gut, Alles-gut, Alles-wird-schon-wieder-gut. Es half. Die zweite Asienreise stand bald an, diesmal nach Seoul und Shanghai, doch anstatt sich auf diese doch seit gut einem Jahr in Vorbereitung befindliche Aufgabe zu konzentrieren, sah er sich nun mehr und mehr als Autor einer großen TV-Dokumentation über die Missbrauchsfälle an seiner alten Schule und versuchte, Interviews zu verabreden mit weiteren alten Mitschülern und auch der neuen wie der alten Schulleitung. Meistens blieb es bei vagen Terminzusagen und kurzen Interviews am Telefon. Viel war nicht herauszukriegen, und manche Konversation erwies sich als ziemlich peinlich, so wie beim Wiedertreffen alter Studienkollegen, die von sich natürlich nun ein völlig anderes Bild hatten als das, an welches Jan sich erinnerte, bei denen man aber die jahrelange Fehlperformanz und das Durchschlagen des alten Wesens noch in den kleinsten Gesten und entlegensten Ausdrücken spürte, sah, heraushörte. Aber diese Kurzgespräche beruhigten ihn zumindest oberflächlich. Er schien sich selbst nicht untätig, und das reichte für jetzt.

Keanu wurde ihm, immer wenn er ihn traf (und das war selten genug), zum Verdächtigen. Er sah ihn endgültig als Feind, als Jugend, als Schönheit, als Gefahr, als Undefiniertes, als Spiegelbild seiner selbst, nur im Zerrspiegel: als Vorwurf. Die

Unheimlichkeit in Gestalt eines reinen, schönen Jungen – was ein Paradox. Und er spürte diesen »Unterschichteninstinkt« bei dem Jungen, den er schon, vor wie vielen Jahrzehnten, bei seiner ersten Freundin Dagny gespürt hatte, dieses absolut Zerstörerische als letzte Möglichkeit aufseiten derer, die von ganz unten kamen. (Dagny hatte ihn dann auch fast zerstört, einen Herbst lang – aber das war eine andere Geschichte.)

In der Redaktion hatte er ebenfalls nach dem »Datenstempel« gefragt und war nur auf schulterzuckende Ignoranz oder schulterzuckendes Verneinen (»Nein, leider nicht möglich, Scheffe«) gestoßen. Er gab sich geschlagen.

Umso härter traf ihn dann eine weitere Nachricht, wieder von anonymer Seite, die ihn eines Nachts erreichte, als er auf die minimalen Geräusche horchte, die aus den Kinderzimmern drangen oder eben (noch verdächtiger) *nicht* drangen.

»jetzt mach mal hinne drescher ja sonst ist deine scheissfamilie dran denn da gibt es auch bilder okay? Sonst kannst du dir deinen ruf dein haus und deine stelle und deine kids und dein perverses gemälde und deine arne jakobsen stuehle und alle bilder der zukunft abschminken«, las er da. Sofort hämmerte Panik durch seine Schläfen, und er spürte seine Stirn aufglühen und nass werden. Dann kam ein weiteres Bild angeflogen, es zeigte einen fast völlig nackten Jungen, den er nicht kannte oder erkannte. Er war es jedenfalls nicht.

Die Arne-Jacobsen-Stühle? Das Gemälde? Das gab es erst seit anderthalb Jahren. Jan hatte es sich als Belohnung geschenkt, oder der Familie, oder eben doch nur sich. Es zeigte, mit den Insignien der Vanitas, der Vergänglichkeit (Rose in der Hand, Totenkopf auf dem Schoß), ein fast schon magersüchtiges Mädchen vor einem wild gewordenen All aus Ölfarben. Das Mädchen hatte ihn an eine neuseeländische Liebschaft erinnert, die er nie wirklich hatte daten können – sie war ein

Traum geblieben, und dieses Bild der Vergänglichkeit fing das auf herausragende und fast schon metaphysische Weise ein.

Es waren nicht sehr viele Leute bei ihnen zu Hause gewesen in der Zeit seit dem Kauf, er überschlug es, kaum zehn, oder? Vielleicht fünfzehn? Nein, tatsächlich, den letzten Empfang oder Umtrunk hatte es vor drei Jahren gegeben, die letzte echte Party vor sechs oder sieben, zu Kathrins rundem Geburtstag, oder seinem? Sie hatten ihr Sozialleben jedenfalls schon lange nach draußen verlegt, nach weit draußen, in andere Häuser, Institutionen, ins Theater, in den Sender. Der Kreis der Verdächtigen wurde schlagartig kleiner, und eigentlich hatte Jan wirklich nur noch eine Person im Visier.

SUCHVERLAUF

Mit ihrem neuen alten Rad fuhr Lale durch die Stadt. Sie war mit Keanu verabredet, ein paar Kilometer von zu Hause entfernt, heimlich. Das machten sie neuerdings, sich dort zu treffen, beim großen Hochhaus in der dunklen Parkanlage, um (bisher dreimal) Sex zu haben, aber vor allem, um den Blicken der Eltern zu entkommen, und jetzt, wo ihr misstrauischer Vater zurück war, erschien das umso dringlicher. Ihre hysterische Mutter starrte Keanu eh immer wie in Trance an, wie einen Außerirdischen, und Lale konnte diese Blicke, die an ihm klebten, nicht recht einordnen – oder sie wollte es nicht.

Denn sie war verliebt, verliebt in ein Alien tatsächlich, so kam es ihr vor. Keanu war irgendwie aus einem anderen Material gefertigt als die anderen Menschen, nicht aus Seide oder Samt, eher aus etwas Roboterigem, eher aus Viskose oder einem weichen, neuen Plastik, vielleicht aus dem Material einer dieser japanischen Sexpuppen, auf die ihr Bruder so stand und die er sich so wünschte, wie sie aus seinen Suchverläufen wusste (zum Achtzehnten würde sie ihm vielleicht endlich auch eine schenken, aber heimlich und gut gemeint, nicht vor den anderen, nicht als Entblößung, ganz ohne *shaming)*, und Keanu bewegte sich auch anders, gerade beim Sex, irgendwie eckig und flüssig gleichzeitig, oder manchmal sehr hart und gewollt, dann wieder zart und schüchtern, und es war spannend und immer wieder überraschend neu, mit ihm dort herumzumachen, an ihrer Stelle, an ihrem geheimen Ort.

Und, oh!, ein erhebendes Gefühl, so durch die Straßen zu fahren!, im warmen Gegenwind, die leichten Hügel zu nehmen, die Kurven auszufahren, auch freihändig, entschieden freihändig, die Arme schlenkern zu lassen, wo andere (Lale verabscheute diesen Ausdruck) »die Seele baumeln« ließen, einfach auch das Momentum, die Wucht ihres, so dachte sie lachend, »Velozipeds« mitzunehmen und sich tragen zu lassen. Fast hob sie ab, fast flog sie wirklich, die Arme wie Schwingen vom Körper gestreckt.

Da rief Ännie an, es wurde ihr auf die Kopfhörer gemeldet, »Anruf Ännie Wilcke, Anruf Ännie Wilcke«, und das verhieß meist nichts unbedingt Gutes, aber manchmal schon, und immer verhieß es etwas Spannendes, immer etwas wahrscheinlich eher Krasses. Doch hatte Lale jetzt wirklich Lust darauf? Ja, dachte sie, schon, ja, doch, und wenn Ännie etwas Schlechtes zu vermelden hätte, dann wäre es noch vor dem Treffen mit Keanu abgearbeitet, und sie hätte noch etwas, sich drauf zu freuen, nein: sich heftigst drauf zu freuen. Also hob sie ab.

»Lale, alles gut?«

»Ja, klar, bei dir?«

»Klar, alles i-Punkt O-Punkt. Was machste?«

»Ich fahr hier rum auf meinem Rad.«

»Mit deinem Boy alles okay? Triffste den jetzt?«

»Ja. Wieso?«

»Nur so. Ist das jetzt offiziell mit euch, oder wie?«

»Was heißt schon offiziell, Ännie?«

»Weißt schon. Normalisiert. *Official* halt.«

»Ännie, was willst du?«

»Dich warnen. Nein. Anders.«

»Also bitte.« Lale hielt jetzt an und stieg vom Rad. Sie wusste schon, jetzt käme wieder eine Bombe, eine ganz normale, verrückte Ännie-Bombe. »Raus mit der Sprache.«

»Also gut, Lale, es ist Folgendes, und jetzt halt dich bitte fest, und danken kannst du mir später, denn –«

Nach dem Gespräch war alles anders. Lale konnte zunächst gar nicht fahren, stand erst da, hatte das Rad fallen lassen. Sie stand einfach da und fragte sich, was jetzt überhaupt zu tun sei. Atmen erst mal – und denken? Was denken? Etwas bedenken, neu denken? Nein, den Kopf schütteln, die Leere zulassen. Die Sonne fuchtelte in ihrem Gesicht herum, und es kitzelte in ihrer Nase.

Dann griff sie sich an den Kopf. Sie schien einen Kater zu haben, einen Kater ohne Party, einen Kopfschmerz ohne Grund, eigentlich einen Kopfschmerz ohne Kopfschmerz. Und ein großes Gefühl der Übelkeit, aber auch *ohne,* ohne Brechreiz, ohne das Eigentliche. Kotzen ohne Kotzen.

Dann trat sie einmal gegen ihr geliebtes Rad. Dann noch einmal. Brachte nichts. Die Leere, die sie in sich verspürte, wurde mehr und mehr eingerahmt von einem Zorn, der langsam härter und greller wurde, der sich weiter um die Leere legte und aufgleißte und sich langsam zuzog wie um eine nackte Kehle. Dann war keine Leere mehr da, nur noch Zorn. Dann besann sie sich und hob ihr Rad auf.

Keanus Gesicht leuchtete auf, als er sie sah, beim Fahrradverschlag hinter dem großen Hochhaus, wo sie verabredet waren. Dann kam sie näher, und er erkannte die Schatten in ihrem Gesicht, die Dunkelheit, die er nicht zuordnen konnte, und Irritation fuhr durch seinen Blick, und eine andere Form der Dunkelheit zog nach, tief in seine braunen Pupillen, eine Dunkelheit, die weniger schwarz und entschieden war als die ihre.

Sie schmiss ihm ihr Rad vor die Füße.

Was denn sei, fragte Keanu und sprach ihren Namen aus,

Lale, was denn los sei, gäbe es schlechte News? Lale? Er wollte sie noch immer umarmen, vielleicht trösten, womöglich küssen.

Diese Unverschämtheit, dass er überhaupt ihren Namen so ausspreche, als sei nichts passiert, diese Unverschämtheit, von vorneherein eine Lüge miteingesponnen zu haben in ihre Geschichte, Lale bebte. Diese Unverschämtheit, überhaupt dazustehen wie eine schöne, reine, marmorierte Statue, irgendwelche Sollbruchmaserungen liefen doch ganz eindeutig durch diesen ekelhaften, falschen Menschen. Diese Unverschämtheit.

Sie sagte, er solle bloß nicht so tun, sie wisse jetzt Bescheid, und sie wolle ihm am liebsten ins Gesicht kotzen, so sie, in den Hals, so sie, in den lügnerischen Hals, und ob der nicht vor Valli-Bakterien nur so strotze, ob der nicht völlig krank und entzündet sei, der Keanu-Dreckshals, von dem ganzen Valli-Speichel und dem Valli-Saft und dem Valli-Sekret, dem fucking Valli-Fotzensekret.

Keanu wurde ganz blass und schüchtern, dann, und sie sah das zum ersten Mal bei ihm, rot im Gesicht; er errötete tatsächlich, er schämte sich: das letzte Zeichen, das letzte Indiz, der letzte Beweis, dass Ännie nicht gelogen hatte, dass die furchtbare und furchtbar tolle Ännie, die alles wusste und alles zerstörte, keinen Bullshit erzählt hatte, dass Ännie die frisch aufkeimende Beziehung zwischen Lale und, *was ein Scheißname,* Keanu nicht hatte zerstören wollen (obwohl sie es getan hatte, natürlich, aber aus Gründen, dachte Lale), sondern dass Ännie Lale hatte retten wollen, was ihr, Ännie, also gelungen sei, und all das dachte sie und sagte kein Wort mehr.

Keanu sagte auch nichts. Er nickte nur und blickte zu Boden.

Sie wollte ihm am liebsten eine reinhauen, oder, ja, einen Schlägertrupp engagieren, der ihm abends auflauern würde, später, heute, und ihm die ganze Lüge und den Betrug aus dem Körper prügeln würde, am besten genau vor ihrem Haus, dass alle es sehen könnten, vor allem ihr abgestumpfter Vater, vor allem ihre abgestumpfte Mutter, ach was, die ganze Welt sollte es sehen, wie er Blut, Zähne und kleine Stücke sich abgelöst habenden Gedärms hätte spucken müssen, und sie würde es Valli sofort schicken, ach was, der ganzen WhatsApp-Gruppe, allen WhatsApp-Gruppen der ganzen Stadt, der ganzen, ja, wieder: der ganzen Welt.

»Tja«, sagte Keanu, »okay. Scheiße gelaufen. Tut mir leid. Aber wir waren noch gar nicht –«

Und was das bitte für ein Scheißwort sei, *Sekret,* ob ihm das klar sei, dass darin der Fotzensaft dieser Stadtnutte Valli sich mit ihrem kleinen dreckigen Geheimnis träfe, und ob er überhaupt wisse, was er da getan habe, am gleichen Tag Sex mit Valli und dann ihr erster Kuss, das sei ja wohl das Schlimmste und dass sie jetzt einen Aidstest machen würde, und Tripper und Syphilis dazu, aus Katharsisgründen, aus reinen Sauberkeitsgründen, aus einer Art Taufe oder Läuterung, und ob er diese Worte verstehe, der Dummkopf, der blöde Schönling, hä?

»Lale«, sagte Keanu, »es tut mir leid. Wirklich.«

Sie hob ihr Rad auf. Und was für ein Versager er doch sei, schönes Referat, übrigens, so sie zu ihm, habe er wirklich ausgezeichnet hingekriegt, seine Inkompetenz in allen Belangen unter Beweis zu stellen, es sei kein Beinbruch, nein, nein, das sei nur ein Hirnbruch bei ihm.

Jetzt hatte sie ihn getroffen. »Bitte, Lale, echt. Jetzt halt dein verficktes Maul«, sagte er, »du hast keine Ahnung.«

Ja, was auch dabei rumkommen solle, nicht wahr, wenn einer sein Nullwissen aus Youtube-Videos zusammenstümpere, die er nicht mal durchdringe, wo nur Fetzen hängen blieben, die dann notdürftig zu einem stümperhaften Weltbildersatz geflickt würden, krude, dumm, verschwörungstheoretisch.

Sie stieg auf ihr Rad, das ganz schön gelitten hatte, und wollte schon losfahren. Der Reifen war leicht blockiert.

Und was »theoretisch« überhaupt heiße, das Wort sei viel zu hoch für den Dreck, der sein Denken wie Gülle verseuchte, so Lale, und was auch dabei rumkommen solle, *hä*, wenn einer keinen geraden Satz hinkriege, weil er hinter allem etwas anderes vermute, als da wirklich sei, wenn er jeden Blick, jede Geste, jedes Wort falsch deute.

»Du kannst mir ja nicht einmal in die Augen blicken, du Penner«, sagte sie, »und ich bete nur, dass du nicht im Darknet unterwegs bist, du Psycho. Wichs einfach weiter, dann schadest du keinem.«

»Ich sag dir – ich schwöre –«

Da war sie schon losgefahren, das Rad machte Schleifgeräusche und quietschte und ächzte, denn die Reifen waren verbeult. Doch sie trat in die Pedale, wie sie selten zuvor in die Pedale getreten war.

時間

Asien, ach, Asien, Pfuhl deiner Begierden, Jan, Internethochland und App-Paradies, der gläserne Mensch lässt dich grüßen und bleibt doch, im alltäglichen Kontakt, im echten Grüßen, so undurchsichtig und schmerzhaft fern und draußen, und du mit deinen radebrechenden Sprachkenntnissen bleibst der wahre Außenseiter, sosehr du dich auch danach sehnst, irgendwo einzudringen, am besten in ein Thema, genau, es zu durchdringen, und dann, ja, dann werden sie wieder kommen, die kalten, krassen Schönheiten, und du, Jan, wirst wieder nicht landen, weder bei den Themen noch bei den Frauen.

Er bereitete einerseits wie im Fieber, andererseits wie desinteressiert seine zweite Asienreise vor. Sollte er nun auch den Islam zum Thema machen, Indonesien etwa mit hineinnehmen ins Portfolio? Aber an sich wollte er davon nichts mehr wissen, rein als Person; am liebsten hätte er es derzeit möglichst einfach für sich und für alle gehabt. Und für die ganze Welt, Keanu kurz eingeschlossen.

In der Redaktion warf ihm Johanna irgendwelche Blicke zu, aber er wusste sie kaum zu deuten. Waren sie verächtlich, waren sie begierig, waren sie neutral? Überhaupt kam er sich wieder seltsam beobachtet vor, auch in den Fußgängerzonen dieser ihrer Stadt. Er flüchtete sich in die Auslagen in den Schaufenstern und bestaunte die angeblich schönen Waren und dachte, auch für die anderen: *aha, aha.*

Und vermisste Kathrin, und das nicht nur als Familienoberhaupt, sondern auch wirklich als Freundin und als Frau. Als seine Frau.

Und dennoch wollten ihn das Churchill-Parfüm und der Praktikantinnen-Ausschnitt und diese seltsamen Blicke überall, sie wollten ihn in irgendeine Irre führen, ja, war er denn noch immer ein Fernsehstar? Oder war er ein Autist, dass er inzwischen vielleicht alles missverstand oder eben *nicht* verstand?

Er hatte sich ein Sildenafil-Generikum im Internet bestellt, vulgo Viagra; für seine Frau, log er sich an, für seine Ehe, und genau am Tag vor ihrer Rückkehr von der Insel wurde es geliefert. Er probierte es, masturbierte später kurz auf dem Klo – es wirkte viel zu stark und gab ihm ein Gefühl des Triumphes, der Unbezwingbarkeit. Doch würde es auch bei Kathrin wirken, seiner geliebten Frau?

Er nahm eine weitere Tablette und ergoogelte danach die Edelbordelle der Gegend, Johanna im Geiste, Kathrin im Herzen, so er zu sich, um sich zu beruhigen, das Gewissen auszutricksen – und um einfach endlich wieder im Augenblick zu sein.

Er müsste ja nicht hingehen. Er könnte.

Aber er müsste nicht.

VERGANGENHEITEN

Derweil hatte Kathrin ihr Usedom lieben gelernt. In ihrer gelben Joppe, die schon erste Spuren des Gebrauchs und der Abnutzung trug und die somit wirklich zu ihrer wurde, ging sie einmal am Tag ihre Runde, grüßte die Möwen und erste Kurgäste, die sie wiedererkannte und die sie wiedererkannten. Sie stapfte durch die Dünen, und es war schön und egal.

Ihr tägliches Pensum brachte sie wie nebenbei hinter sich. Dieser Viktor bewegte sich endlich von Keanu weg, er war ganz und gar zur Figur geworden, ganz aus Buchstaben und Wörtern und Geschichten gefertigt, und so konnte sie loslassen und sich auf dem Papier gehen lassen. Das tat gut.

Am Abend des zehnten Tages auf Usedom rief Jan an, später am Abend, ungebührlich spät, ihre Zunge war schon schwer, und seine Stimme klang belegt. Er beschwerte sich zaghaft und fragte, was denn nun mit diesem Jungen sei und ob der eigentlich nun auch bei Lale im Zimmer übernachte oder was da geschehe, und sie sagte, ob er nicht im Bügelzimmer sei und ob Jan nicht einfach hin und wieder nachschauen wolle, und er sagte, er habe schon Urlaub genommen und schneide die Doku mit dem Cutter größtenteils zu Hause, aber das sei doch irgendwie nicht in Ordnung, und ob das nun ein Hippie-Haushalt sei, in dem sie lebten, ein (er wählte wirklich dieses Wort) »Stadtranderholungsheim«, und ob sie sich überlegt habe, was das denn alles solle.

»Und hat dessen Mutter nicht –?«

»Was?«

»Nichts.«

»Lass sie. Lass die Kinder mal. Die machen es schon richtig.«

»Der zeckt sich aber ein. Und manchmal sind sie alle weg, und ich weiß überhaupt nicht, was sie machen!«

Was sollen sie schon machen, dachte Kathrin – doch auch nichts anderes als wir.

»Und weißt du, wie die sich gefetzt haben vor Kurzem?«

»Nein.«

»Ich musste eingreifen.«

Kathrin wurde hellhörig. »Worüber denn gefetzt?«

»Ja, über den Islam und den Faschismus und was weiß ich, und, Kathrin, ich meine, ich will ihm nichts unterstellen, aber tatsächlich ist dieser Keanu eine Art verkappter Islamist, wenn ich das richtig verstanden habe.« Er versuchte, dabei ganz nüchtern zu bleiben, vom Tonfall her.

»Was ein Quatsch. Das ist gerade einfach deren Revolte, deren Punk.«

»Was?«

»Nichts. Bist du handgreiflich geworden?«

»Nein.« Sie meinte eine Lüge herauszuhören, und tatsächlich fügte er sofort hinzu: »Kaum. Ich habe sie halt auseinandergebracht. Habe geschlichtet. Kathrin!«

»Sag mal? Jan? Bist du wieder rassistisch geworden?«

»Ich bitte dich, rassistisch? Ich?«

»Das ist ein gefährdeter Junge, Jan. Der kommt aus hochschwierigen Verhältnissen, weißt du, dass seine verstorbene Mutter im Gefängnis saß?«

»Nein.«

»Eben! Und ja, er hat diese Vergangenheit, und meinetwegen hat er auch diese Herkunft, aber eine Herkunft kann man niemandem zum Vorwurf machen –«

»Aber das, was er daraus macht!«

»– und an sich ist er hypersensibel und einfach schützenswert, und jeder kann doch mal einen Fehler machen, zumal in dem Alter?«

»Die hellste Kerze auf der Torte ist er jedenfalls nicht. Und er kommt irgendwie – er kommt woher. Und er geht in keine gute Richtung. Und das ist, was zählt. Komm zurück. Jetzt.«

»Ich komme ja übermorgen. Kannst du den Laden nicht einmal kurz alleine schmeißen?«

»Ich schmeiße ihn ja, und zwar hin. Wenn das so weitergeht.«

Kathrin hätte ausflippen können, aber sie behielt die Kontrolle.

Dann sagte Jan: »Und jetzt ist Keanu übrigens weg, seit einem Tag, und Lale ist nur am Weinen, und ich bin überfordert, Kathrin, einfach überfordert.«

»Er ist weg?«

»Ja.«

»Wie weg?«

»Was weiß ich, einfach weg.«

»Ja, dann sei doch froh! Wolltest du das nicht die ganze Zeit?«

Sie hätte ihm eine wischen können, und sie hätte das getan, wenn er vor ihr gestanden hätte.

»Kathrin! Ich hab' hier mein eigenes Problem mit der ganzen vermaledeiten Bildersache, da kann ich mich nicht auch noch um irgendwelche hübschen und jetzt leider, leider flüchtigen Gettoboys kümmern.«

»Zynisch.«

»Realistisch.«

»Weißt du was, Jan?«

»Was?«

»Anstatt um irgendwelche alten Bilder solltest du dich mal um deine Psyche kümmern. Denn die ist echt hinüber.«

»Wow, Kathrin. Echt wow. *Wow.*«

»Ich bin übermorgen da. Bitte lass es bis dahin nicht zur Katastrophe kommen.«

»Und wie sollte die aussehen?«

Das wüsste sie allerdings auch gerne, dachte sie nach dem abrupten Abbruch des Gespräches. Was wäre denn die Katastrophe? Wie könnte sie aussehen? Wie lange würde sich eine solche Katastrophe denn ankündigen?

Und würde man es merken, wenn sie längst schon da wäre?

INTERVALL

Auf der Zugfahrt zurück, mit Wehmut im Blut in Form eines letzten billigen kleinen Weines vom Bahnhofskiosk, fragte Kathrin sich, ob sie das überhaupt so wolle, das Comeback, den Schritt zurück ins Rampenlicht, und ihr kamen die alten Zeiten in den Sinn, die schnellen Erfolge und die wilden zwei Jahre, die sich dann angeschlossen hatten.

»Nesthäkchenkreuze« hatte ihr erstes Buch geheißen, und es war eingeschlagen »wie ein Komet« (so das führende Nachrichtenmagazin, damals), und zwar in die »brachliegende Literaturlandschaft Deutschlands« (dasselbe Nachrichtenmagazin), und sie, Kathrin, habe damit und mit ihrer Erscheinung »ganz Kulturdeutschland den Kopf verdreht« (dito). Keiner hatte das geplant noch vorausgesehen, es war einfach passiert. Kathrin hatte das Nazigold ihrer Familie, das es durchaus gegeben hatte, und die hitlerverstrahlte Bürgertumskindheit ihrer Großmutter mit der Achtundsechzigervergangenheit der Familiengeneration danach kurzgeschaltet und dabei versucht, einige klemmige Tabus mit sprachlich aufgeladenen Elektroschocks aufkrachen zu lassen, was ihr meist, mit der Naivität der Debütantin, sogar gelungen war.

Die Partys und der Ruhm hatten ihr dann wenig gutgetan, nur hatte sie es nicht sofort gemerkt. Das Übliche, seufzte die restmoralische Kulturschickeria bald mit dem Blick auf das hübsche, verlorene IQ-IT-Mädchen: zu viel Kokain, zu viel Alkohol, zu viel Sex, zu viel Wirbel, zu viele Fotos, zu viele sogenannte falsche Freunde und zu viele echte und echt gemeinte Feinde. Das Dreckige, Unschöne war schnell sichtbar: das »Übliche« eben. Die ersten Kollegen rümpften die Nase, und so benahm sie sich mehr und mehr daneben, weil sie meinte, allen irgendeine Fratzenmaske *en passant* vom Gesicht reißen zu müssen. In Wahrheit wurde sie kurzzeitig zur Fratze ihrer selbst.

Mit ihrem zweiten Buch, das sie von dem Enthüllungs-Blog »Rückkopplung« flankieren ließ, bekam sie es aber zurück, und die Kritik erkannte ihre Inhalte als »dünn« und »blass«, und der »Hype« um Kathrin wäre nun also »vorbei« (ebenjenes Nachrichtenmagazin im Originallaut, aber nur in einem Nebensatz). Nach einem Eklat mit einem ebenfalls kokaininformierten Kollegen stürzte sie kurzzeitig vollends ab, musste alles lassen und irgendwelche Antidepressiva nehmen, die auch erst, wenn überhaupt, mit einer Verzögerung von Wochen wirkten, und das nur schwächlich. Das High war hoch und kurz gewesen, das Low lang und bitter. Und die Kollegen rieben sich, in ihrer Vorstellung jedenfalls, die Hände und lachten sich dann ins Fäustchen. Und wer ihr wehtat, den hatte sie im Fokus, den hatte sie auf dem Schirm. Und würde sich irgendwann, o irgendwann –

Ähnlich wie die mittelalterlichen Könige hatte man und zumal frau – dachte Kathrin jetzt, während sie im Zug nach Hause saß und den letzten Schluck des gar nicht so schlechten Kioskweins trank – hatte man also, wenn man in der Öffentlichkeit stand, zwei Körper: einen des Geredes, des Diskurses, der Projektionen und Worte – und dann den ganz normalen, physischen Körper, mit Makeln und ersten Verfallserscheinungen, im Bett, auf der Straße, unter der Dusche, beim Arzt. Und der Spagat war bisweilen schmerzhaft, im Schritt, kicherte sie, zumal im Schritt.

Egal, dachte Kathrin: Es hatte, mit dem zweiten Buch, eine zweite Welt der Geilheit in ihr und ihrem Umfeld gegeben, sie hatte sie ausgekostet, hatte noch einmal alle Beaus fein abgeschleppt und in ihr hübsches neues Himmelsbett geschaufelt, sich und sie gut ausgenutzt. Und sie wusste noch, wie es geht: Man musste nur bereit sein, bestimmte, gar nicht einmal besonders codierte Signale auszusenden und aktiv zu empfangen; man musste es nur wollen und sich nehmen. Man konnte dreimal am Tag Sex haben mit verschiedenen Partnern an verschiedenen Orten, ohne dass der schuldbeladene Begriff der »Verführung« auch nur irgendeine Rolle spielte. Es konnte schnell gehen, zumal als Frau.

Und moralische Begriffe wie »Verführung« und »Versuchung« wären dann schlichtweg zu langsam gedacht.

TRANSIT

Überraschend standen die Kinder am Bahnhof, um Kathrin willkommen zu heißen. Sie konnte sich ein »So schlimm war es mit Papa?« nicht verkneifen. Alle mussten lachen und fanden sich dann in einer innigen Umarmung wieder, waren kurz das eingeschworene, einander wärmende Trio, das sie immer schon gewesen waren. Dann nahmen sie ein Taxi.

Sie beobachtete ihre Kinder durch den Rückspiegel und suchte ihre Gesichter auf eine mögliche Veränderung hin ab, eine Verschiebung, und sei sie noch so geringfügig, ein anderes Wissen vielleicht, irgendwelche neuen Erfahrungen, die die Kinder vor ihrer Mutter, das wusste sie, tunlichst verbergen würden. An Gesichtern ließ sich immer viel ablesen, nach Camus sogar, erinnerte sie sich dunkel, die Verantwortlichkeit für das eigene Leben.

Sie suchte vor allem bei Lale (und hatte gegenüber Severin ein kleines, kaum merkbares schlechtes Gewissen). Und? Zeichnete sich etwas ab bei ihr? Und was sollte sich überhaupt abzeichnen? Sie sah ihr herbes, kluges, rundes Gesicht an, versuchte, dabei heimlich zu bleiben. Hatte Lale einen Hormonschub durchlebt? Vom Ficken, vielleicht, ein paar Pickel mehr? (O Gott!, was für Gedanken, dachte sie, aber sie konnte nichts anders.) Hatte Keanu sich denn wirklich schon irgendwie eingeschrieben, und die Traurigkeit, die dieser arme Mensch anscheinend brachte, ebenfalls, in das Gesicht ihrer geliebten Tochter inskribiert? Sah man den Sex, die Lust, den Schmerz und die Liebe?

Was sie sah, war nur eine unbestimmte Traurigkeit, und die verpflanzte sich sofort auch in ihr Herz. Sie schämte sich kurz, auch gegenüber Severin, der, wenn man *einmal* genauer hinsah, noch trauriger aussah als Lale. Dann machte Kathrin einen Witz, und alles war wieder auf dem Weg, auf dem Weg nach Hause, diese Bundesstraße hinab, diese Baumreihe entlang, dieses Leben hinunter.

OUT OF TIME 1

Keanu ging durch die Stadt, erneut heimatlos, und zeterte gen Himmel, gen Wetter, gen Götter und Game, jedoch ohne eine einzelne Geste dabei zu machen, ohne auch nur eine Miene zu verziehen, geschweige denn eine Grimasse zu schneiden. Die Grimassen und Mienen hatte er sich schon lange abgewöhnt, in einem Alter, wo die anderen Kinder sie erst entdeckten. Mienen oder Grimassen, das gab es bei ihm nicht, schon im Vorschulalter, dem sogenannten. Gesten gab es schon eher, aber meist verhuscht, fast geziert – bis er ausrastete.

Und nun war er kurz davor. Er haderte noch, wollte einfach nur kiffen, sich zudampfen, denn wie unerträglich war das denn, bitte? Valli? Wirklich? Ausgerechnet die? Wieso konnte die dumme Bitch nicht einfach die Fresse halten? Wieso musste die gleich rumerzählen, was auf dem Hurenklo abgegangen war? Und wieso hatte Keanu sich genau von der hinreißen lassen, der Idiot? Der Idiot, genau, er dachte sich von außen, in der dritten Person (wenn er denn überhaupt gewusst hätte, was das ist, der Idiot!), Keanu, diese Unfigur in einem 3-D-Höllensimulator namens Welt, mit einem Herzen aus brodelndem Pixelstahl und einem saumäßigen Energielevel, der gerade so low war, dass er kaum gehen konnte. Und doch stampfte er die Straßen hinunter ohne Ziel, mit seinem Laptop unterm Arm, der einzigen Heimat, seinem alten Waffendepot, stampfte und stolperte fast, die Energiereservate waren wohl aktiviert worden in diesem Sonderlevel, die letzten Reste an Power. Geh weiter, Keanu!

Es hätte alles so schön sein können, und es war doch so schön gewesen, und jetzt war es weg, einfach weg, Lale hatte sich ausgeloggt, ausgeixt, annulliert, deleted und einfach verpisst aus seinem Leben, und Valli war der verdreckte geile Grund gewesen, und Ännie, ja, klar, Ännie war wieder die Verräterin. Da war er sich gewiss.

Er holte seinen Schlüssel hervor und spielte erst mit ihm, ließ ihn etwas klirren und klingen wie ein winziges, falsches Glockenspiel, ließ ihn dann langsam und immer zentrifugaler herumkreisen am Schlüsselband, worauf »Game over« stand, natürlich, wie albern. Die ersten Passanten gingen auf Abstand.

Keanu stellte sich kurz vor, wie es wäre. Man kennt die Wege, die zurückzulegen wären, man kennt die Vorbereitungen. Erst die Waffen fächern, wie in der Matrix. Dann wählen, nur so zum Spaß: Aufrüstung zur Schneeschmelze. Ein Zeichen setzen, Gutes durch Schlechtes tun, Rache üben, und nicht nur für sich. Man hat das gesehen, wo man da langgehen muss, wenn man in eine Schule geht mit einem Tarnanzug an und einer Pumpgun in der Hand. Da gab es doppelstöckige Skizzen in der Zeitung. Treppe hoch, Tür auf, Tür bleibt offen, weiter, Tür auf, Tür bleibt offen, weiter. Und es knallt, es knallt zum Himmel hoch, dass sie aus allen Wolken fallen, und Blut fließt, und Krach kracht, und Tat kommt, wird getan, wird Attentat, und am Ende des Weges sitzt dann der Endgegner da, letztes Level, und wer ist das, ist es Ännie, nein, ist es Lale, nie, ist es Kathrin Drescher, vielleicht, ist es Jan Drescher, vielleicht, ist es Direktor Rupp, bestimmt, ist es die Vendetta, o ja, ist es Keanus Nemesis, auf jeden, nur die, und wie, die Nemesis ist es, mit einem Knall weggeräumt, mit einem Schuss umgenietet, aber ganz nüchtern, ganz nebensächlich, wie im Klassenbuch wegnotiert. Und dann käme die wahre Nemesis, dann würde er den echten Endgegner ins Visier nehmen, dem letzten Feind in den Gewehrlauf blicken, dachte Keanu, und das wäre niemand anderes als Keanu selbst.

Dann war es gut, kurz. Oben in der Wohnung seiner Großmutter war es noch immer staubig und düster und verwaist. Lief der Fernseher noch? Nein. Aber es herrschte eine Stimmung, als ob der Fernseher liefe, nur auf stumm und schwarz gestellt. Etwas sirrte jedenfalls. Keanu überlegte, ob er sich einen Joint drehen sollte, verwarf es dann und ging ins Internet.

OUT OF TIME 2

Jetzt war Jan wie entbrannt, gebärdete sich wie ein Sexgott, wollte es viermal, und Kathrin genoss es erst, dann fand sie es befremdlich. Dann genoss sie es wieder. Dann wurde sie wund und hielt nur noch hin, wie im Schlaf, und hoffte, dass er es nun endlich bald hätte. Sie dachte, während er noch zugange war und sie es fast wieder genoss, weil sie an anderes und vor allem an *andere* dachte, dachte sie also auch an das Millenniumssilvester von 1999 auf 2000, wie sie da mit ihrer Mitbewohnerin Vasanthi, noch so jung und unbedarft angeblich, aber ganz schön drogenverseucht schon, jedenfalls für einen Winter – wie sie da einfach Liquid Ecstasy genommen hatten, und wie alles so elektrisch aufgeladen war, die Haare, die Berührungen, und wie sie die beiden Jungs da bei sich hatten mit Champagner, der kaum getrunken, und Stremellachs, der kaum gegessen wurde, und wie dann, kurz nach zwölf, noch einmal nachgenommen wurde von der, und da war sie sich auch heute noch sicher, besten Droge der Welt. Und wie sie dann, Vasanthi im Nebenzimmer, sie in der Küche, einfach rumgebumst hatten mit den Jungs, und wie krass das war, und was für ein Suchtpotenzial darin steckte, in diesem Sex auf GHB, wie Liquid Ecstasy ja offiziell hieß, und tatsächlich hatte Vasanthi dann ein ganzes Jahr ihres althistorischen Studiums auf genau dieser Droge, täglich genommen, heruntergerissen, welches Studium nun zufällig in diesem, gegenwärtigen Jahr tatsächlich in einer wahrscheinlich brillanten

Habilitation über die Kaiserverehrung und den Kaiserkult in Rom und Alexandria mündete.

Dass genau diese Droge von zwielichtigen und von Grund auf bösartigen Typen inzwischen, und wahrscheinlich in weit höherer Dosierung, als K.-o.-Tropfen missbraucht wurde, um Mädchen wie Lale gefügig und bewusstlos und sexuell ausbeutbar zu machen, ließ Kathrin dann völlig erkalten, und sie ekelte sich kurz vor dem entfesselten Jan und ihrem eigenen duldsamen Körper-Ich, sagte »genug jetzt«, und als er nicht aufhörte, stieß sie ihn von sich runter, worauf er wieder zu sich kam und »okay« sagte, »okay, Kathrin, okay, okay, schon gut«.

DIE PORNOS SEINER ZUKUNFT

Keanu lud die Filme wieder hoch, die alten wie die neuen, und während er das tat, eröffnete er zehn neue Instagram-Accounts, reaktivierte seine zwei alten Pornokanäle und eröffnete zwei neue auf den gängigen Plattformen, dann machte er, zur Sicherheit, auch gleich noch zwei Facebook-Konten auf – die Lehrer und die Alten wollten ja auch mitbedacht sein. Dann fertigte er Filmstills aus den Filmchen an, Valli sollte sichtbar sein, Lale vielleicht auch, er hatte sich noch nicht entschieden. Auf jeden Fall müssten die Dreschers erkennbar sein, und sie würde er auch auf jeden Fall online stellen – wenn es so weit wäre.

Denn er sah nun Jan Drescher als seinen neuen, echten Feind an. Ein Prachtexemplar der verfälschenden Seite, ein Strahlemann der, nein, »Lügenmedien« wollte er nicht sagen. Er schaute sich auf Youtube vergangene Interviews von Jan an, es gab wahre Fans von ihm, die sich an seinen Haaren und an seiner Sockenwahl delektierten. Ja, das war seine Nemesis, jetzt.

Nemesis, dieser Ausdruck hatte in jenen Jahren eine Modifikation erfahren. Jeder Rapper redete von seiner Nemesis, die er niederbattlen müsste, jeder mythisch aufgeladene Actionfilm setzte seinem Protagonisten einen Antagonisten, einen Gegenspieler, gegenüber, und dieser war dann dessen »Nemesis«. Es klang tief, griechisch, zeitlos und altmodisch böse. Es klang unentrinnbar.

Keanu würde sie kriegen, alle. Vor allem Kathrin Drescher. Denn die Filmchen mit ihr würden noch gedreht werden, auf jeden Fall. Es war wieder so weit. »The porns of my future«, sagte er ins von leisen Stöhngeräuschen punktierte Schweigen, »are on their way.« Und grinste.

SEX CRIME (1984)

Jan streifte durch die Nacht und wollte sich loswerden, seine Identität, seine Paranoia, er wollte ein Spion sein, ein Mann in düsteren Nebelschwaden, der sich gewissenlos einfach alles nimmt. Zunächst nahm er eine Überdosis Sildenafil und empfand das als legitim und sich sofort als stark. Er ging durch das bekannte Rotlichtviertel der Stadt, was so rot beleuchtet gar nicht war, eher nur einfach dunkel und dreckig, und kannte sich nicht aus. Er hatte zu Johanna gehen wollen erst, ihr zeigen, wo der Hammer hängt, hatte das aber am Ende doch, aus Einsicht in die *weirdness* solcher tatsächlichen Überfälle, die vielleicht nicht wie Überfälle gemeint waren, aber so wirkten, gelassen. Die Straßen zischten, es hatte geregnet, die Autos fuhren anonym und mitleidslos vorbei. Genau so sollte es sein; genau so wollte *er* sein.

Eine Nacht, o ja, in der man jede Frau bespringen wollte, eine solche Nacht, selten genug, war endlich wieder da. In der Pubertät hatte es solche Wolfsnächte gegeben, und während des Studiums ein paarmal, oft ohne Erlösung, und dann manchmal in den Partywochen kurz vor dem Ende des Studiums. Da hatte es auch die Einlösung der Versprechen gegeben, hin und wieder, und das sofortige Vergessen danach.

Jan blieb vor einem trostlos, aber heiter blinkenden Laden stehen, mit Plastikkussmündern und Blingbling im verhangenen Schaufenster, fasste sich ein Herz (auch die waren, rot glühend, zahlreich vorhanden in dem Fenster) und drückte die Tür auf.

Drinnen saßen Männer herum und Frauen, es war wie ein Wartesaal der verlorenen Seelen, nur schäbiger, nur realer, wie nach einer halb gelungenen Party, wie bei der ersten Depression nach der Party, wo alle noch warteten, ob es nicht doch noch rocken oder knallen oder auf irgendeine verworrene Weise noch schön und innig sein könnte – genau richtig für ihn also, und er dachte beim Blick auf die Damen an den Begriff des »Restefickens«, den er wie viele Jahre nicht gedacht hatte?, und er erinnerte sich schlagartig an alle Bordellbesuche, die er jemals hinter sich gebracht hatte, es waren nicht so viele, aber wenn, dann waren sie exzessiv gewesen.

Er bestellte sich an einer Art Durchreiche einen Whiskey und einen Sekt, und einen Sekt gleich für eine Dame dazu, die er ins Auge gefasst hatte, eher karibischer Bereich, wahrscheinlich, dann setzte er sich wie die anderen in diesen Wartebereich, in dem es blinkte und pulste und surrte, süßliche Popmusik war zu hören, und er exte den Sekt und gab den anderen dann doch der eher osteuropäisch wirkenden Dame, neben der er saß (und er dachte diesen Begriff »Dame« stets in Anführungszeichen, nicht, weil er sie nicht respektieren würde, sondern weil die »Herren«, die diesen Begriff sonst benutzten, diese »Damen« eben überhaupt nicht respektierten, so jedenfalls sein Verdacht), und stieß mit ihr an, mit seinem Whiskeyglas, und holte dann noch einen Sekt für sie und für sich. Dann gingen sie aufs Zimmer, und eine der »Damen« murmelte ihnen hinterher, »wusste ich's doch, dass der die nimmt«, oder etwas Ähnliches.

Das Bett war dann seltsamerweise völlig unordentlich, ungemacht und fast schon schlampig dreckig, aber es war Jan einerlei. Er hämmerte und hämmerte sich in den um ihn windenden Körper, der sowohl lustvoll reagierte wie auch völlig uninteressiert, und kam dann auch nach dem Orgasmus nicht zur Ruhe. Er blieb liegen, war einfach nur müde und leer und noch immer auf eine schmerzhafte, tiefe Weise komplett unbefriedigt. Sie fragte, ob er noch eine Dame wolle, und er machte eine Geste, die besagte: *nur her damit.* Und sie fragte, zwei? Und er sagte: »Ja, gerne. Nur her damit.«

Zwei Stunden später torkelte er auf die noch immer nasse, aber im ersten Morgenlicht aufglimmende Straße, und er ging links hinab, und ein bärtiger Student grummelte ihm unter einer Unterführung zu: »Alter, du riechst so nach Puff«, und er zuckte mit den Schultern und musste fast lachen. Dann warf er an einer Bushaltestelle die restlichen Sildenafil-Tabletten im Vorübergehen weg, *mission accomplished,* nur, von wem war der Auftrag eigentlich erteilt worden, und welcher? – und ging in eine Bäckerei, einen Kaffee kaufen oder vielleicht einen Kakao.

SPRECHSTUNDE 2

Und da war er tatsächlich wieder. Wieder diese Light-Fratze eines Nicht-Vaters, wieder diese *flirtatiousness* eines Versicherungsvertreters. Kathrin hatte eh Regelschmerzen, aber als sie ihn sah, dachte sie: Wenn du die Regel bist, bin ich der Schmerz, den ich uns austreiben werde – oder den ich aushalte, bis du wirklich und endlich, endlich weg bist.

Er legte die Beine über die Lehne, gewollt locker, und wartete, dachte, er sei dabei sexy. Sie aber sagte nichts.

»Das letzte Mal, Frau Drescher, ging ja nicht so gut.« Fast wollte der nicht vorhandene Wind durch sein vor langer Zeit wohl blondiertes und kräuseliges Haar gehen, und er lauschte seinen dünnen Worten hinterher, die Splisshaare im Nichtwind, die Brille fielmannfinanziert (sie sah es, sie sah es einfach, Kathrin sah *alles).*

»Das stimmt wohl. Aber wir können uns ja neu bereden und beraten jetzt. Was wollen Sie, bitte?« Sie hatte wieder ihren Tic unterm linken Auge, diesmal ohne viel Koffein.

»Mein Sohn ist, wie Sie wissen, in Schwierigkeiten.«

»Inwiefern?«

»Frau Drescher! Was soll das?«

»Ja, was denn?«

»Er hat doch nun wochenlang bei Ihnen gewohnt, richtig?«

»Ja, so lange – so lange, bis wir etwas Besseres für ihn finden.«

»Wer ist wir?«

»Wir von der Lehrerschaft – und meine Familie.«

»Und, haben Sie etwas gefunden?«

»Wir sind noch auf der Suche.«

»Und?«

»Was und.«

»Wurden Sie fündig?«

»Sagen Sie, wäre das nicht eigentlich Ihre Aufgabe?«

»Das war es lange genug. Mir reicht's.«

»Aha.«

»Was heißt hier *aha?*«

»*Aha* heißt *aha.* Wissen Sie, wo er sich jetzt aufhält?«

»Das entzieht sich tatsächlich meiner Kenntnis.«

»Meiner auch.«

»Frau Drescher, ich sage Ihnen nur eines: Sollte er wieder in Querelen kommen wie das letzte Mal, sind Sie nicht ohne Schuld. Das sage ich Ihnen.«

»Was?«

»Das ist kein Witz. Sie haben ihn wieder verzogen, wie so viele. Jetzt tragen Sie auch die Konsequenzen.«

»Sind Sie eigentlich bekifft, Herr Andreanou?«

»Was?«

»Ob Sie bekifft sind? Sie sehen mir ganz so aus.«

»Wie Sie mir aussehen, will ich gar nicht sagen, Frau Drescher.«

»Nur zu.«

»Nein, danke. Wirklich nicht. Aber sehen Sie sich vor. Wenn der Junge ganz unter die Räder kommt, werden wir herausfinden, wer ihn umgefahren hat. Oder wer ihn überhaupt auf die Straße geschickt hat. Oder wer …«

»… oder wer hier der Geisterfahrer ist. Verlassen Sie bitte umgehend dieses Zimmer, Herr Andreanou.«

Täuschte Sie sich, oder zwinkerte er wieder, als er sagte: »Wir sehen uns. Wir sehen uns noch, Frau Drescher.«

Nein, sagte sie, als sie den Kopf auf die Tischplatte sinken ließ, nein, dich sehe ich nicht. Ich sehe dich einfach nicht. Ich sehe euch alle nicht mehr.

FACETIME

Gesehen wurde allerdings Keanu, und zwar von Feindesseite, und zwar nackt. Er war zunächst auf einer Camrouletteseite –, auf der fremde Camchatter anonym miteinander verbunden wurden, ursprünglich, um sich zu unterhalten oder womöglich Witze oder Nettigkeiten oder heitere Absurditäten auszutauschen, aber wie das so ist in der Welt und also im Netz, wurde das Unschuldige schnell vom Sex verdrängt, *in eternal dirtyness,* amen. Und nun war die an sich unschuldige Seite ein dünner, schlecht besuchter Pfuhl der Triebabfuhr geworden. Und anstatt, wie sonst, die ältlichen Masturbatoren bloßzustellen und abzufotografieren und womöglich zu doxxen, war Keanu nun selbst dort, um sich abzureagieren und sich zu zeigen und einfach zu kommen.

Auf hundert Männer und zehn schlecht kopierte Videoloops von Frauen, die für irgendwelche tiefer im Netz gelegene und sicherlich finanziell verfänglichere Paysexsites warben (und ganz gewiss nicht davon wussten, dass sie hier zu dreckigeren Werbezwecken benutzt wurden), kam vielleicht mal eine echte Frau, und von dieser einen Frau wurde Keanu stets schnell weggedrückt. Er hatte bald genug und kam wieder zu sich – und also auf böse Gedanken.

Er chattete mit einem der gerade gängigen Messenger Valli an, wieder, wie er es seit ein paar Tagen schon gemacht hatte, und sie hatte bisher auch immer geantwortet, zwar banal, aber auch ziemlich sexy. Während er auf ihre Antwort wartete, berührte er sich leicht durch die Hose, denn er fand Valli noch immer, obwohl er sich das nicht eingestehen wollte, mehr als hot. Ihre Vulgarität machte ihn an, und kurz fragte er sich, warum er nicht einfach bei ihr geblieben war, den Anfang ausgebaut hatte, falls das möglich gewesen wäre. Warum war er eigentlich der reichen und begabten Lale hinterhergehechelt wie jeder zweite Freak an der Schule? Keanu merkte kaum, dass er bei diesem Gedanken hart wurde.

Nach einer Viertelstunde antwortete Valli tatsächlich, und sie flirteten ein wenig auf ziemlich direkte, ziemlich grobschlächtige Weise, und als sie zu Hause war, wollte sie endlich einmal wieder facetimen.

Also stellten sie die Kameras an. Valli hatte ein ziemlich figurenbetontes T-Shirt an, auf dem irgendein Spruch glitzerte, und blickte ihn, das Gesicht leicht nach unten geneigt, fast schon diabolisch grinsend an.

»Was geht, Keanu«, sagte sie und legte den Kopf schräg.

»Weiß nicht«, sagte er, »alles scheiße gerade.«

»Lale hat dich gut abgefuckt, was?«, nickte sie.

»Geht. Die ganze Situation. Sie sind wieder hinter mir her. Sie wollen mich wieder umhauen. Aber ich stehe noch. Ich stehe.«

Valli nickte ernst. »Du stehst also. Du stehst, echt? *Çüş*. Zeig mal.«

»Zeig du.«

Aber zunächst zeigten sie nichts und geilten sich dennoch aneinander auf, wie sie es schon einige Male getan hatten. Er sah, dass sie sich untenrum berührte, offcam, und er tat es ihr gleich, und alleine die Geilheit in ihrem Gesicht machte ihn so geil wie lange nicht. Und während er ihn rausholte und fast schon zeigen wollte, sah er, dass sie ihren Ausschnitt tiefer zog und sich ebenfalls heftiger berührte, sie hob den Kopf, während ihre Gesichtszüge sich voller Lust nach unten zogen, sie schloss die Augen, und er auch, und dann zeigte Keanu seinen Schwanz, und sie nickte und atmete tief und stöhnte und feuerte ihn und sich an, und er wichste ihn härter und schneller und stolz, und Vallis Gesicht war nur noch Lust und Wollen und Erwartung, und sie tauschten dreckige, gute Worte aus und wurden schneller und tiefer und irrer, und er merkte es langsam in seinen Zehen, in seinen Füßen nach oben bis zum Becken krabbelnd, wie er bald abspritzen würde, mit Druck gewiss, wie er sich verschleudern würde in ihre Richtung, und auch sie schien kurz davor zu sein, und jetzt kam es, nein, jetzt. Nein, jetzt? *Jetzt* kam es und er und ihm, und es spritzte hoch auf seinen Bauchnabel, und er rief leise ihren Namen und war weg und doch da, so da und voller Erlösung und Rausch.

Dann öffnete er die Augen, um zu checken, ob auch sie gekommen war, aber was sah er? Valli lachte und zeigte mit dem Zeigefinger auf ihn, und Rico saß auch da und lachte und feixte, und Ännie, *fuck,* Ännie saß auch da und streckte ihm den Mittelfinger entgegen und rief: »Wir ha'm dich auf Video, Digger!«, und sie lachten und nickten, und er sah Valli an und verstand die Lüge, und er wurde rot und blass zugleich und sagte: »Und wenn, und wenn, ihr …«, aber er fand kein Wort, und Ännie rief noch: »Mit deinen eigenen Waffen, Idiot, mit deinen eig…«, aber da machte er schon die Kamera aus mit seinen verklebten Fingern und war allein.

Dann war er noch alleiner, und es herrschte Stille. Die Schmach kam über ihn, aber er wehrte sie ab, so gut es ging. Er dachte wirklich: *und wenn schon,* dachte wirklich, es ist doch alles nur ein einziges Maskenfest hier, ein einziges Dumpfbeutelgame, ein einziger Anonymous-Gangbang, ein einziges Netzgeficke. Und wenn schon! Und wenn sie es veröffentlichten, scheißegal, er hatte auch sein Bataillon an Dateien, und er hatte sowieso schon längst verkackt wieder, was hatte er zu verlieren, es war egal, und sie machten es doch eh alle, alle machten sie es, und zwar ohne Ende, ob im Netz oder auf dreckigen Klos, und sie würden sich schon noch wundern, dann, am Ende des Tages, dann würden sie sich aber so was von wundern, am Ende des Tages, ja, und erst am Ende der Nacht.

TICKING TIME BOMB

Nach ein paar Stunden schnellen Schlafs samt Bad und Sauna in einem Nobelhotel – das musste jetzt sein, das gönnte er sich jetzt – fühlte Jan sich wieder frisch und geläutert, und er fuhr mit Odol und Werther's Echte im Mund und mit einem seltsam futuristisch ausgestatteten Taxi (alles Neon innen, und die abgefahrenen Tempometer und anderen Anzeigen da, die – blinkten und pulsierten?) zurück in die Redaktion, die nächste Sendung vorbereiten und die Asiendoku weiterschneiden. Er textete Kathrin an, und sie verabredeten sich zu einem jener guten, alten, innerehelichen Dates, die sie so gerne gehabt hatten früher, bei seinem Lieblingsitaliener – egal, mit wem er wann dort vor Kurzem noch gewesen war.

Nachts dann lagen sie im Bett einander in den Armen und tasteten erst die Gesichter, dann die Arme, dann die Rücken ab. Dann die ganzen Körper, aber etwas hakte erneut, er wusste nicht, ob bei ihr oder bei ihm. Es fühlte sich kalt an und leer und funktional.

»Ich kann es mir selbst nicht erklären«, murmelte er verschämt in ihr Ohr.

»Ist da noch was?«, fragte Kathrin. »Etwas, was du sagen willst? Von früher, von jetzt, egal was.«

»Bei mir nicht. Bei dir?«

Da durchfuhr es sie wie ein kleiner Schock, ein Schock der Entscheidung, jetzt oder nie.

»Du, ich muss dir echt was sagen.«

Sie atmete tief ein und versuchte, ruhig zu bleiben, dabei allen Mut zusammenzunehmen. Er stützte sich auf, sah sie aus dem Halbdunkel heraus an, sein Gesicht kaum sichtbar, eine schummrige Frage.

Dann gestand sie ihm nach und nach die Orgie, in einem stockenden Monolog, aber mit allen Details; und er fragte auch mit sanfter, belegter Stimme nach, immer weiter fragte er nach. Und sie antwortete, und ja, dann war das, und dann war der, und dann das, und das dann und der und das.

Als sie fertig war, folgte eine kurze Pause, ein Schweigen. Jetzt entschied sich vielleicht die Zukunft der beiden, dachte sie. Und bevor sie Hoffnung schöpfen konnte, sprang Jan auf, wie gestochen, und begann wild herumzuschreien.

Was, bitte was, ja, was das denn jetzt sei, das sei doch eine Absurdität, einfach unmöglich, wer denn auf solche Dinge komme und dahingehe und sich hingebe, sich dreckig ficken lasse wie eine läufige Hündin, wie eine billige Hure, ob sie spinne, irre sei, ob sie denn wirklich noch alle Tassen im Schrank habe oder alle Säfte in der, in der – aber das Wort traute er sich nicht zu sagen – *whatever*, schrie er. Er riss das Fenster auf und brüllte in den Garten, ob sie denn wirklich glaube, so könne diese Ehe noch fortgeführt werden, und diese Familie, und diese Drecksbeziehung, und ja, alle dürften es wissen, auch die Kinder, auch die Nachbarn, und *fuck*, ob sie denn glaube, dass er nicht auch jemanden anderen gefickt habe, er habe es doch gemerkt alles, er sei doch einsam gewesen, zumal in diesen schwierigen Zeiten gerade, und zwar habe er die Praktikantin im Sender gefickt, und zwar öfter, aber das sei ja nichts gegen ihre unsägliche Orgie da. Bei wem habe die überhaupt stattgefunden, und ob er die Gastgeber denn kenne, wenn man die denn noch Gastgeber nennen könne, und er fasse es nicht, er fasse es einfach nicht, wie eine läufige Hündin, wiederholte er, und mit Keanu, ja, mit dem habe sie es ja wohl auch getrieben, was?

»Das ist einfach nur völlig obszön und veraltet und machistischer Bullshit!«, schrie Kathrin zurück, und ihr Handgelenk knallte bei einer zornigen Wegwerfgeste gegen die Nachttischlampe, an der irgendetwas zersprang.

»Ja, jetzt noch mit Feminismus kommen! Machst du sonst auch nicht, ist doch nur, wenn du angegriffen wirst! Für dein *Geficke!*«

»Mach das Fenster zu.«

»Nein!«

»Mach es zu.«

Er tat es. Dann griff er sich an den Kopf und begann, lautlos zu weinen. Sie erkannte das sofort und ging zu ihm und umarmte ihn still. Sein Kopf sank gegen das Fensterglas, und auch sie weinte, aber ohne sich zu bewegen, ohne sich oder ihn aufzugeben. Dann sahen sie einander in die Augen.

»Was ist denn bloß – aus –?«, fing er an, konnte die Frage aber nicht zu Ende stellen.

»Ich weiß nicht«, schüttelte sie den Kopf, tupfte ihm dabei mit den Fingerspitzen die Tränen weg. »Ich weiß es nicht.«

Später schliefen sie ein letztes Mal miteinander, wie zum Abschied. Stundenlang war die gegenseitige Zermürbung weiter vorangeschritten, verbal, körperlich, seelisch, bis sie erschöpft beieinanderlagen, um wie in einer Verzweiflungstat noch einmal übereinander herzufallen. Versöhnungssex heißt das bei manchen; doch es kam zwischenzeitlich eher einem Hatefuck nahe (auch so eine Kategorie). Kathrin kam hart, so hart und krass wie lange nicht. Und als Jan kam, zog er ihn raus und spritzte masturbatorisch an die Wand.

HERBST

Severin ging durch den Herbst. Die Farben waren ihm viel zu bunt und ockern und orange und rot und gelb und noch immer auch grün. Manchmal kamen ihm die Farben wie eine Belästigung vor, manchmal wie ein Versprechen, ein Versprechen auf eine buntere, friedlichere Zukunft. Wenn diese Farbenpracht, die eben auch nerven konnte – aber wenn diese Farbenpracht schon möglich war, genau jetzt und hier, und diese Palette jährlich stets neu zur Verfügung stand, in diesem an sich nüchternen, traurigen Halbrund aus Bäumen, das er gerade durchschlurfte, in dieser tristen Parkanlage in dieser großen, seltsamen Stadt – was hatte die Welt dann sonst noch in petto?

Er ging mit seinen klobigen Kopfhörern durch die Stadtpampa und war zufrieden. Im Sommer hatte er weiße Ohren wegen dieser Kopfhörer gehabt, und er war in der Klasse deshalb gehänselt worden, aber es war ihm egal gewesen, er hatte diese weißen Ohren als Zeichen seiner Nerdigkeit angesehen, als Signum seiner Unabhängigkeit auch, und so hatten alle ihren Frieden schließen können mit dem dicken Nerd und seinen kreideweißen Ohren. Einfach aushalten, das war Severins Devise. Und richtige Freunde hatte er ja eh nicht. Er hatte sie höchstens auf den Ohren, im Kopf, seine Freunde, die Musiker und Rapper und Sängerinnen und Beats. Nicht, dass er sich gegen echte Freunde aus Fleisch und Blut, mit Herz und Seele und Haut und Haar gewehrt hätte. Aber so war es auch gut. Er spürte sein Körpergewicht noch stärker im Matsch versinken und stapfte fühllos weiter.

Keanu war kein echter Freund gewesen, Torge war längst weggezogen, und Lale wurde plötzlich viel schneller erwachsen als er. Severin war allein, aber auch das war okay. Eigentlich war seine Mutter sein bester Freund. Die hörte ihm manchmal noch zu, immerhin, mit halbem Ohr vielleicht nur, aber sie hörte zu, und wenn es hart auf hart kam, war sie da. Der Gedanke erschreckte ihn ein wenig, aber er konnte ihn schnell in seine Nerd-Systematik einbauen, und am Ende würde er eh irgendwann in Japan leben, und was er da an Glück erleben würde, das konnte er sich noch kaum ausmalen, so bunt und friedlich und knallig wäre dieses Glück, genau wie diese Herbstfarben da. Denn in Japan, so wusste er, waren sie alle noch nerdiger, poppiger, gehemmter und alleiner als er.

Wenn es hart auf hart kam, war seine Mutter da, ja – aber auch das war nur eine nerdige Fantasie. Denn wann war es schon mal hart auf hart gekommen in seinem Leben? Alles, wirklich alles war weich an ihm, der übergewichtige Körper, die wachsweiche Seele, das Gesicht, der Wille – und selbst wenn er fiel, fiel er weich. Hart war es nie für ihn gewesen.

Er würde anders sein, irgendwann. Das stand fest.

Hinten im grauorangen Hügel regte sich ein Punkt, kam näher, ein Mensch, ein Mädchen. Am ausschreitenden, zentrifugalen Zickzackgang erkannte er bald Ännie – Ännie, die Intrigantin, Ännie, die Windmaschine, die allen irgendwie Angst machte, ihm am meisten.

»Sevvi!« Sie hatte ihn wohl auch erkannt. Schon war sie da.

»Ja, hi.« Severin sprach die Namen seiner Gesprächspartner nie aus, zu jung war er noch, zu schüchtern.

»Weißt du schon das Neueste?«, schrie sie ihn an, das vernarbte Gesicht hocherhitzt, selbst fast eine Herbstlandschaft, vielleicht aus der Hölle.

»Nein, was?«

»Wir haben Keanu!«, rief sie.

»Wie, ihr habt Keanu?«

»Auf Video, beim Wichsen. Valli war die *bait.*«

»Bait?«

»Lockvogel.«

»Aha. Und wofür?«

»Wie, wofür. Weißt du das denn nicht?«

»Was?«

»Wieso der überhaupt die Schule wechseln musste?«

»Nein.«

»Sevvi, du kriegst echt nichts mit hinter deinen Kopfhörern hier. Der hat doch eine in den Selbstmord getrieben.«

»Was?«

»Wird gesagt. Mit Camsexbildern. Aus Rache, angeblich.«

»Angeblich. Ist das sicher?«

»Das sagt man jedenfalls. Und irgendwas wird schon dran sein. Oder? Etwas ist immer dran, überall.«

»Also, ich weiß nicht –«

»Und sollte nichts dran sein, dann wird es in Zukunft jedenfalls nicht dazu kommen. Dafür sorgen wir.«

»Aber das –«

Sie rannte schon wieder weiter, in ihrem leichten Stampf-Zickzackgang, und winkte.

»Schon okay, Sevvi, alles gut. Wir machen ja nichts. Aber immer schön aufpassen, ja? Digger? Auch du. Immer schön aufpassen, und bloß keine kleinen Mädels ärgern! *Ich* lauere überall!«

Und sie verschwand langsam im grellen Rot-Orange, das Severin jetzt plötzlich doch wieder vorkam wie eine ungehörige Belästigung.

DIE LIEBE IN ZEITEN VON DENEN DA

»Themenwechsel.«

Kathrin hasste es, wenn jemand »Themenwechsel« sagte, anstatt, wie unelegant auch immer, einfach ein neues Thema anzuschneiden.

»Gut. Und was? Aber bitte nicht wieder irgendwelche amourösen Themen.«

»Und warum das nicht?«

»Davon habe ich gerade die Nase voll.«

»Denke ich mir.«

Catharinas Lover Lasse grinste wieder so unbestimmt und pausbäckig in Kathrins Richtung. Er hatte sich inzwischen den Vollbart abrasiert, aber einen über die Mundwinkel reichenden Schnauzer stehen gelassen. Er grinste noch immer und schien Kathrin anzumachen. Oder war sie inzwischen einfach nur zur Flirthysterikerin mutiert, die überall obszöne Zudringlichkeiten witterte, wo vielleicht gar keine gemeint oder gar vorhanden waren?

»Wie, denkst du dir? Ach, egal – können wir nicht einfach über Rosenkohl reden, zum Beispiel?«

»Natürlich. Sehr bitteres Gemüse.« Noch immer sah Catharina ihre Freundin Kathrin so vielsagend an. »Und wenn man ihn nur eine Minute zu lange kocht, wird er zu Matsch.«

»Äh – ist irgendwas, Catharina? Willst du mir mit dieser tollen Rosenkohl-Metapher irgendwas sagen?«

»Also doch nicht Themenwechsel?«

»Meinetwegen«, seufzte Kathrin. »Also was jetzt?«

»Kathrin, hör mir zu. Du musst da raus. Aus der Ehe.«

»Ich weiß«, gab Kathrin zu.

»So geht das nicht weiter. Ich schau mir diese Katastrophe, und es ist eine, schau ich mir schon lange an. Du hast versucht, auf Usedom zu dir zu kommen. Hat nicht geklappt. Du gehst wieder ins Schreiben, was gut ist, aber auch ein Symptom. Eskapismus, Kathrin.«

»Wie bitte?«

»Lasse, Fritz und ich haben schon darüber geredet, und zwar länger, als du denkst, über Monate schon, und wir sind längst auch zu einem Ergebnis gekommen. Wenn du möchtest, kannst du stets zu uns – immer. Und gerade scheint es mir mehr als nötig zu sein. Ich habe mit Lale telefoniert. Sie hat Jan gehört, wie er aus dem Fenster geschrien hat.«

»Das war eine Ausnahmesituation.«

»Hör auf. Die Kinder können zu Saskia. Auch das habe ich schon geregelt und mit ihr besprochen. Ihr zerfetzt euch nur, und wenn Jan nicht völlig ausrastet, wirst du es tun. Ich weiß um die Vorfälle, Kathrin, auch von dem mit Saskia. So geht es nicht weiter.«

»Wie willst du das entscheiden? Du hast doch keine Ahnung!«

»Und ob ich Ahnung habe. Und wie ich entscheide? Ich entscheide einfach.«

»Du bist hier stets herzlich willkommen«, sagte Lasse, diesmal sonor und völlig ernst.

»Und ich soll hier in eure Polyamorie-WG einziehen? Was wäre denn der Preis? Ihr spinnt wohl!«

»Tun wir nicht.«

»Nein, so nicht, und so schnell nicht«, sagte Kathrin düster. »Ich werde um meine Ehe kämpfen. Weißt du, da sind noch

Reste von etwas in mir, das ihr wohl völlig verdrängt habt, Reste von Romantik nämlich«, sagte Kathrin.

»Ich würde das eher Reste vom Patriarchat nennen, aber darum geht es hier gerade nicht, Kathrin«, sagte Catharina.

»Nein, von Romantik.«

»Vom Katholizismus.«

»Was? Ich bin gar nicht katholisch!«

»Aber deine Psyche ist es, durch Jan, durch die langen Jahre mit ihm.«

»Wisst ihr eigentlich, was der durchgemacht hat die letzten Monate?«

»Ich hab' so was gehört. Und das wird auch bald durch die Presse gehen.«

»Gehört, gehört – wie verlogen seid ihr eigentlich hier! Da mache ich nicht mit«, sagte Kathrin und verschränkte grimmig die Arme vor dem Körper. »Was mischt ihr euch überhaupt ein? Ich gehe. Ich gehe!«

Sie stand auf.

»Und ein Wort noch zu eurem tollen Lebenskonzept hier«, jetzt erhob Kathrin den Zeigefinger und schien irgendjemandem der Anwesenden zu drohen, »es ist nicht so, dass ihr, nur weil ihr hier so angeblich freiheitlich liebt und lebt und Gott weiß was, auch nur irgendwas an den Strukturen verändern würdet. Das ist ein Trugschluss und ein Selbstbetrug obendrauf.«

»Kathrin, diese Diskussion ist nun wirklich nicht –«

»Nein, die ist sehr relevant, sehr! Früher hieß es, das Private sei politisch, und das mag ja noch stimmen – aber seit wann ist *nur* das Private politisch? Was ist eigentlich wirklich politisch hier in eurem Mini-Sexbiotop? Nein, meine Liebe, euer Leben reicht nicht, um auch nur irgendetwas an der Welt zu ändern.«

»Aber vielleicht reicht uns genau das? Und wenn wir euch so sehen – also – eine Alternative ist das Eheleben sicher *nicht.*«

Kathrin wollte aus der Haut fahren. Sie fand die in ihrem ausladenden Hippiekleid dasitzende Catharina gerade auch unglaublich hässlich, und ihren Lover Lasse auch. Sie kamen ihr vor wie zwei Bufoteninkröten in Batikfarben.

»Hör zu, Catharina«, rief sie. »Dass Jan und ich gerade scheitern, ist noch lange kein Beweis für die Richtigkeit eures Dreckslebens hier. Denn das hier ist grundfalsch und zum Speien. Und das dicke Ende, es kommt noch. Da könnt ihr so viele Illusionen und Orgasmen haben, wie ihr wollt. Alles frei, alles cool, alles gut – zum Kotzen.«

Sie stampfte aus der Wohnung. Catharina rief ihr noch hinterher:

»Aber was wäre dann das richtige Leben, Kathrin?«

TIERTAGE

Kathrin fuhr vor, noch immer empört, ihr Puls hämmerte. Der Kies spritzte hoch, fast hätte sie eine Mülltonne umgefahren. Zur Beruhigung blieb sie kurz im Auto sitzen. Nein, noch konnte sie dieses Haus nicht betreten, das ihres war, in dem Licht brannte, oben. Erst musste sie sich die Füße vertreten und durchatmen. Sie wollte noch niemanden sehen, und schon gar niemanden von dieser Familie. Weg hier, irgendwohin.

Auf der Straße, fünfzig Meter abwärts, kam ihr jedoch ein Schatten entgegen. Nein, er stand da unter einem Baum, und ihr wurde kurz anders. Nein, er kam ihr entgegen. Nein, er stand nur da, ein hagerer, vielleicht junger Mensch. Sie blieb stehen.

Keanu trat aus dem Schatten. Sie wollte aus der Haut fahren.

»Was machst du denn hier, Keanu? Lungerst du hier vor unserem Haus herum?!«

Er zuckte zusammen. »Nein, Kathrin, nein, nein. Ich bin zufällig hier.« Beschwichtigend hob er eine Hand. »Nein, nein, wirklich nicht.«

»Und das soll ich dir glauben? Was machst du hier, abends? Hast du kein Zuhause?«

Natürlich nicht, fiel ihr ein.

»Ich bin es einfach gewöhnt, hier herumzugehen, ich hab' gar nicht nachgedacht und bin irgendwie automatisch hier gelandet.«

»Soso, automatisch.« Hätte es mehr Licht gegeben, hätte sie jetzt tadelnd bis kokett gelächelt, vielleicht die Augenbraue gehoben.

»Wo wohnst du gerade?«

»Bei meiner Großmutter, das weißt du doch.«

»Aber die ist doch im Krankenhaus.«

»Ist sie nicht.«

Das war eine Lüge. Aber es war nicht mehr Kathrins Zuständigkeit, das herauszustellen oder geradezubiegen. Sie war jetzt weder Lehrerin noch Ziehmutter – sie fühlte sich einfach angezogen von diesem Schatten, von dieser Erscheinung.

»Und jetzt –«

»Jetzt stehen wir hier.«

Ein Schritt nur, es wäre nur ein Schritt. Bevor sie ihn tun konnte, ging er ihn auf sie zu. Sie standen voreinander. Inzwischen war er größer als sie.

»Das geht nicht.«

»Aber Kathrin, was denn, ich will doch gar nicht –«

Bevor er weiterlog, brachte sie ihn mit einem Kuss zum Schweigen. Er konnte es sogar, war geschickt darin und umgarnte sie.

Sie umarmte ihn innig, dann lustvoll, fasste seine Brust an, fuhr mit der flachen Hand seine Rippen hinab. Er nahm ihre Hand und zog sie fester an sich. Sie roch ihn, hatte seinen Geruch in der Nase, auch wenn sie kein Wort dafür gefunden hätte, wie er eigentlich roch. Aber das war er. Sie atmete ihn ein, tief und lange. Dann öffnete sie den Reißverschluss seiner Hose. Und er tat es ihr gleich.

Zwei Schemen leuchteten auf, dort auf der Straße, die Silhouetten von zwei Tieren im Dunkeln. Sie waren die Nacht, die Bäume, die Welt.

DAS JETZT

Jan saß in der Redaktion, an der Quelle, am Ticker, als die Ereignisse sich überschlugen. Er raufte sich die Haare, denn es wollte ihm den Kopf zerschießen. Eine Boulevardzeitung hatte den Schulskandal öffentlich gemacht, mit teilverpixelten Bildern – er selbst war noch nicht dabei, aber er meinte, Konstantin zu erkennen. Es war so weit: *Patres der Schande*, stand da.

Etwas musste gemacht werden, sofort. Aber was? Schon klingelte das Telefon, und die Ersten wollten eine Stellungnahme, man wisse ja, wer er sei, ob er denn etwas mitbekommen habe? Nein? Doch? Jein? Ja, die Welle sei jetzt da, sagte Johannes am Telefon, habe er auch schon gelesen, jahrzehntelanger Missbrauch und so weiter und so fort, aber das sei abzusehen gewesen, das sei die Presse und einfach die nächste Sau, die durchs Dorf gejagt werde, bis der nächste Spendenskandal oder das nächste royale Baby das alles wieder verdrängte. Was zu tun sei? Das sei doch klar, oder? Jeder Schritt Richtung Aufklärung bedeute einfach festeren Boden unter den Füßen, klar, aber jetzt müsse man sich zu Wort melden, und zwar mit einer Stellungnahme, und zwar unterschrieben von möglichst vielen Altschülern. Aber bloß Malte nichts sagen, riet Johannes, der sei eh anders drauf gerade, ganz anders, und würde solche Dinge eher nicht, nun ja, goutieren.

Scheiße, sagte Jan in den Hörer, und Kathrin pflichtete ihm bei. Er wolle kein Betroffener mehr sein, sagte er, und

Kathrin sagte, da werde ihm nichts anderes übrig bleiben, und Jan meinte, er lasse sich von denen (wenauchimmer er damit meinte) nicht umschreiben, und schon gar nicht von den Boulevardmedien, deren Teil er ja sei, und Kathrin meinte, es gehe nicht nur um ihn, wirklich nicht, und Jan schnaufte, er werde das unterbinden, *mit allen Mitteln*, und Kathrin wusste, er überschätze seine Rolle in dem Ganzen gehörig; und sie habe wahrlich kein Problem mit Männern, die Opfer seien, sondern nur mit solchen, die keine Opfer sein könnten.

Johannes sah derweil wieder über die Stadt, wieder senatorisch, frühfaltig und unerschüttert. Die Pressewelle ließ ihn kalt, er hatte gewusst, wie die Zeitungen und Magazine berichten würden: engagiert und heißblütig und geil auf Skandale. Die Falten in seinem Gesicht wurden noch skulpturaler, tiefer, bronzener. Er gehörte einfach nicht dazu, dachte er und lächelte, zu diesem konstruierten Bild, das sie jetzt von der Schule hatten, von diesem Kollektiv, das jetzt alle sahen. Die Zuschreibungen von außen waren falsch und würden bald verblassen. Da war kein Wir, wusste Johannes, und: Uns gibt es gar nicht. Und dennoch wurde es schnell konstruiert, dieses Wir, eher ein Ihr: ihr neureichen Asis, ihr altadeligen Inzestprodukte, ihr klüngelnden Reichos, ihr kleinen, hilflosen Missbrauchsopfer. Was soll's, dachte Johannes. Je mehr jemand eine Haltung dazu hätte, desto mehr würde er sich in Widersprüche verwickeln.

Ich meine, ich bin Anwalt, dachte er und stellte sich ein großes, bis auf die letzten Plätze besetztes Plenum vor, und wie er vor diesen Leuten eine Rede halten würde, eine Rede über damals, als der Skandal über das Land kam. Ich bin Anwalt, so Johannes vor diesem imaginierten Plenum, ich lebe von der Flexibilität der Wirklichkeit, von der Ausdeutung und Umdeutung angeblich feststehender Gesetze im Lichte konkreter Taten und Sachverhalte, meine Damen und Herren, werte Präsidentin, hohes Haus – und man sollte in allem, was man tut, die eigene Vorläufigkeit und Bedingtheit und Widersprüchlichkeit mit präsent halten – das ist mein Credo. Und Dialektik ist mein Treibstoff, auch wenn ich Ihnen sicher keine gültige Definition von Dialektik liefern könnte, so weit reicht es nämlich dann doch nicht mit der Bildung, unter uns. (Nun stellte er sich ein Lachen vor, das durchs Plenum ginge.) Verstehen Sie, für mich war das ein Ding, damals, aber nicht das Ding, das es für andere war, gerade für solche, die gar nicht dabei waren. Ich will niemandem zu nahe treten, meine Damen und Herren. Nur ist meine Haltung, die angeblich eine Nichthaltung ist, vielleicht umso stabiler, umso differenzierter auch als die der Leugner und die der Ankläger. Meine Haltung ist nicht nur nachvollziehbar. Sie ist vielmehr angebracht. Sie ist richtig. Weil sie um die Nichtigkeit dieser Dinge und Diskurse weiß. Ich danke Ihnen für Ihre Aufmerksamkeit. Vielen Dank.

Gegenüber, neben dem zweiten Hochhaus, dem gerade ein hässlicher Anbau verpasst wurde, fuhrwerkte ein Bagger in einem Haufen Schutt herum, und ein zweiter daneben, sehr eifrig und sinnlos, und daneben standen die Kräne und klirrten im Wind. Es sah so aus, als würden die gesamte Baustelle und ihre Mitarbeiter niemals fertig werden mit dieser Aufgabe, dabei war es klar, in zwei Jahren stünde dort ein neues, perfektes Gebäude, und es würde dort so stehen, als habe es dort noch nie nicht gestanden, und genau so würde es, er war sich gewiss, am Ende auch in dieser ihrer Sache sein.

BRIEFING

Mit Fassungslosigkeit und Bestürzung verfolge man die Entwicklungen und die in den vergangenen Tagen vorgebrachten Vorwürfe sexuellen Missbrauchs. Die Werte und Erziehungsideale des Franz-Xaver-Kollegs als katholischer Schule und Internat blieben für die Unterzeichner, die Ehemaligen und Eltern, durch die Ereignisse dabei unberührt. Man sei daher dankbar für die Initiative der Schulleitung und des Ordens, hier eine rückhaltlose Aufarbeitung aller Vorwürfe zu betreiben. Mit großer Betroffenheit habe man den Rücktritt des Rektors des Kollegs, Pater Meinrad Bosch, zur Kenntnis genommen. Man respektiere den Schritt von Pater Bosch, und doch bedauere man diesen Entschluss zutiefst. Die Werte und Erziehungsideale des Kollegs als katholischer Schule und Internat blieben für die Unterzeichner durch die Ereignisse dabei unberührt. Das Franz-Xaver-Kolleg sei stets geprägt von einer Atmosphäre der Offenheit gewesen, mit der Anleitung zu selbstverantwortlichem und verantwortungsbewusstem Handeln. Man blicke auf eine unbeschwerte, prägende und motivierende Schulzeit zurück, für die man dem Kolleg, dem Jesuitenorden und den dort tätigen Lehrern und Erziehern besonders dankbar sei. Gleichzeitig sei es den Unterzeichnern ein Anliegen, ausdrücklich mitzuteilen, dass sie während und nach ihrer Zeit als Schüler weder sexuelle Gewalt noch Missbrauch am Kolleg erlebt hätten. Man sichere der Schule, dem Orden und insbesondere auch den heutigen Schülern jetzt und in Zukunft seine volle Unterstützung und Solidarität zu. Die Werte und Erziehungsideale des Kollegs als katholischer Schule und Internat blieben für die Unterzeichner durch die Ereignisse dabei unberührt.

MOMENTUM

Kaum war er angekündigt, stürmte Malte in Jans Büro, die Glatze glänzte im LED-Licht, die Brille war beschlagen. Er hatte einen Ausdruck des Briefes in der Hand, den Jan, so sehr funktionierte er auf manchen Levels noch, mit Johannes und zehn weiteren seiner ehemaligen Schulkameraden formuliert hatte und den tausend Altschüler unterschrieben hatten.

»Was ist das denn für ein Dreck?«, platzte es aus Malte heraus.

»Was meinst du?«

»Na, das hier.«

»Man solidarisiert sich mit seiner Herkunft. Man räumt auf.«

»Hast du das veranlasst?«

»Nein.«

»Aber unterschrieben.«

»Ja. Wie tausend andere auch.«

»Und finanziert?«

»Was muss man denn da finanzieren?«

»Na, die Anzeigen überall.« Es waren tatsächlich Anzeigen von dem Schreiben geschaltet worden, auch in überregionalen Blättern.

»Nein, habe ich nicht.«

»Aber du hast das geschrieben.«

»Nein, verdammt.«

»Das ist doch Vertuschung. Da ist mit keinem Wort von

den Opfern die Rede. Was ist denn das für eine Status-Scheiße? Ihr denkt, ihr könnt euch mit so einem öffentlichen Brief reinwaschen. Ist aber nicht so. Jede unserer Biografien ist besudelt.«

»Und einmal besudelt, müssen wir uns jetzt ewig im Dreck wälzen, oder was?«

»Eigentlich müsstest gerade du etwas sagen. Öffentlich. Als Repräsentant. Du sitzt an den Hebeln. Aber nein, du unterschreibst Solidarisierungsdepeschen mit den Tätern.«

»Die Hebel bringen eh nichts.«

»Wenn man sie nicht bewegen will, verdammt, dann nicht, dann bringen sie nichts. Wenn du nichts von dir wissen willst, nichts von dem, wo du herkommst, dann kannst du auch einfach so bis zum Tod weiterleben, ohne einen weiteren Gedanken an dich zu verschwenden.«

»Machen das nicht alle?«

»Was für ein Arschloch du bist.«

»Du übertreibst.«

»Und weißt du Arschloch, was die größte Schweinerei ist? Die Bilder sind alle verbrannt.«

»Was?«

»Ja, schon vor drei Jahren. Geil, was?«

»Wer sagt das.«

»Die Missbrauchsbeauftragten, die alle, keine Ahnung.«

»Es sind gar keine Bilder mehr da, restlos? Aber das ist doch gut.«

»Nichts ist gut, Jan, nichts. Noch immer wird auf unsere Bedürfnisse geschissen. Du hast dich ja gesehen, da auf deinem Handy. Ich nicht.«

Malte kam sichtlich ein Gedanke. Er neigte den Kopf zur Seite und trat einen Schritt nach vorne. Und sagte ernst: »Vielleicht sind deine Bilder am Ende die einzigen Beweismittel. Jan, ich sag dir eins: Komm nicht auf die Idee, die zu vernichten oder zu löschen.«

»Und wenn ich das bereits getan habe?«

»Hast du nicht. Weißt du was? Gib mir mal deine Bilder«, sagte Malte.

»Was? Du spinnst doch.«

»Doch, mach mal. Ich trau dir nicht mehr.«

Malte sprang auf Jan zu, der blitzschnell sein Handy hervorgeholt hatte und bereits dabei war, den Ordner mit den Bildern aufzurufen. Malte umklammerte ihn; sie rangen. Sie rangen um diese Bilder, die aber weit mehr waren als nur Bilder. Sie rangen letztendlich um ihr Leben.

Schließlich schaffte es Jan, selbst in Maltes Klammergriff, unter Kratzen und Schlägen, den Ordner zu löschen, und verkündete das auch mit gepresster Stimme:

»So. Gelöscht.«

Da prügelte Malte entfesselt auf ihn ein und schrie: »Du Bückstück hast deren Arm noch immer bis zum Ellenbogen im Anus stecken! Bis zum Anschlag, *Bückstück!*« Dann nahm Malte Jans Kopf in die Hand und knallte die Stirn, so fest er konnte, auf die Schreibtischplatte. Jan sah Sterne, dann schwarz.

Und endlich kam die Security und führte Malte rüde ab.

NACHT

Die ersten Fahnen wurden verschickt, und die Branche fand das alles erst einmal ganz heiß, die Geschichte, den Spin, der sich eigentlich nur auf eine Nachricht beschränkte: auf das gloriose Comeback der Kathrin Leibert, jetzt Drescher, damaliger Name und, natürlich, jetziger Künstlername: Leibert. Dieses Comeback stand also ins Haus.

Kathrin ging ihrerseits weiterhin ihrem Lehrerinnenberuf nach, aber fast nur noch halbherzig – jedenfalls warf sie sich das innerlich vor. (Andere hätten bei dem Engagement und Energieverbrauch noch immer von »vollem Einsatz« oder gar »Aufopferung« gesprochen.) Sie schrieb weiterhin viel, meist jetzt nicht mehr zu Hause, sondern – wie eine gealterte Laptop-Pop-Poserin – in fein beheizten Cafés und auf überdachten Terrassen, im milden Wind dieses Herbstes, mit einem leichten Drink vor sich, und sie flirtete wieder, wo es sich anbot – das hatte sie seit Jahren nicht mehr getan. Auch konnte sie die Anmachversuche der Schülerväter nun besser parieren – teilweise stieg sie sogar schlagfertig und charmant auf sie ein. Und auch die Schüler reagierten nun anders auf sie, und sie genoss diese neue Freiheit. Die Mütter dagegen schienen sie, wenn sie ihr begegneten, mit wachsendem Argwohn zu betrachten – vielleicht sogar mit Neid? Und sie verstand sie, waren sie doch fast alle genauso in ihrem bürgerlichen Traumparadies gefangen, wie sie es zuvor gewesen war.

Da rief Catharina wieder an. Kathrin erkannte es sofort an dem Beatles-Sitar-Klingelton, den sie für sie eingestellt hatte. Ihre hippieske Free-Love-Freundin hörte sich gar nicht mehr so peacig, sondern ziemlich aufgeregt an: Sie müsse Kathrin warnen, da sei was im Busche. Denn:

»Sag mal, ist dieser Viktor wirklich so richtig minderjährig?«

»Ja, natürlich. Das ist doch der Plan und der Reiz.«

»Aber das passt nun kaum in die Zeit, Kathrin! Ich meine, du hast das Elend, pardon, aber du hast doch einen solchen Fall genau neben dir –«

»Kannst du bitte aufhören, Catharina?«

»Klar, ja, aber – also – dir ist schon klar, dass das sehr nach hinten losgehen kann?«

»Ja, und auch das ist der Plan – und hat seinen Reiz.«

»Ah, sie geht auf Risiko. Kunstfreiheit, Provokation, was? Verstehe. Aber die Leute warten nur auf ihr nächstes Opfer, weißt du das? Und gerade du –«

»Dann soll die Kunstfreiheit halt als Katastrophe über mich kommen – wenn die Verhältnisse so spießig sind. Ich habe keine Lust mehr auf solche Beschränkungen.«

»Du warst solchen Beschränkungen nie ausgesetzt.«

»Dann wird es vielleicht mal Zeit.«

»Na gut, wie du willst. Aber, sag mal – was ist denn mit diesem Keanu? Der bei euch da gewohnt hat?«

Kathrin wurde blass. »Was?«

»Lale hat so etwas angedeutet. Und die Leute reden langsam.«

»Was soll denn da sein?«

Ein langes Schweigen setzte sich in der Leitung fest. Kathrin hörte Catharina atmen und denken.

»Eines sage ich dir, Süße«, schloss Catharina dann, »wenn

du Kunst und Leben verwechseln solltest, kommst du in Teufels Küche – und da nie wieder raus, aus dieser Verwirrung. Überleg's dir bitte. Wirklich.«

Auch Jan, von einer leichten, unerkannten und unbehandelten Gehirnerschütterung gebeutelt, machte Bekanntschaft mit dieser Verwirrung. Bei der Suche nach alten Jahrbüchern der Schule (um selbst die damals offen abgedruckten Fotos auf zweifelhafte Tendenzen zu durchsuchen, und an sich war nun jedes Foto vergiftet, ging ihm auf) fand er Kathrins ausgedrucktes und mit wilden Verbesserungen und Kommentaren gespicktes Manuskript. Was er da las, wenn auch von zig Metaphern und einer schwülstigen Sprache überdeckt, ließ ihn fassungslos dastehen. Offensichtlich handelte dieser Text von einer Sexfantasie mit einem Minderjährigen, und er meinte auch noch, Keanu herauszulesen, wenn er auch nicht wusste, weshalb.

Dann fickten sie endlich im Fahrradkeller, sie hatte erst ihn, dann sich ganz ausgezogen, ihn zärtlich aufgerichtet und seinen jungen, frischen Schwanz mit Spucke und Reiben zum Glänzen gebracht …

Wie bitte? Das ihm? Und jetzt? Bei dieser Sachlage?

Er legte das Manuskript zurück an seinen Platz und versuchte es einfach zu vergessen. Es war schließlich nur Literatur, nur Literatur. Dieser Gedanke beruhigte ihn wieder.

FRIDAY I'M IN LOVE

Keanu ging alleine durch die vermüllten Viertel. Er wusste, dass Lale und der Rest nun bei einer Fridays-for-Future-Demonstration waren, und er wusste, dass er da, bei den Zukunft-Kids, wo Lale und er sich am Rande der träge durch die Stadt ziehenden Massen einmal auf Ketamin geküsst hatten, nichts mehr zu suchen hatte.

An der Ecke zur großen vierspurigen Bundesstraße sah er wieder den Zigeunerjungen im Rollstuhl. Sie grüßten einander, und der Zigeunerjunge bettelte kurz, indem er seinen Kaffeebecher mit ein paar Münzen drin schüttelte, und Keanu winkte ab. So machten sie das immer, seit Wochen.

Doch dann, und Keanu war sich erst nicht sicher, ob er sich nicht täuschte, ob er sich nicht verguckt oder einfach einen Glitch in der visuellen Matrix hatte, einfach ein Déjà-vu, eine optische Täuschung oder ein kurzes Fremdbild im Hirn – oder ob der Zigeunerjunge tatsächlich, verhuscht und als Andeutung, eine Geste zum Mund machte, die wie das Angebot eines Blowjobs aussah. Keanu blieb stehen und schaute ihn entgeistert an.

Dann machte der Rollstuhljunge die Geste erneut, unverkennbar: Er führte seine geschlossene Faust seitlich zum Mund, den er zum O geformt hatte, und schob die Faust dann vor und zurück. Dabei hatte er die Augen weit und fragend geöffnet.

Was sollte das sein? Ein Angebot? Woher hatte er das?

Hatte er mit dieser schäbigen Geste in letzter Zeit vielleicht öfters Erfolg gehabt, wenn man das denn Erfolg nennen konnte, und die Geste war zur Gewohnheit geworden, so als wäre so ein dreckiges Angebot nichts, nur ein weiterer Punkt im unendlichen Bestellkatalog dieser dreckigen Welt, und der Junge im Rollstuhl hatte sich, vielleicht in dem Gebüsch dahinten, einfach etwas dazuverdient zum normal Erbettelten? Und wer ging auf so was überhaupt ein?

Keanu wurde wütend, auf den Jungen, auf die möglichen Freier, auf die Welt. Was dachte dieser Penner eigentlich, was bildete der sich ein? Und was war das für eine verhurte Welt, in der so etwas möglich war? Und glaubte der Penner eigentlich wirklich, Keanu wäre irgend so eine Schwuchtel, die es jetzt auf diese Weise bräuchte?

»Du Hurensohn«, schrie er den Jungen an, »du verdammter Untermensch! Bist du eigentlich behindert, du dreckiges Stück Scheiße? Verpiss dich!«

Fast hätte er dem Jungen richtig eine mitgegeben, er ging schon hin und holte aus, aber dann besann er sich. Der Typ saß doch schon im Rollstuhl. Er ließ es. Dennoch hatte Keanu eine unglaubliche Wut im Bauch, als er davonging; jedoch nicht mehr einfach auf den Jungen oder auf irgendeine verfickte Homosexualität, sondern auf diese Welt, die solche völlig falschen Szenen überhaupt zuließ.

ACHT MOMENTE

Wenn manchen einmal so etwas passiert, dann passiert ihnen freilich auch alles andere. Verlieren manche die Liebe, dann verlieren sie bald auch Geld, Karten, Würde und Leben.

Jans Untergang, wenn man ihn denn hinauslösen wollte aus dem Gesamtniedergang, der ja schon länger anhielt, vollzog sich in acht Schritten, in acht Momenten eigentlich nur.

I

Nach Konstantins viel besprochenem Talkshowauftritt im Konkurrenzsender, den Jan noch hatte verhindern wollen und den Johanna »großartig« und »unvermeidlich« fand, ergriff erneut die Paranoia von ihm Besitz. Malte hatte Konstantin gut gecoacht, hatte auch sein Statement, in dem es um einen tatsächlich körperlichen Missbrauch durch Stein ging, brillant lektoriert und an die Presseagenturen verschickt. Das Echo hätte nicht größer sein können. Aus Jans Perspektive allerdings war nur ein weiterer Seelenverkauf im Spotlicht geschehen, und die Leere, die er in Konstantins Seele vermutete, war auch die Leere in ihm.

2

Diese Leere versuchte er mit Sex zu füllen. Nachdem er sich ein teures Hotelzimmer genommen hatte, da auf die Schnelle keine eigene Wohnung zu finden war, in die er sich hätte setzen wollen (und ausziehen musste er schließlich, darin kamen Kathrin und er überein – und das Hotelzimmer war vielleicht nur vorübergehend, so hoffte er stillschweigend, und er hoffte, dass Kathrin vielleicht auch noch hoffte) – nachdem er sich also ein Hotelzimmer genommen hatte, fühlte er sich sehr nobel und gleichzeitig verrucht, und er liebte den Zimmerservice, der ihm Frühstück, Steak und Champagner brachte, und er liebte die Escortmädchen, die er jetzt das Recht zu haben meinte, täglich zu bestellen.

Und einmal meinte Ludmilla mit ihrem russischen Akzent zu ihm, »du fickst sehr gut«, und sie lächelte zum Abschied so arglos offen und lieb und beglückt, dass er dachte, das sei wohl sowohl der glücklichste wie auch der traurigste Augenblick seit Langem gewesen, nämlich in genau dieser Zwiespältigkeit und Paradoxie vielleicht der intensivste Augenblick seines ganzen Lebens.

Am nächsten Tag hatte er dann alles vergessen, den Sex und ihr Gesicht. Nur dieser Satz war noch da und wanderte heimatlos durch seinen Kopf.

3

Später, als er sich immerhin eine Airbnb-Wohnung verschafft hatte, meldete er sich zunächst auf den einschlägigen Datingportalen an und traf genau fünfundzwanzig Frauen in fünf Tagen. Einer von ihnen kotzte er ins Bett.

Dann begann er eine Affäre mit einer Malerin, die er (oder

die ihn, das war nicht mehr zu ermitteln noch an den äußeren Erscheinungen und Umgangsformen zu erkennen) in einer Bar nach einer Vernissage aufgegabelt hatte. Er hatte nicht gemerkt, wie durch und fertig diese Malerin war, deren Bilder eh nur aus seltsamen, schemenhaften Gurken bestanden. Als sie einmal ein kleines Döschen in seinem Bad mit einer eigenartigen, streng riechenden Paste vergessen hatte, rief er sie an und fragte, was das denn sei, und sie sagte, das sei Haftcreme für ihre Zähne. Das fand er lustig und seltsam, und er griff sich an den Kopf.

Franziska, eine deutsche Escortlady, angeblich in Wirklichkeit Studentin, klärte ihn dann auf, dass diese Paste nichts anderes als Speed war, auch Pep genannt. Da erschrak er und stellte sie zurück in den Toilettenschrank.

Eine Nacht später dann stand die Malerin vor seiner Haustür und klingelte Sturm, und es war Jan vor den Nachbarn peinlich, und er öffnete ihr. Nachdem sie miteinander geschlafen hatten, kratzte die Malerin ihm vor Wut fast die Augen aus, jedenfalls versuchte sie es; ihr gelangen nur eine Reihe Ohrfeigen.

Nach der Nacht sah er sie dann nie wieder; nur die angebliche Haftcreme behielt er noch eine Woche, bevor er sie wegwarf.

4

Sodann versuchte Jan, sich wenigstens äußerlich wieder auf Vordermann zu bringen, was mithilfe des Besuches eines Beauty-Studios und eines Promi-Friseurs auch leidlich gelang. Denn er musste wieder nach Asien, den nächsten Teil des Dokumentationsfilms fertig drehen. Verwandte und Freunde rieten ihm, sich bitte krankschreiben zu lassen. Er schlug die Warnungen in den Wind.

Und zunächst ging es auch. In Seoul fingen er und das Team feine Bilder ein, aßen gutes Barbecue zusammen und sprachen mit höflichen und redseligen Köpfen aus Kultur und Politik über die Teilung des Landes, um dann bei einem Soju über die Parallelen zu der damaligen Teilung Deutschlands zu philosophieren.

Einigermaßen wieder auf dem Teppich der Tatsachen und Dinge angekommen, fand Jan dann im Hotelzimmer heraus, dass dieses ominöse Pornoverbot im koreanischen Internet tatsächlich galt. Die Pornoseiten waren einfach wirklich alle gesperrt. Das bestürzte ihn, nicht wegen der eigenen Geilheit, sondern aus blankem Unverständnis.

Dann versuchte er, Kathrin anzurufen. Doch sie hatte ihn offensichtlich blockiert.

5

Am nächsten Morgen erreichte ihn die Nachricht von Konstantins Tod. Er hatte gerade ein paar sexy Bilder aus dem Netz geladen, keine echten pornösen Bilder, nur diese themenverstrahlten Bildchen mit Accessoires wie Cowboyhüten und Krankenschwesteroutfits und Reiteruniformen, die früher, als es noch Seite-3-Girls gab, die Seite-3-Girls getragen hatten. Alles her, dachte er, bitte alles, was dieses behinderte, kastrierte koreanische Internet eben hergab, und während er seinen Schwanz schon in der Hand hatte und loslegen wollte, rief Johannes ihn an.

Konstantin hatte seinen Tod live ins Internet übertragen, und der Link der dazugehörigen Aufnahme war schon gelöscht worden. Doch es gab bereits erste Spiegelseiten, die diesen Selbstmord immer weiter neu hochluden und kopierten, ganz wie die unausrottbaren Kinderpornoseiten, ganz, wie es bald mit Jans Bild geschehen würde.

Jan sah hin.

Konstantin blickte da in die Kamera, trank dabei Wodka aus der Flasche, ruckelte die Kamera zurecht. Jan erkannte die Wohnung. In der Kadrage ein schlichter Stuhl vor einer Tür, über die, an der Klinke auf der anderen Seite festgemacht, ein Seil geworfen war. Noch ein letzter, langer Schluck, den er nahm. Dann stellte Konstantin die Flasche ab und den Stuhl weg. Dann hängte er sich in die Schlaufe, zuckte, kämpfte, krampfte.

Jan schaltete das Video aus.

6

In Shanghai dann passierte ihm das Unausdenkliche, und das Unausdenkliche wäre eine eigene Doku wert gewesen, wenn es nicht so dreckig und peinlich und eben unausdenklich gewesen wäre.

Noch unwissend hatte er sich, am ersten Abend, der auch sein freier war, noch berauscht an der unfassbaren, zukunftsromantischen Skyline am Huangpu, an den verrückten, einander bedrängenden Wolkenkratzern und megalomanischen Türmen auf der anderen, von leichtem Nebel verhangenen Flussseite, dem pink und lila funkelnden und brausenden Fernsehturm, den rasend blinkenden Werbeflächen, dem »I (heart) SH«, das da aufgleißte, dem ganzen Irrsinn. Wie aus einem wilden Cyberpunk-Game kam ihm diese Aussicht vor, wie aus der grellsten Zukunft, dabei stand er doch hier, und es war nichts als reine Gegenwart.

Vorher hatte er eine Erfahrung gemacht, die ein mitteleuropäischer Mann nicht oft machen muss: Er war sich belästigt vorgekommen. Belästigt von den Prostituierten, den zum Teil wunderschönen, die ihm, zu dritt, wirklich ganz offen einen Blowjob anboten; belästigt von den Pimpmoms, die ihm, gleich neben den Riesenmalls und Nike-Town, innerhalb der reinsten, kapitalistischen Zivilisation, minderjährige Mädchen anboten, und zwar mitten auf der Straße, und alle Passanten bekamen es mit und wurden selbst angesprochen. Niemals war Jan sich so seltsam als einsam herumstromernder Mann vorgekommen wie hier.

Dann, mit dem Blick auf die Skyline, die ihn erst einmal wieder von allen Seltsamkeiten läuterte, wurde er von einer kleinen, verhutzelten Frau angesprochen, ob er nicht ein Foto machen könnte von ihr vor dieser fantastischen Aussicht. Und er machte das natürlich, worauf sie ihn in ein radebrechendes Gespräch verwickelte, über Gemeinplätze und eigentlich nichts. Sie schien einsam zu sein, selbst eine Touristin, vielleicht. Ob sie nicht etwas essen sollten?

Das ging schnell, aber Jan war es egal. Sie gingen in ein höherwertiges chinesisches Schnellrestaurant, und er sah diese an sich (und er dachte: *Pardon, Madame)* hässliche Frau, und etwas an ihrer Art, das Essen sofort auszusuchen, die Selbstverständlichkeit wohl, kam ihm ganz und gar ungut und falsch vor, wie professionell, automatisch, kalt; als würde sie das hier wirklich jeden Abend machen. Er besann sich, sagte laut *no!* und stand auf und ging los, raus hier, nur raus. Sie stapfte ihm noch hinterher, auch auf der Straße, wo wieder die Zuhälterinnen ihre Mädchen anpriesen, *young, very young,* und sie ging ihm weiter hinterher und fragte, ob sie nicht vielleicht wenigstens einen Drink nehmen könnten irgendwo, oder nur einen Tee? Fast panisch rief er noch einmal: »No!« Er wollte nur zurück ins Hotel.

Was war los hier? War Prostitution nicht verboten in China? Er ging durch diese jetzt wieder britisch-kolonialistisch anmutenden Straßen und war völlig außer sich. Alles, wirklich alles (und nicht nur er) kam ihm plötzlich auf eine Art und Weise sexualisiert vor, dass eigentlich nichts mehr übrig blieb, in diesem komischen Leben. Denn vom Sex kommen wir, dachte er, und zum Sex gehen wir bis zu unserem verdammten Tod stets wieder zurück.

Knapp vor seinem schönen Hotel sah er eines der drei Mädchen wieder, die ihm einen Blowjob angeboten hatten. Sie blieb stehen; er auch. Sie sahen einander an und nickten. Okay, dachte er, also bitte, dann sei es so.

Sie gingen, Hand in Hand und herb romantisch, drei Straßen entlang und redeten *sweet,* dann führte sie ihn durch einen schmalen Korridor in ein kleines, unscheinbares Haus, dort in ein Zimmer, schwarz verhangen. Er gab ihr gleich fast alle Renminbi, die er hatte. Morgen wäre er eh weg. Morgen wäre eh egal, inzwischen.

Sie fing an (sie hieß Catherine), ihn zu massieren, *nice,* sagte er, *now less hard, please.* Er genoss es und freute sich über die Schönheit und Dreckigkeit dieser Welt und über diese völlig schönen, guten, völlig erkauften Berührungen, und über das, was jetzt noch käme. Dann sagte sie, *one moment, I get lubricant,* und er sagte, *yes,* und sie verschwand. Jan wurde plötzlich unglaublich müde, er wollte am liebsten nur schlafen, ewig schlafen, träumen vielleicht, und bitte keine Albträume mehr, bitte nicht, dachte und träumte er und war wieder ein blonder, dummer Hamlet, wie damals im Schultheater. Ein Hamlet in Shanghai.

Plötzlich änderte sich die Stimmung im Raum, und Türen fielen zu, *aber wie* – wie Tresortüren. Es krachte und knallte. Jan merkte erschrocken auf, noch fast dösig, und plötzlich waren da Männer, *heavy big men* um ihn herum, Typ Türsteher, nur chinesisch, nur (er war noch im Pidgin-Modus) wahnsinnig *scary* – und gleich deren drei. Er verstand noch nicht ganz und wollte sich umdrehen, aber sie drückten ihn sofort in die Pritsche hinein mit dem Gesicht nach unten und griffen sich seinen Nacken und versetzten ihm gleich mal einen Schlag auf den Hinterkopf, dass er wieder Sterne sah.

Dann sagten sie fremde Worte, schrien ihn auf Chinesisch an, nahmen sein Portemonnaie aus der Hosentasche, wie er im Augenwinkel sah, und er versuchte sich zu wehren, aber der eine, der ihn nun festhielt im Polizeigriff, war einfach zu stark. Dann erhielt er wieder einen Schlag auf den Hinterkopf, wirklich stark, und verstand die Worte: »Credit card, PIN number!« Er konnte sich gerade kaum erinnern und sagte *wait,* aber es kam noch ein Schlag, und er sagte die Nummer, die ihm wieder einfiel, eine Mischung aus seinem und Kathrins Geburtstag. Und er sah etwas Schwarzes und wusste sofort: ein Lesegerät.

Dann wurde es kurz dunkel.

Als er wieder erwachte, war er allein, die Männer waren weg, und Catherine auch. Er suchte seine Sachen zusammen. Seine Kreditkarte war weg, sein Geld auch. Niemand war da. Seinen Reisepass hatten sie ihm gelassen.

Sollte er die Polizei rufen? Aber wie? Und wäre das nicht einfach nur peinlich und absurd? Und würde das nicht bedeuten, dass er nun endlich mit allem wirklich abgeschlossen hätte, mit seiner fucking bürgerlichen Medienexistenz?

Er fand, hinter einem Vorhang und einer eisernen Tür, die offen stand, den schmalen Korridor wieder. Er blutete, dachte er, aber vielleicht auch nicht. Die Mädchen auf dem Weg zum Hotel beachteten ihn nicht mehr. Er blutete wohl wirklich.

7

Es würde keine Asiendoku geben, informierte ein fertiger und versehrter Jan dann am nächsten Tag seine Crew und den Sender per Skype. Eigentlich wollte er hinzufügen, dass es auch keinen Jan mehr geben würde, aber das war ihm dann doch zu fett – und vielleicht auch nicht wahr.

Auf dem Hotelzimmer verballerte er einen hohen Betrag des Kreditrahmens seiner Firmenkarte mit Camsex. Er freundete sich in Stundenschnelle noch mit einem bedürftigen Camgirl aus Kolumbien an und überwies ihr dann von derselben Karte zweitausend Euro. Die hat es nötiger, dachte er. Der Inhalt der Minibar bestärkte ihn in dieser Entscheidung.

Als er schließlich auf dem langen Flug nach Hause war, wurde sein halb nacktes Kinderbild ins Netz gestellt, und zwar hundertfach, oft von Mitleid und Empörung flankiert, aber eben auch einfach so; es wurde immer weiter geteilt und geteilt. Er erfuhr es, als er landete. Sein Handy hörte nicht auf zu surren.

8

Später kam Konstantins Beerdigung.

FÜR EINE FREMDE EWIGKEIT

Der Zigeunerjunge war verprügelt und fast verbrannt worden, wie ein Fanal, und jemand *(Ännie wieder? Lale?)* hatte Keanu ihn vorher anschreien sehen. Die Maschine, die er schon kannte, lief wieder an und heiß. Die Polizei holte ihn ab, zwei Beamte, die an sich okay schienen, wenig boshaft, wenig voreingenommen, und sie fragten ihn sachte, aber bestimmt aus, wo er wann gewesen sei, ob er ein Problem mit dem Jungen gehabt hätte; und wer überhaupt sein Erziehungsberechtigter sei. Keanu sagte *nein, nein* und *nein.* Gott sei Dank war er bei seinem Vater gewesen an jenem Abend, und der legte auch nochmals seine Hand für ihn ins Feuer, aber, »unter uns«, wie er Keanu später sagte, »zum letzten Mal«.

Wieso denn zum letzten Mal? Konnte dieser Vaterdarsteller nicht einfach nur sagen, was war, ohne Keanu ein schlechtes Gewissen machen zu wollen?

Am Ende stellte sich heraus, dass es irgendwelche darwinistischen Schläger gewesen waren, solche, die auch sonst Penner ansteckten; und ob migrantisch oder rechts oder beides, war Keanu jedenfalls egal.

Er war es wieder gewesen, den sie ins Visier genommen hatten, und klar, warum denn auch bitte nicht – er, der ewige »Schwule«, der »Stalker«, das »Heimkind«, der »Schönling«, der »Unheimliche«, oft auch einfach: der oder das »Letzte«.

Der Zigeunerjunge tat ihm nun leid, wo war er wohl; und er erinnerte sich an ihn, als er noch einfach nur freundlich gebettelt hatte, mit diesem leisen, leichten, traurigen Lächeln, das keinem zu nahe treten wollte, schon gar nicht ihm, Keanu, seinem heimlichen Grüßfreund für eine lange Zeit.

Zumindest ein paar Stunden lang tat er ihm leid. Dann wuchs in ihm wieder eine innen dumpfe und außen scharfe Wut, und er wusste nicht, wogegen er sie richten sollte, gegen wen oder was – oder wirklich endlich gegen sich selbst?

Er sah die Wand an, zu Hause. Sie war tot und kahl und schien sich ihm entgegenzulehnen, wenn er nur lange genug starrte. Sein Kopf wollte dagegen, unbedingt; aber nein, dachte er, aber nein, bitte nicht, noch nicht.

DIE ZEIT

Kathrin saß bei einem Literaturdinner in einer hochherrschaftlichen Villa, ihr neuer Verlag hatte sie dort platziert, um sie weiter ins Gespräch zu bringen, um sie neu zu positionieren und ihr Comeback zu lancieren. Es ging auch gut los, sie saß neben einem sehr einflussreichen Mann, wusste sie, einem Zeitungsverleger, und sie wusste, einem Literaturliebhaber dazu; und sie fühlte sich sogar kurz geschmeichelt, zurück im Auge des Medienorkans zu stehen, wenn der Abend sich auch eher lähmend anließ.

Es gab Gespräche, und ihr neues Buch, ja bereits teilweise verschickt, jedenfalls Auszüge, wurde zum Thema; das sei ja ein spannendes und krasses Thema, wenn sie das richtig verstanden hätte, versetzte die berühmte Literaturkritikerin neben ihr, die ebenfalls dorthin, in die Nähe des Verlegers, positioniert worden war (wie ein wandelndes Stockholm-Syndrom). Dabei wusste Kathrin doch genau, wie diese früher doch eher aufstrebende und jetzt so angekommene Kritikerin ihre beiden Bücher damals förmlich verachtet hatte, genau wie ihr Leben, ihre Person. Glaubten die Leute eigentlich, man würde sich nicht erinnern an tatsächliche *Vernichtungsversuche?*

Ja, das habe er auch gehört, sagte der einflussreiche Zeitungsverleger dann, von diesem Buch habe er gehört, und tätschelte Kathrins Hand. *Bitte?* Sofort setzte ihr Anti-Flirt-Reflex wieder ein, und sie zog die Hand schroff weg. Der

Verleger kicherte. Kathrin aber wollte weiterhin, dass der Abend ihr gefiel; das musste einfach sein.

Drüben saß der walisische Alkoholdichter, ein Westentaschen-Dylan-Thomas, dachte Kathrin böse, nur ohne Begabung, dafür mit weltweit agierender Agentur im Rücken; dort hinten saß die unvermeidliche Sonja, die sie so mochte, teilte sie doch ein ähnliches Schicksal wie sie; und dahinten saß wieder der Münchner Gigolo-Darsteller Schnippi Schell, Millionärserbe und Zeilensprung-Spezialist, an sich aber einfach Mäzen. Eigentlich war es nicht auszuhalten, und doch war sie fasziniert; es hatte sich ja gar nicht so viel verändert, alles beim Alten, nur mit teils ausgewechselter Statisterie.

Die Gänge wurden serviert und wieder abgeräumt, und der Alkoholpegel stieg, und die Worte wurden kehliger und lauter, und der Verleger, der doch eigentlich von seinen Assistenten gestützt werden musste auf dem Weg zum Klo, er wurde immer zudringlicher. Er tätschelte immer wieder ihre Hand; das war wohl noch Usus in dieser alten, ranzigen Schule.

Wie immer rauchte sie draußen, um zu fliehen, vor solchen Sachen und vor der Gesellschaft; so würde sie sich das Rauchen wohl nie abgewöhnen können, dachte sie, wenn es immer diese Fluchtimpulse gab, bei jedem einzelnen fucking *social event.* Sie schmunzelte noch ein wenig und hatte dann mit der Literaturkritikerin ein an sich feines Gespräch über ausgerechnet Kafka. Sie war ihr gegenüber inzwischen alkoholisch milde gestimmt.

Zurück am Tisch, begann der Verleger, nur noch zu ihr zu reden; aber wie. Ob sie mit diesem oder jenem was gehabt habe, mit jenem schottischen Dichter dort drüben etwa, der sei wohl, sage man, trotz allem ein Hengst. Belustigt wartete die Kröte, denn Kathrin war nun klar, dass der Verleger eine miese Kröte war und bis zum Lebensende ekelhaft – wartete die Kröte also ihre Reaktion ab. Anstatt zu fragen, woher er das wisse und ob er den schottischen Dichter denn selbst ausprobiert habe, wie es ihr *erst später, erst später* einfiel, fand sie keinerlei Worte im Moment, und er nutzte ihre Sprachlosigkeit.

Und fragte, ob sie denn nun auch mit ihm schlafen würde. Im Hotel, drüben?

Sie erstarrte. Sie konnte sich nicht mehr bewegen, und das für eine ganze Minute nicht. Inzwischen redeten wieder andere mit dem Verleger, eine Opernsängerin mit enormem Dekolleté, ein Verlagslakai und vielleicht sein Sohn.

Dann fuhr sie auf mit einem Schrei. Dann spuckte sie dem ranzigen, fetten, asozialen Verleger mitten in sein glänzendes, pustelndes Krötengesicht und räumte im Folgenden noch kurz den Tisch ab mit einem gekonnten Schwinger (es war nicht zum ersten Mal, dass sie so etwas tat, aber lange, lange war es her gewesen). Sie wünschte sich, sie hätte noch *kotzen* können auf diese Tafel.

Dann herrschte Ruhe, und erhobenen Hauptes verließ sie den Saal.

NACHT DER NEMESIS

Es war die Nacht vor Konstantins Beerdigung. Jan hatte nichts mehr zu verlieren, denn alle, schien es, kannten seine Schmach. Er trat ein paar Außenspiegel an den Autos kaputt, die in etwa so aussahen wie das seine: bullige, viel zu große und graue und unnütze SUVs. Er achtete aber darauf, es nur punktuell zu machen, hier und da, und möglichst leise. Dann wurde es ihm langweilig.

Er kannte doch die Adresse von Keanus Großmutter. Kathrin hatte sie ihm per WhatsApp geschickt, als sie auf Usedom und Keanu plötzlich verschwunden war; und Jan hatte, zugegeben, schon einmal vor dem Hause herumgelungert, um diesen imbezilen Mistkerl von einem Schönling endlich zu stellen. Der sollte sich ruhig verschanzen. Er würde ihn schon kriegen.

Er torkelte die Straße hinab und sah die Mietskaserne sich wankend nähern. Nirgendwo brannte Licht. Irgendein wohlstandsverwahrloster Jugendlicher lungerte vor dem Haus herum.

»Wo ist der?«, knurrte Jan.

»Wer?«

»Du weißt schon. Keanu.«

»Wahrscheinlich am Kaulenplatz, wieso? Wer fragt?«

»Ein Freund.«

»Sie sind ein Freund von Keanu?« Der Jugendliche lachte laut auf, winkte ab und trollte sich in seinem Hoodie. Jan blieb stehen und holte eine Bierflasche aus seinem Vorrat hervor.

Er würde warten, einfach warten – wenn es sein müsste, bis zum frühen Morgen. Erschöpft setzte er sich auf den Boden, lehnte sich an einen Baum und nahm einen tiefen Schluck. Der Mond glomm umwölkt dort oben im Schwarzblau, und er versenkte sich in das milde, ruhige Lichterspiel.

»Herr Drescher, was machen Sie denn hier?«, donnerte eine Stimme in sein Ohr. Jan schreckte auf. Er war wohl eingeschlafen. Keanu stand vor ihm, das sah er sofort, auch wenn sich da nur eine dunkle, schmale Silhouette gegen das Straßenlicht absetzte. Vielleicht erkannte er auch nur die Stimme, glasklar, deutlich, explosiv, leicht gurgelnd.

»Und wie sehen Sie eigentlich aus?!«

»Keanu, du Mistkerl, so, wir haben was zu klären jetzt.« Wahrscheinlich lallte Jan, aber es war ihm egal. Er versuchte, sich aufzurappeln.

»Klären? Wir? Und Sie nennen mich Mistkerl? Wirklich?«

»Du bist jetzt dran. Jetzt wirst du endlich büßen!«

»Was? Aber ich war es doch nicht!«

»Du warst es nicht?« Jan versuchte zu lachen. »Ich weiß es. Du warst es. Ich habe Beweise.«

»Nein, Mann! Das waren diese Scheißarabnazis!«

»Was? Moment mal, Moment. Nazis? Es geht hier um die Nacktbilder. Du warst es. Du hast mich erpresst, du Arschloch.«

»Wie bitte? Wovon reden Sie? Langsam reicht es, Herr Drescher. Wirklich.«

»Wirklich, Junge, ich weiß nicht, was dich irgendwie reitet oder sonst was. Aber ich lass das nicht zu. Du bist fällig.«

Keanu schwieg und holte mit dem rechten Bein aus zum Tritt. So wartete er.

»Und du hast nicht zufällig und obendrein sowohl meine Frau als auch meine Tochter gefickt mit deinem schönen

Wichsergesicht da und deinem dreckigen und wahrscheinlich auch wahnsinnig schönen Wichserschwanz? Das wüsste ich aber.«

»Vielleicht«, sagte Keanu, und fast hörte man den Ansatz eines Lachens heraus. »Vielleicht aber auch nicht.«

»Was sagst du?!« Jan wurde von Wut durchschüttelt, von echter Vaterwut, ein Zornesschock durchfuhr ihn, und er versuchte, Halt zu finden, Halt am Baum oder Halt im Boden, um endlich aufzustehen und diesen Dreckskerl da ein für alle Mal einzumachen, einzudingsen. Das verlangte seine Ehre.

»Was mischen Sie sich überhaupt ein!«, rief Keanu. »Was mischst du dich ein, du *Vater.*«

Jan rappelte sich ungelenk auf, mit ausladenden, groben, ziellosen Gesten, und wollte Keanu nun wirklich an den Kragen. Aber er kam nicht einmal hoch, sackte zurück.

Keanu ließ das Bein sinken. Es war einfach zu armselig.

»Nüchter mal aus, Drescher.«

»Jaja, du, duuuu, als ob ich was mit – mit deiner, mit euch – ach, weißt du was, leck mich. Leckt mich *alle.*«

Keanu musste noch etwas tun, trotz seines Mitleids, also spuckte er aus, aber er spuckte extra neben Jan Dreschers Gesicht. Die Spucke blieb am Baum hängen. Dann ging er, und Jan träumte sich leise murmelnd einfach weg.

NIE

Nach dem Eklat mit dem Verleger wurde Kathrin nahegelegt, die Veröffentlichung des Buches zu verschieben. Ihr Zustand sei wohl nicht unbedingt als der beste anzusehen. Ja, der Eklat hatte sie wieder zum kleinen Skandalon gemacht in der Kulturszene, aber es war den Leuten inzwischen höchstens das Heben einer Augenbraue wert, vielleicht noch ein Naserümpfen – die würde sich wohl nie ändern, hieß es, da könne sie noch so sehr auf Lehrerin oder Familienmutter machen, jahrzehntelang. Sie bleibe anscheinend einfach die alte Skandalnudel mit dem schmalen Nesthäkchenkreuzchen und solle sich zukünftig gefälligst bescheiden.

Dann drehte sich das Gerücht um, und es hieß, das Buch werde aufgrund seines möglicherweise heiklen Inhalts zurückgehalten. Kathrin spürte die Gerüchteküche genau, die da um sie herum köchelte und bald brodelte, und auf den hinteren Seiten der Feuilletons gab es auch entsprechende Minimeldungen – »Verlag zieht Buch zurück«, zum Beispiel. An einer recht prominenten Stelle hieß es sogar, das Buch werde derzeit von der Justiz geprüft. Das stimmte nicht, es wurde höchstens von der Rechtsstelle des Verlags geprüft (und für völlig problemfrei befunden), aber war das Gerücht einmal in der Welt, dann wurde das Buch eben geprüft, und zwar durch das Gerücht selbst, durch das Gerücht und seine Wirkungen. Ganz verstellt wurde der Weg dann, als aus der Schlagzeile, noch immer über einer bloßen Randmeldung in den hinteren

Feuilletonteilen, aus »Verlag zieht Buch zurück« »Verlag zieht Kindersexbuch zurück« wurde. Dann war der Weg fast schon verstellt.

Schlimmer noch wog, dass das Gerücht auch in Schule und Gesellschaft Kreise zog. Es hieß nun nicht nur, dass Kathrin eine Art Jugendsoftporno geschrieben hätte, sondern auch, dass dieser Schuljungenpornoroman anscheinend autobiografische Züge trage und dass dieser Junge, um den es da gehe, doch wirklich der Heimjunge sei, den die Familie Drescher da für ein paar Wochen bei sich aufgenommen habe. Kathrin spürte die Gerüchte und das Gerede genau, und die Blicke, die sie missbilligend streiften oder vorverurteilend an ihr hängen blieben.

Auch konnte sie sich immer schlechter konzentrieren, wurde fahrig und hatte richtige Aussetzer im Unterricht wie auch zu Hause. Manchmal stand sie nur da und starrte große, flache Löcher in die Luft, und das konnte fünf Minuten so gehen, und das fünfmal am Tag. Lale und Severin waren inzwischen für eine unbestimmte Zeit bei Kathrins Schwester Saskia untergekommen, und langsam wurde es schmutziger im verlassenen Haus, auch wenn Reinigungskraft Marina jede Woche den Anschein eines weiterhin perfekt geführten Haushalts aufrechterhielt.

Dann wurde sie zu Direktor Rupp einbestellt.

BRANDUNG

Keanu saß leicht erhöht über der Welt, am Rande des Schulgeländes, auf der kleinen Rostlaube, neben dem entenlosen Ententeich. Die Tannen wischten mit ihren Ästen in seinem leicht bekifften Gesichtsfeld herum. Er hatte einen Kanister Benzin dabei, eine Zeitung, eine leere Weinflasche und Streichhölzer. Und noch etwas Gras. Das rauchte er und legte sich dabei flach auf das Wellblechdach, schaute tief hinein in die Nacht, sah die Sterne, die Mondsichel, das sogenannte Himmelszelt da oben – es kam ihm vor wie eine riesige, löchrige, in unendlicher Ferne aufgespannte Mülltüte. Was war dahinter? Wo war das Universum zu Ende? Genau hier?

Ja, vielleicht genau hier. Er hatte nur noch sich selbst als Feind, als Nemesis, doch selbst der Begriff hatte seine Bedeutung verloren, und er kam ihm albern vor. War er denn erwachsen geworden? Er blickte sich um, alles dunkel; er lauschte, und es raunte und pfiff und säuselte dunkel. Hier war der Rand des Universums, der Rand seiner nichtigen Existenz, er musste nur springen, dann wäre es alles weg. Die Welt hörte genau hier auf, und wenn sie nicht hier aufhörte, dann sollte sie hier aufhören, endlich, hier auf der Laube, hier unter der Nacht bei den Tannen. Seine Welt.

Er stand auf, klopfte den Dreck ab und vergoss das Benzin. Dabei achtete er darauf, dass der Joint wirklich nicht auf dem Dach lag, vergewisserte sich, dass er ihn weit weggeschnippt hatte; es sollte genau dann stattfinden, wenn er es wollte, und nicht zwei Minuten oder auch nur zwei Sekunden früher oder später. Diesen Willen wollte er noch durchsetzen, diesen, fiel ihm ein, und kurz wurde ihm schummrig: letzten Willen.

Das Dach war nun ganz durchgetränkt vom Benzin. Er atmete den schweren, bissigen Geruch tief ein, nahm die Moleküle in sich auf, in seine Zellen, sein System. Er wurde selbst zur Waffe, so ging seine Fantasie, wurde zum selbstvernichtenden Molotowcocktail in einem letzten Egoshootergame, nur ohne Feinde, ohne Ziel und ohne Helden, und eigentlich auch ohne jegliche wirkliche Action.

Als er losgegangen war, war er sich noch nicht sicher gewesen, ob er nur die Laube anzünden würde oder auch sich. Jetzt aber wusste er es. Oder? Nein, er schwankte noch immer und wartete ab. Es ging hin und her in ihm. Er würde es drauf ankommen lassen.

Und zwar jetzt. Er entzündete das Streichholz und ließ es fallen. Sofort war Panik in ihm, körperliche, tierische Panik, aber er widerstand den Reflexen, hier jetzt sofort wieder hinunterzuspringen; er wollte es aushalten, stärker sein als jedes Warnsystem, jeder Alarm, ob außen in der Welt oder innen in ihm. Und der Weg schien ihm bereits durch das Feuer verstellt, das ihn schon von allen Seiten umzingelte und umzüngelte und überall an ihm hochschoss, an seinen Füßen, an seinen Beinen leckte und ihm, jetzt, heiß und grellgelb genau vor den Augen stand. Er roch den Geruch verbrannter Haare, es mussten seine sein, und es roch noch anders, aber es war keine Zeit mehr; das Element glühte ihm schon höllenheiß in den Augen, wollte sie wohl schmelzen, die Glaskörper, die Pupillen platzen lassen, die Retinae wegsengen, und dann ließ er los, dann kam die Entscheidung, die nicht die seine war, sondern über ihn kam von woandersher, und er sprang von der Laube in die Tiefe hinab, nahm etwas Feuer mit, das schon an seinen

Kleidern hing und klebte und fraß, und er landete schmerzhaft auf dem harten Boden, schlug sich das Kinn auf, brach sich wohl den Kiefer, doch es war keine Zeit, diesen Schmerz zu spüren, denn er brannte, er brannte tatsächlich, und voller Panik sprang er auf, schon fast Objekt, schon fast nicht mehr von dieser Welt, hätte er den Weg nicht gefunden zum Teich, und mit drei Riesensätzen war er dort und sprang ins Wasser.

Es zischte, es kühlte, es brannte. Es war vorbei.

Vor ihm brannte die Laube, lichterloh, so sagte man wohl; das Bild kam ihm bekannt vor aus Filmen und Fantasien. Die Flammen schlugen hoch ins All, wollten vielleicht das Himmelszelt verbrennen, diese schwarze, löchrige Plane da über ihm. Er roch nach Rauch, nach Hölle, nach Inferno. Er war nun dort gewesen, im Inferno, auch körperlich, nicht nur im Kopf oder im Game; etwas war jetzt zur Übereinstimmung gekommen.

TIME'S UP

»Ich habe um Sie gekämpft, Kathrin.«

Dass Direktor Rupp noch immer zwischen Sie und Du wechselte, wie es ihm passte, hätte Kathrin wieder wahnsinnig und auch wahnsinnig sauer machen können, wenn ihre Lage, wie allein an seinem Blick abzulesen war, nicht so ernst gewesen wäre. Sie saß vor einem Tribunal: Rupp, Römmelt, Czernowitz.

»Keanu hat sich auf Sie berufen«, sagte Rupp. »Bei der Brandstiftung.«

»Was hat er gesagt?«

»Er habe es für Sie getan, so die Andeutung. Wörtlich sagte er wohl, Sie seien *Verbündete.*«

»Das war der Versuch, noch eine Verbindung zu ihm aufzubauen. Der brach uns doch weg.«

»Offensichtlich.«

»Das zumindest«, sprang Frau Römmelt ein, »ist meine Schuld. Ich habe Frau Drescher darum gebeten, mit Keanu zu reden. Konnte keiner wissen, dass der dann ausflippt und –«

»Konnte man offensichtlich doch wissen«, fiel Rupp ihr ins Wort. »Kathrin, ich habe dieses Treffen einberufen, weil es, wie Sie wissen, eine Meldung gab. Dazu kursieren neuerdings Gerüchte.«

»Neuerdings ist untertrieben«, attackierte Czernowitz, der alte Intrigant und Karrierist.

»Halt dich mal zurück«, schnauzte ihn Inge Römmelt dann auch sofort an.

Rupp nahm seine Brille ab und tat nun hochseriös. Kathrins Puls raste.

»Ich bin kein Freund von Gerüchten. Nur sind sie leider unvermeidlich, und manche Gerüchte treffen ja auch ins Herz der Sache, will sagen, ins Schwarze. Diese Meldung und diese Gerüchte jedenfalls, um die es geht, sie decken sich, und sie besagen, dass Sie, Kathrin, eine sexuelle Beziehung zu Ihrem Schutzbefohlenen Keanu Andrenaou unterhalten hätten«, und es ging ein Rucken durch die kleine Gruppe, ein Rucken des Unbehagens und des peinlichen Berührtseins, »und dass Sie diese Beziehung«, fuhr er fort und setzte seine Brille wieder auf, »auch noch in Ihrem bisher unveröffentlichten Buch extensiv thematisiert hätten.«

Pause, langes Schweigen. Betreten schaute der eine aus dem Fenster, die andere auf den matten Tisch. Rupp selbst sah Kathrin forschend an, mit seinen schlauen Triefaugen, und wartete.

»Welche Meldung denn?«, sagte Kathrin viel zu leise.

»Die Meldung von einer Mutter, und sie behauptet, es gäbe auch dementsprechende Beweise.«

»Ja?« Kathrin konnte dem allem nichts entgegensetzen. Ihre leisetreterische Art kam einem Schuldeingeständnis nahe.

»Ja.«

Wieder dieses Schweigen. Jetzt war der letzte Augenblick, das Steuer noch einmal herumzureißen, die notwendige Apologie in eigener Sache zu halten, die Vorwürfe zu entkräften. Doch Kathrin war zu geschwächt. Jenes Nachtbild kam in ihr auf, wie als Trotzreaktion, wie eine schöne Absurdität, eine fixe Idee, die doch, und wieso sollte sie es jetzt noch leugnen, wahr gewesen war: Sie sah nur sich und Keanu, dort im

Mondschatten unter dem Baum, zwischen den dunkel glänzenden Autos, sah, wie sie zugange waren, nicht wirklich miteinander schliefen, aber doch, ja, rummachten wie wild, voller Liebe und Gier, und sie hätte es nie missen wollen –

»Kathrin, das geht nicht. Bevor diese Sachen nicht restlos aufgeklärt sind, muss ich Sie leider vorübergehend vom Dienst suspendieren. So ist das, leider. Wir haben das im Gremium schon diskutiert – und beschlossen.«

»Aber wenn Sie das tun, werde ich nie wieder zurückkehren können, das wissen Sie doch«, wehrte sie sich. Ihre Stimme klang ihr viel zu hell, fiepste aus beengten Stimmbändern heraus. Sie konnte kaum atmen.

»Das muss nicht sein. Wir werden sehen. Wie Sie wissen, vergessen die Leute auch wieder. Und sollte nichts an den Vorwürfen sein, dann sind Sie natürlich jederzeit herzlich willkommen, Ihren Dienst wieder aufzunehmen.«

Draußen, auf dem Schulhof, steckte sich Kathrin eine Zigarette an und blies den Rauch trotzig ins Licht. Die Demütigung war vollkommen, und dennoch stand sie stabil da, mit beiden Beinen auf dem Boden, kein Zitteranfall und kein Schwindel, die sie aus der Fassung gebracht hätten. Jetzt, wo sie alleine war und einen letzten Blick auf diesen hässlichen Siebzigerbetonklotz warf, kam ihr die Suspendierung richtig vor, richtig und auch folgerichtig. Sie hatten ihr gekündigt, aber sie hatte sich schon lange vorher zu genau diesem Schritt entschieden. Es war ihrer. Sie würde nie mehr so leben, wie sie bisher gelebt hatte.

LETZTE WORTE

Die Blicke auf halbmast, kamen die Trauergäste in ihrer langsamen Prozession den Heilig-Kreuz-Weg entlang dann vor dem ausgehobenen Loch zum Stehen. Es war kein Pfarrer anwesend, und es lief keine Musik, und keiner hielt eine Predigt. »Ohne Worte, das ist stark«, flüsterte Malte, aber keiner reagierte. Johannes, Malte und Jan redeten ohnehin nicht miteinander, aber die Spannung zwischen ihnen stand in der Luft, lud sie weiter auf. Jan hatte zwei Pflaster im Gesicht kleben und sah auch sonst recht ramponiert aus; keiner fragte, was mit ihm geschehen war. Bevor der Sarg eingelassen wurde, trat eine Frau hervor und bedeutete den Friedhofsangestellten, sie mögen kurz einhalten.

»Wer ist das?«, fragte Malte leise.

»Die Freundin«, antwortete Johannes.

»Wusste ich gar nicht.«

»Als wüssten wir irgendwas über den anderen.«

Mia räusperte sich; sie war in ein feines, schwarzes Kleid mit Stehkragen und Schößchen aus Tüll gekleidet und trug einen Hut mit grauem Schleier.

»Das sind Konstantins letzte Worte«, sagte sie mit fester Stimme, »dies ist der Brief ohne Adressat, den er mir auftrug zu lesen, wenn es so weit wäre. Und jetzt ist es ja so weit.« Kurz schluchzte sie leise auf. Dann fing sie sich und las selbstbewusst und laut vor.

»Wenn es mit Aufnahmen begann, soll es auch mit solchen aufhören. Gott möge die Bilder von damals mit diesen von heute vergleichen und sehen, dass eine direkte Linie von den einen zu den anderen führt, dass es eigentlich dieselben Bilder sind. Dann möge er mich in Ruhe meinen Frieden finden lassen. Meine Peiniger haben sich ihm nicht gestellt, und auch ich werde es nicht tun. Ich werde mich Gott nicht stellen. Denn es gibt keine Erlösung. Ich dachte, es gäbe sie, ich hatte daran geglaubt, deshalb blieb ich hier. Es gibt sie nicht, das weiß ich jetzt, man kann reden, wie man will. Man kann sich wehren, wie man will, je stärker man sich wehrt, desto stärker werden die Mächte, die dich wehrlos machen. Mein Beispiel möge manchen als Mahnung dienen. Oder als Nullbotschaft. Denn ihr könnt warten, so lange ihr wollt. Es wird nicht kommen. Es gibt keine Erlösung.«

Dann legte sie den Brief auf den Sarg, und die Friedhofsarbeiter ließen den Sarg langsam hinunter.

»Das ist stark«, flüsterte Malte.

»Was ist denn jetzt stark, mit oder ohne Worte?«, konnte Jan sich nicht mehr zurückhalten.

»Ich bitte euch«, beschwichtigte Johannes unwirsch grummelnd und ging dann zu Mia, um ihr zu kondolieren. Die anderen taten es ihm nach, und der Rest der aus um die dreißig Gästen bestehenden Trauergemeinde ebenso. Wer Presse war und wer Betroffener, war nicht gut zu erkennen.

Schweigsam gingen sie den Schotterweg hinab, und Malte sagte: »Natürlich ist keiner von der Schule da. Es wird einfach ignoriert.«

»Konstantin würde es hassen, wenn einer da wäre«, wusste Johannes.

»Trotzdem wäre es angebracht«, bekräftigte Malte.

»Daran sieht man wieder«, fiel Jan ein, »dass dir Konstantin im Grunde eigentlich egal war. Alles nur für den Effekt.«

»Und dir?«, regte sich Malte sofort auf.

»Nicht am Grab, Leute«, sagte Johannes. »Ich kann es nicht mehr hören.«

»So kommt also der Sargdeckel drauf. So kann man es abschließen. Unmöglich, das alles«, sagte Malte.

»Man kann nicht ewig weitermachen«, sagte Jan.

»Manche halten sich schadlos, egal, was passiert. Ich hoffe, du bekommst noch oft auf die Fresse, und wünsche dir ansonsten noch ein gutes Leben, Jan.«

»Werde ich haben. Dir auch.«

»Bis bald«, sagte Malte noch zu Johannes und bog dann ab.

»Das ist doch pietätlos«, schüttelte Johannes den Kopf, »diese lächerlichen Streitigkeiten.«

»Ich habe nicht angefangen«, sagte Jan.

Johannes blieb stehen und sah Jan ernst an. »Wenn man es recht bedenkt, hast du mit allem angefangen. Und hast dich, als es ernst wurde, irgendwie einfach verpisst in den Exzess. Wer hat denn diese Bilder nun an dich verschickt? Stein, oder was? Oder du selbst?«

»Ich weiß es nicht.«

Er wusste es wirklich nicht. Der Kreis der Verdächtigen war so groß wie nie. Selbst dass der Erpresser – der ja kein Erpresser war, sondern nur ein, ja, was? – von dem Martin-Eder-Gemälde gewusst hatte, sagte gar nichts mehr. Er hatte es doch selbst gepostet, war ihm aufgefallen, als er sein von ihm kaum gepflegtes und ihm auch völlig fremdes Instagram-Profil durchgecheckt hatte, um noch einmal den Außenblick auf sich irgendwie zu überprüfen und vielleicht nachzuverfolgen, wann eigentlich was schiefgelaufen war. Die meisten Beiträge stammten freilich gar nicht von ihm; sein Account wurde von der Online-Redaktion kuratiert, und der Großteil der Bilder zeigte ihn bei der fröhlichen Arbeit im Studio, Sunnyboy und Glücksprinz zwischen Promis und Kabelträgern. Nur fünf, sechs Beiträge hatte er selbst über die Monate hinweg geliefert, und ihm war heiß und kalt geworden – genau wie jetzt, wo er hier auf dem Friedhof wieder daran dachte –, als er es erkannt hatte: Denn einer dieser seiner Posts hatte ihn und Kathrin gezeigt, und zwar genau vor dem verdammten Gemälde und den verfluchten Arne-Jacobsen-Stühlen. Der Park, in dem er gesessen hatte, war zu einem einzigen Grau verschwommen, und er hatte sich für sich selbst und für alle und für dieses verschissene Instagram geschämt, und für seine glücklose Privatermittlerrolle, für seine fehlende Konsequenz, und für seine ewige Nichthaltung in den meisten Dingen. Es gab einfach keinen Hinweis mehr; jeder hätte es sehen und benutzen und ihm damit drohen können. Er schämte sich erneut, unter diesem weiten Himmel, nach dieser Beerdigung.

Johannes sah Jans leeren, bitteren Gesichtsausdruck: »Egal, was? Es ist alles egal inzwischen. Oder?«

»Nein, aber –«

»Doch, egal. Bis dann, Jan. Wir sehen uns.«

»Bis dann.«

AUFLÖSUNGEN

Dann stand er alleine vor dem großen Wasserhahn mit dem Steinbrunnen darunter, daneben der viereckige Müllbehälter aus Draht, in dem die Blumen und das Unkraut gleichermaßen verwelkten. Früher hatte er hier selbst die Gräber seiner Großeltern begossen; die waren inzwischen aufgelöst worden.

Hinter ihm knirschten Schritte, und er drehte sich um. Dort stand, in Tüll, diese Mia. Sie sahen einander an und sagten nichts. Jan wurde verlegen, zuckte mit den Achseln, machte ein Abschiedszeichen und wollte sich abwenden und gehen.

Da sagte sie: »Ich war das.«

»Bitte?«

»Ich habe dir diese Bilder geschickt.«

Jan wollte und konnte das nicht glauben. Und doch wusste er sofort, dass sie die Wahrheit sprach.

»Was? Und warum?«

»Das weiß ich nicht mehr.«

»Wie, das weißt du nicht mehr?«

»Ich könnte die Gründe aufzählen, aber sie sind hohl geworden.«

»Was?« Sein Puls schoss hoch, und er spürte einen krassen Druck im Kopf.

»Ich dachte«, sagte sie, »wenn es auffliegt, dann wird er es los. Dann gibt es ihn frei. Jahrelang verkommt er und klebt am Boden und zerfällt. Einmal wieder auferstehen. Und die Geschicke an sich reißen.«

Jan wollte ausflippen, flippte aus. »Und darum muss man mich erpressen, oder wie!«

»Es tut mir leid«, sagte Mia. »Ich breche übrigens gerade fast zusammen. Es tut mir wirklich leid.«

»Du brichst zusammen?«

»Ich muss zurück ins Krankenhaus.«

Plötzlich hatte er Mitleid mit diesem zerbrechlichen und zerbrochenen Wesen. Er nahm sie bei der Hand, stützte sie und sagte: »Komm.«

»Hilfst du mir?«, fragte sie.

»Ja«, sagte er.

FROM STATION TO STATION

»Wir sind bald da. Bist du dort stationär?«, fragte Jan, den Blick starr auf die Autobahn gerichtet.

»Nein. Ich war und muss wohl wieder. Jetzt.«

»Habt ihr euch da kennengelernt, oder was?«

»Ja. Woher weißt du das?«

»Liegt nahe.«

»Man bleibt unter sich, was? Alle bleiben unter sich. Die Irren, die Reichen, die Schönen, die Blöden – jeweils alle unter sich.«

»Da gibt es durchaus Schnittmengen, wenn du mich fragst – und mich vielleicht auch mal richtig ansiehst. Hm?«

Da musste sie lachen. Und wurde sofort wieder ernst: »Nicht in meiner Welt. Die ist jetzt leer. Wir wollten zusammen gehen.«

»Ich bitte dich, wirklich«, sagte Jan, »jeder Tod ist ein Tod zu viel. Es tut mir wirklich leid, Mia. Und ich trauere um Konstantin, und ich fühle mich schuldig. Obwohl mich in dieser Sache absolut keine Schuld trifft. Ich weiß auch gar nicht, warum du mich erwählt hast.«

»Die Auswahl war nicht sehr groß. Du warst der Mächtigste.«

»Das täuscht, und wie das täuscht. Du siehst doch, ich konnte gar nichts machen.«

»Dann konnte eben keiner was machen. Es spielt jetzt auch keine Rolle mehr.«

»Wie seid ihr überhaupt an die Bilder gekommen?«

»Konstantin hatte mit einem Prozess gedroht. Da machten sie auf. Als sie merkten, wie es um ihn steht, machten sie allerdings schnell wieder zu. Er war keine Gefahr. Du wärst eine Gefahr gewesen.«

»Ich will jetzt keine Vorwürfe machen noch hören. Aber du hättest das alles ruhen lassen sollen.«

»Dein Mantra, was? Ruhen lassen, ruhen lassen …« Jetzt klang sie kurz gefährlich. »Es war die letzte Möglichkeit.«

»Und die war eine Sackgasse.«

»Und jetzt ist bald alles ruhig, so ruhig, wie du es schon immer haben wolltest.«

»Wieso seid ihr nicht offen zu mir gekommen? Ich hätte euch doch unterstützt.«

»Hättest du.«

»Ja. Vielleicht hätte ich geredet. Vielleicht hätte ich reden sollen.«

»Wäre es nicht schön, wenn einfach alle Lügen aufhörten?«

»Jetzt bringen wir dich erst einmal dorthin. Da wird dir geholfen.«

»Du kennst dich aus, was? Und hast am Ende immer recht?«

»Vielleicht geht es nicht mehr ums Rechthaben.«

»Späte Erkenntnis.«

»Da vorne links?«

»Ja. Den Schildern nach. Jan?«

»Ja?«

»Ich bin froh jetzt. Ich habe alle Motive verloren.«

»Hört sich nicht schlecht an. Eine Form von Freiheit.«

»Schneller. Ich halte es nicht aus.«

»Ich darf nur sechzig.« Aber er beschleunigte.

»Wirklich, noch schneller. Mir geht es nicht gut.«

Er fuhr jetzt fast hundertsechzig.
»Jan?«
»Ja?«
»Danke.«
»Wofür?«

NACHTFLUG

Es war kein Zufall, dass Jan Drescher, gleich nachdem er auf der Beerdigung des ehemaligen Schulkameraden war, seinen Todesengel zur letzten Fahrt lud. Die Tatsache, dass er eine Viertelstunde später von der Straße abkam und einen verheerenden Unfall baute, wurde von keiner Kamera eingefangen. Nur das Ergebnis, ein Crash wie auf den kältesten Popkunstwerken, ging durch die Medien, die er doch kontrolliert hatte.

Man kennt das Bild: ewiger Kuss des Lenkrads, Landkarte aus Blut sickert aus der Schläfe. Wer das Lenkrad herumgerissen und den Wagen schnurstracks innerhalb von zwei, drei Sekunden gegen einen Baum gelenkt hatte, schien offensichtlich.

Dabei könnte man vielleicht davon ausgehen, dass Jan kaum Gegenwehr leistete. Man könnte auch andere Spekulationen anstellen, aber aufgrund der fremd- und selbstgefährdenden Vorgeschichte seiner Mitfahrerin wurde Jan nie des Selbstmords verdächtigt.

Der ansehnliche Bremsweg rieb sich quietschend in die Straße und endete unmittelbar in einem Baum, den es wuchtig aus dem Boden hob.

Die angeblich ablaufenden Bilder, die kurz vor dem Tod einem jeden, wie berichtet wird, vor den schockstarren Augen flirren, Bilder des eigenen Lebens, Bilder von Knotenpunkten der inneren und äußeren Biografie, sie blieben aus.

Sie waren doch schon längst abgelaufen, monatelang, vor Jans und vor aller Augen.

Dass die vom Ableben ihres Lebensgefährten sicherlich noch mitgenommene und sowieso, man muss es noch einmal sagen, psychiatrieerfahrene Mitfahrerin ihm ins Lenkrad gegriffen hatte, konnte nicht hundertprozentig nachgewiesen werden, die Körperhaltungen der ins Metall verkeilten Körper waren hierin nicht eindeutig.

Manche blieben dabei: Ein Unfall ist ein Unfall. Und neue Bilder tauchten nie wieder auf.

DIE ENDGÜLTIGKEIT

Als Kathrin von Jans Tod erfuhr, war sie gerade dabei, ihre Kontoauszüge zu sortieren, um die absolut veralteten endlich wegzuwerfen, und ihr Lieblings-Youtube-Tierfilm (»Battle at Kruger«) lief auf dem Flatscreen.

Sie warf das Telefon mit einem unförmigen Schrei gegen die Wand. Dann trat sie in den Haufen aus aussortierten Kontoauszügen, sie flogen in alle Richtungen. Dann stieß sie einen weiteren Schrei aus, mehr tierisch als menschlich, sehr tief, und wollte dem Telefon hinterher gegen die Wand springen. Sie wollte durch die Wand laufen oder wenigstens ihren Kopf an ihr aufschlagen. Sie rannte nur dagegen und konnte nicht anders, als den Aufprall mit den Händen abzufedern. Dann sank sie die Wand hinunter zu Boden.

Sie vermisste ihn sofort und wusste, sie würde ihn immer vermissen.

Hin und wieder hatte sie sich seinen Tod vorgestellt, als Erlösung und Erleichterung des Lebens, war dann aber vor der letzten Konsequenz dieses Gedankengangs zurückgeschreckt: der Endgültigkeit seines Verschwindens. Dann hatte sie immer ein undefinierter, sehr tiefer Schmerz gestreift, den sie sofort verdrängen musste. Jetzt war dieser Schmerz da und nicht mehr zu verdrängen. Vielmehr war er es, der alles andere verdrängte, bis nur er noch da war.

Ihre Gedanken wirbelten, wie in einem Strudel, um einen Punkt der absoluten Leere herum. Bilder, Fetzen, Wörter,

Gesichter, Erinnerungsbilder, und immer wieder sein Gesicht, so schön und freundlich und klug, immer wieder sein Gesicht im Zerspringen, Zerfließen begriffen und dabei, in etwas anderes hinüberzuwechseln, wegzumutieren, ins Nichts gemorpht zu werden. Dahinter Flocken und Fetzen ihres alten gemeinsamen Lebens, in wilden Farben und Bewegungen, wie auf einem Trip.

Dann die absolute Ruhe, Schwärze und Stille.

Sie hatte wohl alles falsch gemacht. Eine Schmerzenswelle löste die andere ab, mit einer Macht und Wucht, die ihre Existenz bis tief hinein in jeden Nerv erfasste. Sie starrte und starrte in eine saubere, sinnlose Ecke – fast so sinnlos wie ihre Tränen, die ihr nicht halfen, die ihr nur wie Staffage vorkamen, Staffage zu einer Trauer, die keine Details, keine Symptome und keine Zeichen mehr kannte.

ABITUR

Die Bewährungsstrafe wegen Brandstiftung, durch eine überregional bekannte Jugendrichterin erteilt, tat Keanu gut. Er fing sich in den nächsten Monaten, gesundete, machte sich. Auch die neue Schule gab ihm neuen Schwung. Teilweise wurde er sogar zum Vorzeigeschüler, vor allem in den Naturwissenschaften. Er hatte wieder reine Hände, wie nach einer kurzen chemischen Dusche, die kaum mehr brannte.

Es hatte ihn schon getroffen, dass Jan Drescher gestorben war, aber gleichzeitig war er damit auch etwas los. Die Nemesisgedanken waren weg, er brauchte keinen Feind mehr und sah das Leben, die Welt, die Stadt als das an, was sie waren: sie selbst nämlich. Das Game war vorbei. Er schüttelte mit der Zeit, ganz sacht und allmählich, die Grobkörnigkeit und Pixeligkeit seiner Wahrnehmungen ab, wie auch die Skepsis dahinter. Ein Dach war ein Dach, Passanten Passanten, und der Gang um die Ecke war kein neues Level. Und das da oben waren einfach nur Wolken.

Aus Japan hatte sein Vater ihm ein Heft mitgebracht: »My Keanu«. Irgendeine Amerikanerin hatte da ein wahres Fan-Album zusammengestellt, mit alten Postkarten, Fotos und Texten, die sie, wirklich fanatisch, zu Keanu Reeves gesammelt hatte. Es kam als Kunstprojekt daher, war aber in Wahrheit nur zwanghaft und behindert, wie Keanu fand. Dennoch erkannte er wieder die verblüffende Ähnlichkeit zwischen sich und dem Hollywoodstar, und er sah auch die Distanz, die dieser zu allen Menschen und Dingen wahrte, sie hatte etwas Nobles und etwas höchst Vorsichtiges. Keanu nahm sich vor, eine ähnliche Distanz zu den anderen Menschen einzuhalten, einen ewigen Abstand, ab jetzt und sein ganzes Leben lang. Und irgendwann auch so ein geiles Motorrad zu fahren wie Reeves. Irgendwann.

WINTERSCHLUSSVERKAUF

In den Wochen nach seinem Tod wurde klar, wie viele Schulden Jan Drescher der Familie hinterlassen hatte, durch obskure Überweisungen, Reisen, Transfers, Internetbestellungen, Wetteinsätze, Hotelaufenthalte und mannigfaches, scheinbar erratisches Abheben von enormen Mengen an Bargeld. Er hatte das Geld förmlich verbrannt, und Kathrin wollte auch gar nicht mehr so genau wissen, wie.

Aber der Schock half, die Trauer einzudämmen, sie wirklich zu relativieren. Auch wenn sie es sich nicht eingestehen wollte – der Trauer gesellten sich einerseits Wut, Wut auf seine dummen, nichtigen Exzesse, und andererseits eine allumfassende Erleichterung hinzu. Endlich ist er weg, dachte sie einmal und erschrak sofort.

Das Haus musste verkauft werden, dann wäre sie sofort aus dem Gröbsten raus, und die nächsten Jahre wären vielleicht gesichert, auch die der Kinder und ihrer Ausbildung. Es gelang, leicht unter Wert und mithilfe eines korrekten Immobilienmaklers, aber es gelang. Dann verscheuerte Kathrin den Nachlass, die Möbel, das Gemälde – es kam eine erhebliche Summe zusammen, alles in allem.

Sie mietete sich eine kleine, übersichtliche Wohnung mehr im Zentrum der Stadt und wusste: Sie würde nie wieder auf diese falsche und nervenzehrende Art auch nur irgendetwas besitzen, kein Haus, kein Auto, kein Gemälde, nicht irgendwelche dämlichen Arne-Jacobsen-Stühle, und schon gar keinen Menschen.

Beim letzten Blick aufs Haus zurück, dahinter ein postkartenblaues Stück kalten, klaren Himmels, wurde ihr fast schon körperlich bewusst, dass dieses Leben nun wirklich vorbei war. Es fiel alles von ihr ab. Sie fühlte sich wirklich frei, von den Jahren und dem alten Leben, auf diese gedämpfte, zukunftsfürchtige Weise, die noch nicht weiß, was da kommen mag und wird, und doch: frei von allen Fäden, Fallen und Zwängen. Sie seufzte, und der Atem stand kurz gefroren vor ihrem Mund. Die Luft war klirrend kalt und unglaublich frisch, und Kathrin war dankbar, dass sie diese so saubere Luft einatmen und schmecken durfte, tief in sich hinein, jetzt und hier.

IF WE COULD TURN BACK TIME

Lale fuhr nun auf Tante Saskias altem Rad durch die Stadt. Alle drei Räder waren ihr geklaut worden im letzten Jahr, oder sie hatte vergessen, wo sie standen, oder sie waren verschleppt worden, wer wusste das schon – und Räder waren nicht Menschen, es war eigentlich egal. Sie hatte es sich abgewöhnt, den Sachen und Gegenständen um sich herum auch nur ein Jota an Sentimentalität und Herzensaufladung angedeihen zu lassen. Stattdessen trat sie wieder wild in die Pedale und sah sich selbst in den wechselnden Spiegelbildern der Schaufenster der Innenstadt vorbeisausen. War sie runder geworden, da am Hintern? Und am Hals dicker, und überhaupt stämmiger? Bitte nicht, dachte sie, bloß nicht, und nicht wieder spucken dann auf dem Klo wegen dieser Gedanken, und sie dachte, was ein Widerspruch, wir kämpfen mit den Strukturen und den Worten, aber im Alltag machen wir uns noch immer wegen solcher Äußerlichkeiten fertig, die doch die bekämpften Strukturen einfach nur immer wieder untermauern. Widerspruch, Widerspruch, lachte sie und fuhr nun freihändig.

An Keanu hatte sie nicht mehr gedacht, und wenn sie ihn sah, was selten war, aber wenn sie ihn sah, checkte sie kurz *en passant*, ob es ihm besser ging, und es schien ihm immer besser zu gehen, und dann also konnte sie ihn wieder ignorieren.

Sie blickte in den Store des kürzlich verstorbenen Designers und hätte am liebsten etwas anprobiert, das kleine Kostüm dort, sehr scharf und irgendwie pariserisch geschnitten, und sie wusste, wenn sie sich dieses Kostüm leisten könnte, würde sie es längst schon wieder vergessen haben.

In der Reflexion des Schaufensters dann erblickte sie ein Paar beim Kaffeetrinken, einen mittelalten Mann und eine jüngere Frau, eigentlich noch ein Mädchen, und sie waren in ein sinnliches Gespräch vertieft. Man merkte, dass zwischen ihnen etwas lief oder laufen würde, und die Szene erinnerte sie an den Augenblick, als sie ihren Vater mit dieser Praktikantin vom Sender gesehen hatte, und Lale hatte gesehen, dass etwas zwischen ihnen lief oder laufen würde, und es hatte sie mit einem tauben Schmerz erfüllt. Jetzt hätte sie sich gewünscht, sie wären es tatsächlich, sie säßen hier bei einem Kaffee oder ihrethalben auch Champagner, ihr Vater und diese Praktikantin vom Sender (sie hatte sie gegoogelt, sie wusste, dass sie Johanna hieß), und die beiden hätten vielleicht nach einer Affäre eine echte Beziehung jetzt, und sie würde nun zu ihnen gehen und sie irgendwo zwischen despektierlich und großzügig begrüßen.

Damals hatte Lale das Bild mit Ekel erfüllt, jetzt mit Sehnsucht, und deshalb schüttelte sie das Bild ab, sah noch einmal das Kostüm an, das sie bald vergessen haben würde, stieg auf ihr Rad und fuhr weiter.

NEUN SEKUNDEN

Als er in Venedig ankam, kam Keanu alles sehr andersartig vor. Nur Wasser, tatsächlich, und das überall? Er war verwirrt und freudig zugleich und wartete auf Kathrin.

Sie kam und holte ihn mit der Grandezza einer Dame von Welt ab, mit einer Handtasche, die sie sicherlich in diesem Land gekauft hatte, in diesem Italien. Sie sah entzückend aus und zögerte nicht, ihn zu küssen, erst links und rechts, dann auf den Mund.

Überall gingen unablässig Leute im Kreis herum, es gab ja keine Ampeln, erkannte Keanu, und sprangen dann auf das nächste Vaporetto. So hießen die schnellen Fähren hier. Auch sie stiegen auf ein solches und fuhren in die Stadt.

Als sie unter der Rialtobrücke durchfuhren, nervte Kathrin ihn ein wenig, denn sie war dann doch ganz die alte Lehrerin, die sie eben war. Während Keanu in sein Smartphone versunken war, wies sie ihn auf die Dinge und Orte hin, die sie eh noch tausendmal sehen würden. Was waren das denn alles für Objekte und Zeugnisse und Gebäude alter Zeiten? Diese Dinge und Ansichten und Perspektiven interessierten ihn eigentlich nicht. Er war doch selbst ein Tourist, Tourist in seinem eigenen Leben – aber immerhin das, und nicht mehr verstrahlter Gamer.

Lido, der Lido und San Marco, sagte Kathrin, Dogenpalast und Seufzerbrücke, und wies irgendwohin, mit ihren schlanken Damenhänden, mit ihrer Sonnenbrille wie aus einer anderen Zeit, das elegante Kopftuch locker um den Kopf gewickelt. Und auch die Kanäle waren aus ganz alter, anders gefärbter Zeit, wie sie sie durchfuhren, wie aus den frühen Filmen, die Keanu nur vom Durchzappen kannte, und jetzt kommt der Canal Grande, sagte Kathrin, hörst du, schau mal hin, Keanu, der Canal Grande, und lächelte milde. Überall flogen, hockten und glotzten Tauben. Ein Kind mit knallrotem Regenmantel lief vorbei und winkte Keanu zu.

Sie gingen ins Hotel. Nach einem Anfall von Schüchternheit angesichts dieser Welt aus Portiers, Lifts und perfekt agierenden Kellnerinnen fasste sich Keanu im Aufzug ein Herz – und Kathrin bei der Hand. Sie drückte zurück, und sie sahen sich durch den Spiegel erwartungsvoll in die Augen.

Im Hotelzimmer kosteten sie die Zeit aus, die Zeit jetzt und hier – und die Zeit, die es bis hierhin gebraucht hatte. Die Monate und Jahre zogen an ihnen vorbei wie Geister: die Schule, die Schreiben, die Demütigungen, die gemeinsame Zeit in einem Haus, die Annäherungen, die Abstoßungen, die Geilheit unter dem Baum, der Abschied.

Endlich entledigten sie sich langsam ihrer Kleider. Nichts sollte überstürzt sein; deshalb übernahm Kathrin zunächst die Kontrolle, führte Keanus Hände, führte sie dorthin, wohin sie noch nie gewesen waren, als wären die Hände blind, als wäre Keanu blind.

Dann waren sie ganz nackt und bereit und fanden zueinander. Sie zeigte ihm, wie es wirklich ging, wie es bei ihr ging, wie es sein musste für sie, und er ließ sich darauf ein und merkte, so musste es wohl auch für ihn sein. Sie gab einen Rhythmus vor, den er bald übernahm, den er dann bestimmte und beschleunigte. Sie flüsterte ihm Anweisungen ins Ohr, obszöne Befehle, Sachen, die sie lange nicht mehr so gesagt und erst recht nicht so gemeint hatte. Er kam zweimal und sie dreimal, doch am Ende ging alles einfach ineinander über, der Sex, die Orgasmen, das Fernsehen, die Ruhe vor dem nächsten Sex.

Sie blieben das ganze Wochenende im Hotelzimmer und sahen nichts mehr von Venedig.

Am Montagmorgen saßen sie am Lido und tranken Weinschorlen aus der Strandbar. Die Liegen knirschten, manchmal flog etwas Sand auf, und die Stadt stand wie eine Luftspiegelung dort hinten im Wasser.

Keanu war völlig wund, körperlich und innerlich, und Kathrin schien es nicht anders zu gehen. Leer und glücklich saßen sie da und schwiegen erst einmal lange. Auch hier war etwas an sein Ende gekommen.

»Und nun«, fragte Kathrin schließlich, »sehen wir uns erst einmal nicht wieder, weißt du?«

»Klar«, sagte Keanu, überrascht von ihrer Offenheit.

»Und du fliegst zurück, und ich fliege weiter.«

»Und wohin fliegst du?«, fragte er.

»Geheimnis«, lächelte sie. »Dorthin, wo erst einmal keiner mich mehr findet, selbst du nicht.«

»Okay.« Kurz hatte Keanu den Wunsch, die Zeit mit ihr doch noch zu verlängern, die Schönheit, die sie hier gefunden hatten, weiter auszukosten. Er spürte vielleicht das erste Mal, was Abschied bedeutet, und sagte, ohne genau zu wissen, ob sein Wunsch wirklich verständlich wurde: »Hier findet uns ja auch keiner.«

Kathrin hob die Hand und machte eine Geste des Zweifels, des Man-weiß-nie.

»Und du«, fragte sie, »kniest dich jetzt rein, kriegst dein Leben hin?«

»Ja«, sagte Keanu, »klar.«

»Auch ohne mich?«

»Ja.«

»Versprochen, Keanu?«

»Versprochen.«

Die Möwen hingen schräg im Wind, von der wilden, kalten Sonne beschienen, und stießen ihre Schreie aus, gellend, hell und hässlich, und die Schreie zersprangen sofort im Licht.

Keanu sah Kathrin an, lange und heimlich, und er wusste, dass sie wirklich einander gehen lassen würden, dass sie ihn nun alleine lassen würde, und er wusste und verstand, dass sie wusste, dass er das wusste und verstand. Er sah in die Sonne und nickte. Endlich lag die Zukunft offen vor ihm. Und das Leben, es würde ein leichtes sein.